小虎妻智求多福

3

風 文創 1222

途圖 著

目錄

第五十二章

不久後，趙霄恆和于書到了書房。

于劍迎上前來，趙霄恆吩咐他守在門口，自己帶著于書入了密室。

密室中沒有一絲風，燈火沿著石壁，一直照耀到深處。

趙霄恆和于書一前一後地走著，燈光將兩人的身影拉得很長。

這密室是趙霄恆早年安排間影衛秘密修築的，可以直通宮外。然而知道這條密道的人，少之又少。

趙霄恆沿著密室甬道走了一段路，裡面才豁然開朗，略一抬頭，就看見了佇立在前方的高大身影。

「周叔。」

周昭明聞聲回頭，立即快步上前，拱手行禮。「見過小公子。」

趙霄恆低聲道：「周叔不必多禮，快坐吧。」

周昭明這才點了點頭，撩袍坐下。

于書上前為兩人上完茶，便安靜地退出去。

趙霄恆見周昭明神色凝重，遂問：「周叔急著過來，可是在吏部發現了什麼？」

周昭明薄唇微抿。「小公子料事如神。」

他抬起眼簾，看向趙霄恆，用極沈的聲音道：「我在吏部內院的耳房裡，找到了當年玉遼河戰船的圖紙……那船果真有問題。」

氣氛陡然嚴肅起來。

趙霄恆目不轉睛地盯著周昭明。「你是如何發現的？」

周昭明低聲回答。「多虧了你之前去吏部摸清地形，給了我那份布局圖。

「這段日子，我在吏部受教，尋了很多機會都沒能接近耳房，直到那日侍衛們換班時，出了些亂子，我才尋了間隙溜進去。孰料，那耳房裡居然空空如也，唯獨供奉著一座神像。

「神像前供著不少奇珍異寶，若是旁人來了，只怕會以為侍衛們看守的是那些寶貝，但我覺得，這可能是白榮輝的障眼法。於是，我順著神像附近找，這才發現，神像是空的。撬開底座，裡面藏了幾張紙，其中一張便是當年造船的圖紙。」

趙霄恆追問道：「可有將圖紙拿出來？」

周昭明搖了搖頭。「神像下面纖塵不染，一看便知白榮輝經常去檢查，若是拿出來，反而打草驚蛇，我便想法子將圖紙畫了下來。」說罷，從懷中掏出一張一尺見方的紙，遞給趙霄恆。

趙霄恆接過，立即打開看了起來。

周昭明繼續道：「這圖紙事關重大，我不敢給旁人看，還請小公子找可靠的匠人查一查，看看問題到底出在哪裡。」

趙霄恆微微頷首。「周叔放心，天一亮我就差人去辦。不過……」

周昭明問：「不過什麼？」

趙霄恆凝神看著周昭明。「當年白榮輝在工部負責造船，若造船的圖紙真有問題，他又怎麼會留存至今，這不是替自己留了罪證嗎？」

周昭明道：「我也覺得有些奇怪，但從藏圖紙的地點和方法看來，他確實很在意這份圖紙。」

趙霄恆思量片刻，忽然問道：「對了，周叔，你方才說那神像之下，除了圖紙，是不是還藏了別的？」

周昭明點點頭。「不錯，其餘兩封都是白榮輝在工部時，與戶部尚書歐陽弘的書信。我見那些與造船圖紙沒什麼關聯，當時又急，遂沒來得及一起抄下。」

趙霄恆又問：「你可還記得，那些信裡寫了些什麼？」

周昭明認真回憶起來。「其中一封，似乎是戶部要調軍糧去北疆，為玉遼河一戰做準備，需借用工部的戰船運送。

「另外一封，便沒頭沒尾了，偌大一張紙，只寫了一個『可』字。但上面不但蓋了歐陽弘的印鑑，還有一方更為複雜的印鑑，可時日久遠，有些難以辨認。」

趙霄恆靜靜思索著，總覺得哪裡有些不對勁。

「那印鑑的樣子，周叔可否試著畫出來？」
周昭明拿起紙筆，當著趙霄恆的面，畫了起來。
片刻後，一枚兩指寬的印鑑圖樣，展現在趙霄恆眼前。
他盯著那張圖看了一會兒，忽然變了臉色。
「周叔，你確定自己沒有畫錯？」
周昭明道：「小公子，我沒有別的本事，但當年行軍時，記路線、畫堪輿圖卻是一把好手。我不敢說分毫不差，但絕對八九不離十。」
趙霄恆盯著那張印鑑圖樣，面色更沈。
周昭明看出他的異樣，忙問道：「這印鑑有什麼特別的嗎？」
趙霄恆沈吟片刻。「你畫的……是薛家的印鑑。」
「薛家？」周昭明長眉一擰。「薛皇后的母家？」
趙霄恆無聲頷首。
那幾年，宋家因為玉遼河之劫，一落千丈。
而薛家卻透過和歐陽家的聯姻，將德妃薛拂玉送上皇后之位。
如今，薛家在朝中根基深厚，不但後宮有薛皇后坐鎮，前朝更是有太尉薛茂儀支撐。就連薛皇后的弟弟薛弄康，都掌了大靖南方的兵馬。

周昭明心底升起一股不安。「無論這些信與玉遼河一事有沒有關聯，但可以確認的是，白榮輝一定與薛家、歐陽家有不可告人的秘密。」

趙霄恆卻道：「不，我覺得，薛家和歐陽家與玉遼河的案子脫不了干係。」

周昭明有些疑惑。「小公子為何如此篤定？」

趙霄恆沈聲道：「這就回到了第一個問題。為何白榮輝要留著自己的罪證？若圖紙有問題，那他應該立即將圖紙銷毀，以保全自己。可他沒有這麼做，反而將圖紙好好地保存起來，還留了兩封不清不楚的信。我推測，三樣東西加在一起，或許不是他的罪證，反而是他的保命符。」

「保命符？」周昭明聽得一頭霧水。「此話怎講？」

趙霄恆道：「周叔想一想，若是單看有問題的圖紙，那自然是白榮輝一人的過錯。若此事真的與薛家、歐陽家有牽連，只要白榮輝掌握著三家合謀的罪證，便能在自己身陷囹圄時，威脅另外兩方營救，這不就多了一重保障嗎？」

「原來如此。」周昭明恍然大悟，不由有些後悔。「早知道也把那兩封信抄下來了。」

趙霄恆又道：「周叔能拿到圖紙，已經十分不易。餘下的事，交給我吧。」

周昭明點頭，又問：「聽說你派人在找當年的船工，可有消息了？」

趙霄恆壓低聲音道：「我的長史邱忠傑傳來消息，說當年的船工為了躲避追查，一直東躲西藏，從北疆一路南下，極有可能回到了京城。」

周昭明沈吟。「若在京城，那豈不是很危險？若船當真有問題，他們便是最關鍵的證人。況且，玉遼河戰敗之事，牽扯不少人獲罪，無論是哪條路，他們都沒什麼好下場。」

趙霄恆點頭。「不錯，所以他們肯定隱姓埋名了。我已遣問影衛去尋，但是暫時還沒有消息。」

周昭明抿唇。「要是找不到呢？」

趙霄恆道：「只要他們還活著，就算花上十年、二十年，我都會找到他們。」

周昭明微微頷首。「放心，周叔必定與你站在一處，為大公子平反。」

趙霄恆與周昭明一直談到黎明前夕，才離開了密室。

趙霄恆問于書。「太子妃出來過嗎？」

于書低聲回答。「福生一直看著寢殿，燈沒有亮過。」

趙霄恆這才放下心來，沿著長廊，信步走回了寢殿。

寢殿裡果然是暗的，趙霄恆安靜地推開了門。

確認房中沒有聲響，趙霄恆才小心翼翼地關上門，緩緩抬步，走向床榻。

清晨的月光還未散去，靜靜照耀在寧晚晴身上。她側躺著，一頭烏鴉鴉的秀髮如綢緞般鋪了半張床。

她平日能言善辯，時常將人哄得團團轉。唯有睡著時，才最為乖巧。

趙霄恆盯著她半刻，才默默解開外衣，掛在一旁的架子上，而後在她身旁躺下。

趙霄恆還未尋到舒服的姿勢，清冷的女聲便悠悠響起——

「殿下這是從哪兒回來？」

趙霄恆動作一頓，慢慢側頭，卻見寧晚晴美目半睜，一隻手枕在臉頰下，無甚情緒地看著他。

趙霄恆頓了頓，道：「起夜。」

「那怎麼去了這麼久？」寧晚晴挑起好看的眉。「殿下……莫不是身子虛吧？」

這漫不經心的語氣，無意間挑到了趙霄恆某根神經，索性側過身，也以手枕頭，與寧晚晴面對面。

「怎麼，孤不在榻上，愛妃不習慣了嗎？」

兩人不過隔著一尺的距離，甚至能明顯感覺到對方的呼吸起伏。

寧晚晴瞥他一眼。「與其半夜偷偷摸摸地進出，殿下不如直接睡在書房裡。妾身一個人睡，樂得清靜。」說罷，赫然轉身，不再看趙霄恆。

趙霄恆盯著她的背影，忽然問道：「生氣了？」

寧晚晴沒吭聲。

趙霄恆沈默片刻，道：「今夜有事，故而出去見了一個人。這人妳也認識，就是之前參加比武的周昭明。」

寧晚晴躺著沒動，嘴上卻道：「殿下告訴妾身這些做什麼？」
趙霄恆知道寧晚晴在意，便道：「孤並非不信任妳，而是……」
「而是很多事，殿下不想妾身插手，是不是？」寧晚晴的聲音聽不出喜怒。
趙霄恆遲疑一下，終究沒有反駁。
寧晚晴見他沒出聲，心頭冒出一股無名的火氣。
她和趙霄恆不過是假夫妻，真合作。他想做的事不告訴她、不需她勞心勞力，她應該高興才對。
但不知道為什麼，寧晚晴有些失落。
「殿下不告訴妾身，是不是覺得妾身沒用，幫不上忙？」
趙霄恆回答。「不是。」
寧晚晴轉過身來，看著趙霄恆的眼睛。「既然殿下信任妾身，又覺得妾身不算一無是處，為何不肯將心事告訴妾身？」
趙霄恆微微一怔。
房中安靜下來，只有兩人的眼神靜默地對峙著。
片刻之後，趙霄恆道：「孤唯一的心事，便是保住儲君之位。」
寧晚晴問：「除此之外，再無其他了嗎？」
趙霄恆抿了抿唇，沈聲道：「除此之外，再無其他。」

寧晚晴心頭微沈，索性坐起身，出聲呼喚。「來人！」

趙霄恆詫異地看著她。「妳要做什麼？」

寧晚晴沒搭理他，門口隨即響起福生的叩門聲。

「太子妃有什麼吩咐？」

寧晚晴瞧了趙霄恆一眼，不悅地開口。「快來服侍你們殿下更衣，他要去書房理事。」

趙霄恆啞口無言。

盛春漸暖，但坤寧殿中好像總有陰霾籠罩，怎麼也驅散不開。

未到晌午，歐陽珊便入了宮，此時坐在薛皇后的身旁，但薛皇后的臉色卻不怎麼好看。

「母后，探子回報，內侍省已經將麗妃去世的消息送出京城了。」

薛皇后不悅地開口。「本以為麗妃還有些利用價值，可沒想到連死都換不回她兒子，真是不堪用。」

難怪薛皇后會生氣，她與歐陽珊本來計劃得天衣無縫，打算先用麗妃之死換回趙霄昀，再拿住趙霄昀的把柄，好讓他連同吏部、禮部一起為趙霄譽效力。

可萬萬沒想到的是，麗妃的遺書沒有成功送到靖軒帝手裡，白白浪費了這一番布置。

歐陽珊道：「母后別生氣。麗妃死了，也有死了的用處。」

薛皇后瞥她一眼。「此話怎講？」

「二殿下離開京城之前，不放心麗妃一個人待在冷宮，所以特意安排側妃田氏照顧，可見他們母子情深。要是二殿下知道麗妃娘娘突然歿了，會作何感想？」歐陽珊頓了頓，又繼續道：「若他得知麗妃娘娘為東宮所害，又將如何行事？」

薛皇后眸色微瞇。「妳的意思是，將麗妃之死推到東宮頭上？」

歐陽珊微微一笑。「不錯。之前二殿下不慍不火，是因為有一個為他運籌帷幄的母親。兔子只有被逼急了才會咬人，不是嗎？」

薛皇后聽罷，唇角慢慢勾起。「有點意思。妳打算何時送信給老二？」

歐陽珊道：「回母后，兒臣入宮之前，已經自作主張送信去東海，還請母后莫怪。」

薛皇后聽了，面上笑意更盛。「妳如此伶俐，本宮怎會怪妳？要是譽兒有妳一半，沉得住氣就好了。」

一提起趙霄譽，歐陽珊的面色便僵了僵。

薛皇后何其敏銳，立即看出她的不對勁。「珊兒，妳怎麼了？」

歐陽珊垂下眼瞼。「沒什麼。」

歐陽珊的貼身侍女見狀，開了口。「皇后娘娘有所不知，自從殿下被官家禁足，便一直有些消沉，終日借酒澆愁。大皇子妃勸了殿下幾回，殿下便生氣了，如今連寢殿也不肯回，日日偎香倚玉……」

「住口！」歐陽珊輕斥一聲，瞪了侍女一眼。「誰讓妳在母后面前亂嚼舌根的？回府後領二十大板。」

侍女連忙告罪。「奴婢失言，請皇后娘娘息怒。」

薛皇后蹙起了眉。「珊兒，這麼大的事，妳怎麼不早說？」

歐陽珊站起來，對薛皇后欠身。「是兒臣不賢，無力勸誡殿下，有何臉面告訴母后？」

薛皇后思索一下，道：「罷了，本宮手書一封，妳帶回府去。譽兒看了信後，自然會與妳重歸於好。」

歐陽珊一聽，展露笑顏。「多謝母后。」

一刻鐘後，歐陽珊帶著薛皇后的信出了宮。

侍女扶著她一步步走上馬車，待車簾放下，笑著開了口。

「姑娘真厲害，三言兩語便讓皇后娘娘親自寫信去痛斥殿下。這下，您可以好好出一口惡氣了。」

歐陽珊道：「但願母后的信，能讓殿下回心轉意。」

趙霄譽身為皇后嫡子，自幼受到萬千寵愛，在宮內的待遇有時比太子還高，故而性子十分高傲，甚至有些不可一世。

這次被禁足，著實讓趙霄譽受到了打擊。

起初，他不過是在家生悶氣，可隨著時間過去，靖軒帝似乎沒有要讓他回朝的意思，他越來越焦慮，開始日日酗酒。

歐陽珊出身大家，又極有手腕，自然看不得他如此破罐子破摔，勸說趙霄譽不成，便與他吵了起來。

於是，趙霄譽一氣之下，不但變本加厲地飲酒作樂，還連著收了好幾個通房。

歐陽珊怒火中燒，卻知道不能和趙霄譽硬碰硬，遂想出今日的法子，借薛皇后的嘴來約束趙霄譽。

第五十三章

回到大皇子府後，歐陽珊還未邁入偏廳，便聽見裡面傳來一陣女子的嬉笑打鬧聲。

歐陽珊勃然變色，一把推開偏廳的門。

趙霄譽正衣衫不整地趴在軟榻上，懷中抱著一名身姿妖嬈的女子，而那女子衣裙半褪，正親熱地摟著他的脖子。

歐陽珊怒不可遏，二話不說，一把拔出門口侍衛的劍，向偏廳衝了進去。

女子原本嬌喘連連，見歐陽珊提劍走來，頓時嚇得花容失色。「殿下！」

趙霄譽聞聲回頭，見歐陽珊氣勢洶洶而來，不悅地開口。「誰允妳進來的？」

歐陽珊不說話，抬劍就向趙霄譽身下的女子砍去。

女子躲閃不及，雪臂上驀地挨了一劍，疼得尖叫起來，連滾帶爬地往外跑。

趙霄譽沒想到歐陽珊真的敢動手，勃然大怒。「妳瘋了?!」

歐陽珊冷著臉。「到底是妾身瘋了，還是殿下瘋了？殿下打算這般頹廢至死嗎?!」

「就算是，與妳何干?!」趙霄譽對歐陽珊這副高高在上的說教樣子，實在厭惡至極。

歐陽珊努力壓下自己的怒氣，從袖袋之中掏出一封信。

「今日妾身入宮向母后請安，母后讓妾身將此信交給殿下，還請殿下過目。」

趙霄譽一聽是薛皇后的信，不敢怠慢，怒氣沖沖地奪過，打開信紙，一目十行地看完，冷笑一聲。

「妳這個女人真是好手段，居然敢抬出母后來壓我！」

歐陽珊道：「妾身實在不希望殿下繼續頹廢下去，無論薛家也好，歐陽家也罷，所有的希望都寄託在殿下身上，還請殿下勿忘肩頭重任，早些振作起來。」

趙霄譽幽幽道：「說到底，還是為了歐陽家的權勢。」

「難道殿下不想要權勢？」歐陽珊面無表情地看著趙霄譽。「如今東宮勢大，且不說鎮國公與常平侯府的支持，太子還手握吏部、禮部，如此下去，要將其餘四部收入囊中，只怕也不是難事。

「二皇子的下場，已經是前車之鑑，殿下難道想眼睜睜地看著太子登基，將母后與你我踩在腳底？」

歐陽珊字字鋒利，像針一樣刺中趙霄譽的心。

他面色沈得不能再沈，終於斂起幾分怒氣。「而今局勢，我又能如何？」

歐陽珊見趙霄譽神色鬆動，繼續道：「幾日之內，二皇子便會收到麗妃的死訊。不出意外的話，他必然視東宮為死敵，屆時定會想辦法回京。只要他能與我們結成同盟，我們必有勝算。」

歐陽珊頓了頓，又道：「我們當前的處境雖然不好，但殿下可別忘了，下個月便是父皇的萬壽節，殿下並未犯下大錯，到了那時，所有的皇親國戚都要來祝壽，父皇又怎會繼續拘著您？您只需韜光養晦，不要再生枝節就好。其餘之事，自然會水到渠成。」

趙霄礜聽罷，若有所思地點了點頭。「罷了，就聽妳一回。」

下朝之後，臣子們三三兩兩走出紫宸殿。

福生一見趙霄恆出來，立即迎上去，壓低了聲音道：「昨晚殿下一夜沒睡，一大早又起來處理政務，不如趕緊回東宮休息吧？」

趙霄恆沈吟片刻，搖了搖頭。「不了，備車。」

福生一愣。「殿下想去哪兒？」

趙霄恆道：「萬姝閣。」

半刻鐘後，馬車從宮門出發。

于劍手持韁繩，驅馬而行。福生卻坐在一旁，雙手抱胸，愁眉不展。

于劍瞥他一眼。「你怎麼了？」

福生小聲地問：「殿下是不是和太子妃吵架了？」

于劍想了想。「沒聽說他們吵架啊。」

福生道：「若是沒吵架，太子妃怎麼會一大早將殿下趕出來？平日殿下下了朝，便迫不及待地回宮，與太子妃共進午膳，可今日卻說要去萬姝閣。萬姝閣是什麼地方，你難道不知道嗎？」

被福生這麼一說，于劍心裡也有點打鼓了。「你說得好像有點道理啊。可人家不是說床頭打，床尾和嗎？說不定明天就好了。」

福生眉頭緊皺。「要是這樣就好了。殿下也真是的，就算要散心，幹麼非去萬姝閣呢？要是被太子妃知道，恐怕就更生氣了，咱們千萬得瞞著。」

于劍笑道：「放心吧，只要你不說，我不說，太子妃一定不會知道的。」

福生悠悠嘆氣。「罪過、罪過，太子妃是我的伯樂，我實在不忍心欺騙她，還是你騙吧。」

于劍嘴角抽了抽。

馬車很快駛向京城主道，沒多久便到了萬姝閣。

彼時，趙獻恰好坐在萬姝閣二樓喝酒，不經意瞥見趙霄恆的馬車，興高采烈地奔下來，一見到趙霄恆，便眉開眼笑地開了口。

「殿下好一陣子沒來了！是不是今日不忙，所以來找我喝酒？」

趙霄恆輕咳了下。「算是吧。」

趙獻一聽，連忙招呼下人備酒，親自將趙霄恆迎上去。

「今日殿下來得好，如果過段時日再來，只怕就難見到我了。」

趙霄恆聽了這話，不由問道：「為何？」

趙獻回答。「官家的萬壽節不是快到了嗎？我父王回京祝壽，不日便要住進府裡，若被他知道我沒認真讀書，在這兒打理萬姝閣，還不打斷我的腿啊。」

趙霄恆沈思片刻，問道：「皇叔何時入京？」

「還不知道呢。」趙獻一面幫趙霄恆斟酒、一面道：「過一天逍遙的日子算一天，等他來了，我只怕連出府都難了。」

趙獻倒完酒，放下酒壺，忙道：「殿下快嚐嚐，這可是我新釀的酒。」

趙霄恆隨口嗯了聲，狀似不經意地問：「最近可有新菜式？」

這句話簡直問到趙獻心口上了，笑道：「當然有了！春筍雞啊、燴鱸魚啊、鴛鴦芙蓉糕啊……」

趙獻是個背首詩都有困難的人，居然一口氣報出了十幾樣菜名，可見他對萬姝閣的生意下足了功夫。

趙霄恆耐心地聽完，滿意地點了點頭，道：「嚴書當真有心，這些菜式聽起來甚好，只是……」

趙獻見他欲言又止，開口追問道：「只是什麼？」

趙霄恆抬手握拳，輕輕咳了下。「不知這些珍饈可否裝盒帶走？孤最近養了隻貓兒，喜歡吃菜。」

「貓兒？」

趙獻有些疑惑地看著趙霄恆，忍不住問：「殿下一向身子不好，怎麼還勞神養起寵物來了？」

趙霄恆笑了笑。「多個伴，也好。」

趙獻哈哈一笑。「既然是寵物，那自然要寵著了。來人，將萬姝閣新出的吃食都備上一份，待殿下離開時，一併帶走。」

趙霄恆笑著道了聲謝。

趙獻和他碰了一杯，道：「殿下同我客氣什麼？對了，殿下最近可有見到姑母？」

趙獻提起趙念卿，趙霄恆才想起，親蠶節之後，就沒有見到她了。

「未曾。怎麼了？」

趙獻撇了撇嘴。「前段日子姑母來萬姝閣，又點了十二郎伺候。上一次她要帶走十二郎，被殿下攔住，可這一次殿下不在，姑母便強行將人拉走了。」

趙霄恆問他。「你沒攔著嗎？」

趙獻痛心疾首。「姑母的性子，我哪裡攔得住？那十二人本是為殿下準備的，後來殿下不要，我便將他們留在萬姝閣，每當他們出來獻藝，就場場爆滿，人稱『閣中十二絕』。如今姑母霸占著十二郎，這不是拆我的臺嗎？」

趙霄恆看了趙獻一眼。「你打算如何？」

趙獻躊躇許久，他既想去公主府將人要回來，又擔心要不回來會更丟面子，所以今日見到了趙霄恆，便想找他討個主意。

「殿下覺得，若是我親自上公主府，能將人要回來嗎？」

趙霄恆沈思片刻，道：「只怕不能。」

趙獻一愣。「為何？」

趙霄恆知道趙念卿為何非要十二郎不可，卻不便說出原因，只得道：「你就不怕姑母將此事告訴你父王？」

此言一出，彷彿一盆冷水澆到了趙獻頭上，讓他頓時清醒過來，喃喃道：「殿下說得對，切不可因小失大。」

齊王本來就不喜歡趙獻經商，為他取字「嚴書」，也是希望他手不釋卷。可趙獻偏偏最討厭讀書，到京城之後又沒人看管，更是由著性子來了。

眼見齊王快要入京，趙獻便一日比一日焦慮起來。

「殿下，您說，我這萬姝閣要不要關張一段日子？萬一我父王知道了，只怕會一把火燒了這裡。」

趙霄恆淡淡道：「這裡連著京城主道，就算皇叔想燒，也是不能。」

趙獻眉頭皺得更深。「就算不能燒，那他也會派人砸了我的店。對了，那個女人也要跟他一起入京，萬一被她知道我開了萬姝閣，不知會怎麼嚼舌根呢。」

趙獻嘴裡的那個女人，便是齊王的續弦。

趙霄恆道：「嚴書不必擔心，你在京城的一切，只怕他們早就知道了。」

趙獻有些納悶地看著趙霄恆。「殿下如何得知？」

趙霄恆沈聲道：「吏部選拔武官時，有個叫孫志遠的買通了吏部作弊，被清理出去了。事後，孤查過此人，發現他正是齊王妃的表弟。齊王妃連母族的人都能送入京城，又怎麼可能不在京城布上幾個暗樁呢？」

趙獻立時變了臉色。「殿下的意思是，那個女人想讓她表弟進吏部？」

趙霄恆無聲點頭。

趙獻氣得破口大罵。「孫家算個什麼東西？若不是我母妃早逝，她憑藉狐媚子的功夫爬上我父王的床，齊王妃的位置哪裡輪得到她。她還好意思夥同表弟作弊？當真是丟我齊王府的臉！」

他說著，越發怒不可遏。「來人，拿筆墨來，我要將此事稟告父王。」

下人們正要去取筆墨，趙霄恆卻道：「嚴書，且慢。」

趙獻道：「殿下難不成還要勸我，替那女人瞞著父王？」

趙霄恆微微一笑。「書信容易出紕漏，不如等皇叔進京了，嚴書再當面同他說？」

趙獻想了想，道：「殿下說得有理，免得信被那女人劫去，還成了我的把柄。」

這時，管事滿臉堆笑地進來。

「世子，您方才要的菜，已經全部備好了。」

趙霄恆便道：「嚴書，若無其他的事，孤先回宮了。」說完，站起身來。

趙獻沒想到他這麼快就要走，忙道：「殿下還未坐多久呢，連菜都沒吃幾口，怎麼就要急著走了？」

趙霄恆淡笑了下。「來日方長。」話落，便離開了萬姝閣。

福生和于劍各拎著兩個偌大的食盒，匆匆跟著趙霄恆下樓。

于書早已把馬車備好，見趙霄恆到了門口，立即為他挑起車簾。

趙霄恆入車坐定，馬車駛往東宮。

于書低聲道：「方才殿下提起孫志遠之事，世子似乎並不知情。」

趙霄恆道：「不錯。可見齊王府之事，嚴書並未參與。」

趙獻畢竟是齊王的兒子，按理說，若是齊王在京城有所動作，定會讓趙獻設法照應。可齊王卻完全沒有告訴趙獻，可見與他並不親厚。

這次的試探，並非毫無緣由。

周昭明入了吏部見習不久，便發現孫志遠也被塞進來。此人不但在吏部結交廣泛，也在京城中四處交際，企圖拓展人脈。

趙霄恆擔心這是齊王的手筆，故而生疑。

于書低聲道：「殿下，齊王府只怕野心不小。」

趙霄恆淡聲開口。「聽說當年齊王也算是出類拔萃，可後來太子之位落到父皇身上，他便主動向父皇示好，討得東海那片富庶的封地。這麼多年，他看起來偏安一隅，可實際上，在京城的動作卻是不少。」

于書思量片刻，道：「殿下，此事要不要稟報官家？」

趙霄恆搖了搖頭，沈聲道：「眼下都是我們的猜測，並無實證，且齊王除了安插探子和孫志遠，也沒有做其他出格的事情，說出來只會打草驚蛇，且走且看吧。」

于書應是。

東宮的寢殿之中，熏香裊裊，暖意宜人。

寧晚晴坐在桌前，手中捧著一本厚厚的宮規。

好半天了，她卻沒有翻過一頁。

元姑姑立在一旁，見寧晚晴秀眉輕蹙，溫聲問道：「太子妃怎麼了？」

寧晚晴微微愣了下，回過神來。「姑姑方才說什麼？」

元姑姑一笑。「奴婢是問，太子妃想什麼想得這麼出神？」

寧晚晴垂下眼瞼。「也沒有什麼，不過是昨夜沒睡好罷了。」

自從嫁入東宮後，寧晚晴便與趙霄恆同床共枕。

寧晚晴睡得淺，昨夜他出去時，她就醒了。許久不見他回來，便知道他有要事在身。她並不是一個窺探慾強的人，來到東宮之初，也時刻提醒自己，要注意與趙霄恆相處的分寸，保持職業法律人的清醒和理性。

但隨著兩人逐漸熟悉，趙霄恆也對她越來越好。

可是這樣的好又十分矛盾，一面無微不至，又一面有所保留。

這種矛盾的感覺，讓寧晚晴無所適從。

元姑姑柔聲道：「太子妃，馬上就要用午膳了。不如先吃些東西，再好好睡一覺？」

寧晚晴搖頭。「罷了，沒什麼胃口。」

元姑姑盯著寧晚晴一會兒，忽然問道：「太子妃……是不是在生殿下的氣？」

寧晚晴微微一怔。

這話似乎提醒了她，從昨晚到現在，她似乎確實在生氣。

令人更鬱悶的是，她也不知道自己在氣些什麼。

她和趙霄恆有協議，不過是合作夥伴而已，本就應該保持距離，將重心放在正事上。

既然如此，她又有什麼資格生他的氣呢？

寧晚晴有些迷惘。「姑姑，我有一事不明。」

元姑姑道：「太子妃請講。」

寧晚晴抿了抿唇。「若有一人，對另一人很好，可又不對她說真話，這是為什麼？」

元姑姑聽罷，輕輕笑了起來。「既然想知道，為何不直接問對方呢？」

寧晚晴沈吟片刻，道：「即便問了，那人也不會答的。」

元姑姑心下了然，輕聲說：「若真是這樣，那就只能自己感受了。若一個人真的對另一個人很好，那她一定是能感受到的，因為有些事能裝得了一時，卻裝不了一世。只要確認彼此的心意是真，定能逐漸敞開心扉，破除那些難言之隱。太子妃覺得呢？」

寧晚晴沈默一會兒，道：「但願吧。」

元姑姑笑著說：「太子妃聰慧，想必能很快撥開雲霧，與殿下重歸於好。」

「嗯……」寧晚晴應了聲，忽然又覺得不對勁，忙道：「方才不過是打個比方，此事與我無關。」

元姑姑笑而不語。

寧晚晴收拾心情，重新看起手中的宮規。

這段日子以來，她幫著嫻妃協理六宮，對宮中事務越來越熟悉。

之前的宮規，有許多細節沒有考慮進去，也複雜難懂。

她按照前世民法的邏輯，將其完善，又加入不少嘉獎的細則，可以鼓勵宮人遵守。若人人遵守宮規，後宮也將更加安穩。

寧晚晴看了沒一會兒，外面便響起一陣腳步聲。

福生一路小跑著來到寢殿，興高采烈地邁進廳中。

「小人向太子妃請安。」

寧晚晴抬起眼簾，瞧他一眼，不鹹不淡地嗯了一聲。「何事？」

福生滿臉堆笑。「太子妃，殿下下朝後，順路去萬姝閣帶了些美食回來，現在已經回宮了，要小人過來請太子妃去用午膳。」

寧晚晴秀眉一挑，皇宮距離萬姝閣不近，來回至少需要大半個時辰，當真順路嗎？

第五十四章

花廳中，佳餚滿滿擺了一桌。

趙霄恆和寧晚晴相對而坐，誰也沒有先開口。

福生和思雲連忙上前，分別為他們盛湯。

盛完湯後，兩人識趣地退下，只留下趙霄恆與寧晚晴。

趙霄恆輕咳了聲。「妳不是總覺得宮中食物千篇一律嗎？這些都是萬姝閣出的新菜，嚐嚐吧。」

寧晚晴瞥了他一下，沒說什麼，只輕輕點了頭，拿起筷箸。

春筍雞幼嫩多汁，鮮美至極；燴鱸魚香滑無比，肉質彈潤；芙蓉糕甜而不膩，入口即化……

寧晚晴一道一道嚐過去，心情好了不少。

難得的是，這些菜還熱呼呼的，可見趙霄恆拿了菜後，便快馬加鞭地趕回東宮。

趙霄恆靜靜看著寧晚晴進食，低聲問道：「如何？」

寧晚晴覷他一眼。「不好。」

趙霄恆微愣。「妳不喜歡嗎？」

寧晚晴展露笑顏。「再好的菜，妾身一個人吃有什麼趣兒？殿下都不動筷。」

趙霄恆這才發現，他一直盯著寧晚晴看，忘了進食，緩緩揚起嘴角。

「好，我們一起吃。」

寧晚晴莞爾，埋頭吃菜。

待午膳進得差不多了，兩人先後放下筷箸。

寧晚晴沈吟片刻，道：「今早，妾身不該生氣的。」

「不。」趙霄恆打斷了寧晚晴的話。「原是孤做得不妥。」

他所謀之事牽連甚廣，在有完全的把握之前，他並不想將寧晚晴及常平侯府牽扯進來。因此，他只能抱歉，不能說明原因。

寧晚晴卻道：「殿下行事，必然有自己的理由。」抬起眼簾，凝視趙霄恆的眼睛。「妾身相信殿下沒有惡意。」

簡簡單單一句話，如春風化雪，消融盡在不言中。

趙霄恆的嘴角抑制不住地上揚了些，輕聲道：「對了，孤有件事要與妳商量。

「過段日子便要春獵，春獵是皇室傳統，按照慣例，孤會隨父皇離宮，到京城附近的九龍山上小住幾日，妳想不想一起去？」

寧晚晴一聽能出宮，眼睛都亮了起來。「殿下當真能帶妾身去？」

趙霄恆笑道：「有何不可？」

寧晚晴笑顏如花。「那就一言為定。不過，妾身也能去狩獵嗎？」她從沒有參加過狩獵，故而有些興奮。

趙霄恆道：「可以。到時候，妳跟在孤身旁就好。」

與東宮的平靜不同，東海的某座宅子裡，近日風波不斷。

「二皇子妃，殿下宿醉醒了，現在又開始砸東西，您快去看看吧。」

聽了侍女面色驚惶的稟報，白心蕊擰緊眉頭，快步向寢殿走去。

然而，她還未走到門口，便聽見一聲巨響，似乎是花瓶被砸破的聲音。

白心蕊定了定神，抬手推門而入，只見二皇子趙霄昀眼角猩紅，踉蹌地站在房中，腳邊是一地狼藉。

她早已見怪不怪，道：「殿下醒了？」

趙霄昀看都沒有看她一眼，吼了一聲。「滾！」

白心蕊有些不悅，但她深知趙霄昀的脾氣，不敢發作。

「妾身知道殿下得知母妃的事而傷心，可您這般作踐自己的身子，只會讓親者痛，仇者快。」

趙霄昀抬起眼，有些疑惑地看著她。

白心蕊道：「殿下，母妃之死，並沒有那麼簡單。」掏出一封信，呈給趙霄昀。「這是大皇子妃送來的信，還請殿下過目。」

趙霄昀半信半疑地接過信，拆開來看，不過寥寥數語，便讓他勃然變色。

「母妃竟是東宮害死的?!」趙霄昀咬牙切齒。「他們都將我們害到了這般田地，還不甘心嗎?!」

白心蕊道：「太子要鞏固自己的地位，自然會對我們趕盡殺絕。母妃伺候父皇多年，想來必是太子怕母妃復寵，所以才下此毒手。」

趙霄昀眼眶通紅，怒道：「可憐母妃不但孤零零地死在冷宮，還被父皇誤解為自盡。」

他氣得一把拂掉桌上的東西，茶壺杯盞等噼哩啪啦摔了一地。

白心蕊勸他。「殿下，我們再生氣也沒用，若不想法子回京，只怕母妃的仇永遠也報不了了。」

一提起回京之事，趙霄昀臉色更沈。

東海的水匪猖獗，趙霄昀與他們交鋒數次，都沒占到什麼便宜。

他遞了帖子向齊王求助，可齊王總是推諉，不肯真的出兵助他。

趙霄昀不得已，只得聯合自己的岳丈白榮輝，從齊王妃身上下手，於是便有了送孫志遠去吏部之事。

可惜，此事也落空了。

趙霄昀咬牙。「皇叔不肯幫我，不過是因為我開出的價錢不夠高。只要我能豁得出去，就不信皇叔會將我們拒之門外。」

齊王府。

一隻毛色光亮的藍色鳥兒，正待在黃金鑄造的籠子裡，有力的爪子牢牢地扣在橫欄上，一動也不動，黑豆般的眼睛炯炯地盯著自己的主人。

齊王饒有興趣地看著鳥兒，悠悠道：「延兒，你看父王這鳥養得如何？」

二公子趙延立在一旁，面上掛著淡淡的笑意。「這鳥自從入了王府後，父王都是親自餵養，當真養得極好。」

齊王笑了下，舀起一勺鳥食送入籠子裡，藍鳥立即撲騰著翅膀過來，一點一點啄起食物，看著十分乖巧。

趙延瞧著齊王這般有耐心，又道：「不過，孩兒聽聞，這鳥來自西域，很難馴服，父王是如何讓牠聽話的？」

齊王放下了金勺子。「此鳥剛入府時，日日在籠子裡鬧，極不服管，本王便派人拿細棍刺激牠，又餓了一段時日，當牠奄奄一息時，本王再來餵食。幾次之後，牠便對本王俯首帖耳了。」

齊王說罷，將逗鳥棒伸進鳥籠，藍鳥立即乖順地湊過來，與他頗為親暱。

趙延盯著藍鳥一會兒，忽然道：「父王，聽說二殿下又來了，這次您還是不見嗎？」

齊王微微一笑。「延兒覺得，本王該見他嗎？」

趙延思量片刻，沈聲道：「那就得看看，他值不值得父王去見了。」

齊王一面逗著藍鳥、一面道：「馴鳥和馴人一樣，有些人順風順水之時，便覺得自己是天之驕子，眼高於頂。那種時候，即使我們幫了對方，也不過是錦上添花，落不著好。」

他頓了頓，又說：「若對方到了九死一生之時，再施以援手，那便是雪中送炭，乃是天大的恩情。延兒覺得，如今是時候了嗎？」

趙延想了想，回答。「如今麗妃殞命，二殿下失了宮中的靠山，且他剿匪不順，與州府又不合，簡直是進退兩難。若父王此時能幫他一把，豈不是成了他的恩人？」

齊王滿意地看了趙延一眼。「不錯。時機與選擇，往往比埋頭苦幹更重要。」扔開了逗鳥棒。

「走，去會一會他。」

春獵由禮部和兵部負責，隨著日子一天天臨近，兩部的人忙得腳不沾地。

田升已經正式接手禮部，任禮部尚書，但他對眾人的態度依舊嚴謹謙和，故而內外皆有好評。

「田大人，您要的文書，下官已經理好了。」

小吏將文書送到田升的案頭，田升道了聲辛苦，將這疊文書接過來。

他一一檢查後，確認無誤，裝進隨身的招文袋，離開禮部衙門，乘上一輛樸素的馬車。

馬車徐徐駛過長街，穿過熙攘的人群，最終在一處安靜的院落前停下。

下人撩起車簾，田升躬著身子出來，下了馬車。

他抬起頭，看了黑底金漆的宋宅牌匾一眼，拾階而上。

古樸大器的院落，似乎不需要多餘的解釋，便能彰顯當年的顯赫。

宋宅的管家忠叔親自引著田升往屋裡走。「田大人來得早，不過殿下已經到了，正在書房等您呢。」

田升點頭，加快了腳步。

忠叔將田升帶到書房門口，輕輕叩門。「公子，田大人來了。」

田升是第一次來這間宋宅，聽到忠叔不稱趙霄恆為殿下，反而喊公子，有些詫異，卻沒有多說什麼。

趙霄恆的聲音從裡面傳出。「請田大人進來。」

忠叔退到一旁，田升便入了書房。

可他第一個見到的，不是趙霄恆，而是田柳兒。

田柳兒正與寧晚晴坐在一起對弈，聽見田升的聲音，高興地迎上來。

「女兒見過父親。」

由於二皇子是戴罪之身，麗妃的死又鬧得沸沸揚揚，田柳兒不敢隨意出府，田升已經好一段時日沒有見到她了。
此刻父女相見，著實讓他有些驚喜。
「柳兒，妳怎麼在這兒？」
田柳兒笑道：「太子妃說，今日父親有政務要請示殿下，便讓女兒一起來了。」
田升感激地看寧晚晴和趙霄恆，道：「微臣向太子殿下、太子妃請安。多謝兩位的美意，微臣和小女受寵若驚。」
寧晚晴一笑。「田大人不必客氣，你們父女本就離得不遠，若有機會，多見見也好。」
田升點了點頭，斂起臉上的喜色，呈上帶來的文書。「殿下，這是春獵的所有安排，還請過目。」
趙霄恆微微頷首。「可有什麼特別的？」
田升低聲道：「狩獵的安排，暫時沒有什麼特別的。不過，齊王殿下提早回來了，說是要帶著世子和二公子，一同參加春獵。」
趙霄恆聽了，並不意外。
「齊王入京，非同小可，須提前同兵部尚書、御林軍統領一同準備，以防不時之需。」
田升應聲。「殿下放心，微臣一定將此事辦妥。」
七日後。

京城門口人山人海，士兵們以長矛相接，連成人牆，努力維持著長街上的秩序。

距離城門不遠處的茶樓裡，趙蓁以手撐頭，正饒有興趣地眺望窗外。

「皇嫂，皇叔回京到底有什麼好看的，怎麼來的人這麼多呢？」

寧晚晴笑道：「妳還好意思說別人，是誰一大早就來我宮裡，眼巴巴地要跟來？」

趙蓁有些不好意思，小聲反駁。「臣妹可不是為了來看熱鬧的，只是想出宮罷了。對了，皇嫂，今日那麼多官員來迎皇叔，怎麼沒見大理寺的人？」

寧晚晴道：「興許是最近案子太多，沒有工夫過來。」

趙蓁小小哦了一聲，心頭湧上一股莫名的失落。

寧晚晴瞧她一眼，又道：「不過，今晚父皇要宴請皇叔，會有不少大臣赴宴，也許黃大人就會來了。」

趙蓁一聽，那雙靈動的大眼睛亮了起來。「當真?!」

寧晚晴笑而不語。

趙蓁忽然發現不對勁，忙道：「臣妹隨口問問而已，皇嫂怎麼突然扯到黃大人身上去了。」嘴上雖這般說著，一張小臉卻瞬間染上了桃花色。

寧晚晴打趣道：「方才聽妳問起大理寺的人，不是在問黃大人，難不成是關心那位年近六十的大理寺卿？」

趙蓁面色更紅。「皇嫂！」

寧晚晴莞爾一笑。「好了，不逗妳了。看，城門開了。」

趙蓁這才收起方才的小女兒神情，起身奔向窗邊。

寧晚晴也放下手中的茶盞，來到趙蓁身旁。

她臨窗遠眺，只見文武百官分成兩列，齊整地立在城門處。趙霄恆站在最前面，身著暗紅朱明衣，身姿挺拔，卓爾不群。

這時，趙霄恆忽然回過頭，同旁邊的官員交談起來，神色鄭重地吩咐幾句之後，官員向趙霄恆恭敬一拜，轉身離去。

寧晚晴默默地看著。其實趙霄恆不裝病的時候，頗有王者之風。

趙霄恆正打算收回目光，不經意間看到了茶樓上扶窗而望的人。

四目相對，趙霄恆唇角微微一牽，打破了方才嚴謹的神情。

趙蓁興高采烈地拉寧晚晴的衣袖。「皇嫂，皇兄在對妳笑呢。」

寧晚晴心頭微動，也忍不住彎起眉眼。

身處文武百官之中，動作居然如此明目張膽。除了趙霄恆，其他人沒敢這麼做了。

片刻後，城門外響起如雷的腳步聲。

齊王的儀仗入城，趙霄恆並未迎上去，而是立在原地等候。

齊王的馬車駛上鋪就好的鮮紅地衣，好一會兒，才在距離趙霄恆數丈開外停下來。

按照規矩，太子為儲君，而齊王為藩王，齊王應下車拜見太子。

可馬車停了好一會兒，裡面卻沒有動靜。

文武百官的表情不太好看，百姓們也開始竊竊私語——

「齊王怎麼還不下車？他舒坦地坐著，太子頂著日頭站著，這像什麼話啊？」

「說不定是齊王在擺譜，想等著太子過去攙扶？」

「笑話！太子如何能伺候臣子？」

趙霄恆對這些話充耳不聞。齊王素來面上和善，但背地裡城府極深，入了城卻不下車，八成是有意試探他。

於是，齊王不動，趙霄恆也按兵不動。

第五十五章

一旁的趙獻實在按捺不住了，不知自己父王葫蘆裡賣的是什麼藥，便對趙霄恆道：「殿下，不如我去看看？」

趙霄恆淡笑了下。「嚴書請自便。」

趙獻忙不迭點頭，徐徐走到了馬車旁邊。

他隔著車簾，出聲問道：「孩兒給父王請安。父王久久未離車駕，可是出了什麼事？」

齊王沒有出聲，二公子趙延從車上徐徐而下。

趙延看了趙獻一眼，並未搭理他，逕自走到趙霄恆面前，俯身一揖。

「參見太子殿下。父王舟車勞頓，身子不適，恐怕難以下車向殿下請安了。」

他說罷，飛快看了趙霄恆一眼。「太子殿下宅心仁厚，想必不會計較吧？」語氣十分溫和，身子也彎得很低，看起來謙卑有禮。

但明白人一聽便知，趙延此舉是故意給趙霄恆戴高帽。即使趙霄恆心有怒氣，也不能隨意發作，不然就當不起「宅心仁厚」的名頭了。

旁人面色各異，偏偏趙獻把心思放在了前半句話，不悅地開口。「趙延，父王到底哪兒不舒服？你一路隨行，是怎麼照顧的？」

趙延向來看不起趙獻這個草包兄長，直接還了嘴。

「兄長在京城養尊處優，自然不懂我們路途的艱辛。若你真有孝心，該去請個大夫來，而不是在這兒數落我。」

趙獻被堵得啞口無言。

趙延又對趙霄恆道：「殿下，天色不早了，不如我們直接啟程吧？」

一旁的官員們聽見這話，面面相覷，不少人蹙起了眉。

于劍忍不住道：「哥，齊王連車也不下，便想讓殿下為他開道，大搖大擺地入城進宮，他將咱們殿下當成什麼了？」

于書壓低了聲音道：「別急，你且看著。」

趙霄恆與趙延相對而立，虛虛勾了下嘴角。「子傑說得有理，是該啟程了。」子傑是趙延的字。

趙延一聽，面上的得意差點壓制不住。「那請殿下先行，我們緊隨其後。」

趙霄恆搖搖頭。「既然皇叔身子不適，便先回王府休息吧。」做出請的手勢。

趙延愣了下，忙道：「殿下，等會兒不是還有宮宴，難道不直接入宮？」

趙霄恆笑了笑。「皇叔的身子要緊，今日不聚也罷，待孤回宮之後，稟明父皇就是。只是，日前父皇便命內侍省備下這場宮宴，如今作罷，倒是有些可惜了。」

趙延傻了，這筵席是靖軒帝為他們接風洗塵而設，若是不去，萬一真的惹怒聖顏……心中暗驚，不由看向身後的馬車。

趙霄恆卻沒有給趙延後悔的機會。「宮中還有事，孤就不送了。」轉身要走。

一眾官員見狀，不悅地掃了趙延一眼，立即跟上趙霄恆。

趙延手足無措，連忙追上去。「殿下，您等等啊！」

這時，車簾微動，齊王半躬著身子，由下人扶著，一步步下了車。

趙獻見到齊王，立即出聲。「父王！」

齊王瞥他一下。「還不快去留住殿下。」

趙獻有些不明就裡，愣了一瞬，才去追趙霄恆。

前方，在眾人的簇擁之下，趙霄恆不慌不忙地回過頭，見到齊王的瞬間，露出了微微訝異的表情。

「皇叔不是身子不爽嗎，怎麼下車了？」

齊王扯了扯嘴角。「多謝太子殿下關懷。微臣本該一入城便下車見禮，但延兒孝順，硬是不肯讓微臣吹風，這才怠慢了殿下，還望殿下海涵。」還裝模作樣地咳了兩聲。

趙延面上青一陣、白一陣，卻只能順著齊王的話，將這口鍋揹好。

「都是子傑思慮不周，還請殿下恕罪。」

趙霄恆笑著說：「子傑孝心可嘉，孤欣賞還來不及。既然如此，皇叔是打算按照原計劃入宮赴宴，還是回府養病？」
齊王道：「自然是入宮赴宴，微臣怎敢辜負官家的一番心意呢？」
趙霄恆涼涼道：「可是皇叔的病……」
齊王一笑。「不過小毛病而已，歇一會兒便無大礙了。」
趙霄恆勾了勾唇。「既然如此，那我們便啟程吧。」

今夜的宮宴依舊設在集英殿。
齊王難得入京，這一場宮宴，既是家宴，也是政宴。
於是，靖軒帝特地請了一眾臣子和妃嬪參加，連禁足已久的薛皇后和大皇子趙霄譽亦得到特許赴宴。
靖軒帝入席後，宮宴正式拉開了帷幕。
靖軒帝手持金杯，徐徐道：「許久不見，皇弟風采不減當年。」
齊王連忙端起酒杯相迎。「老了，比不上官家，正當春秋鼎盛。」
兩人遙遙一舉杯，各自仰頭飲盡。
趙霄恆開口道：「皇叔身子還未恢復，不如少喝些酒吧。」
這話一出，靖軒帝立時轉向齊王，問道：「怎麼，皇弟哪裡不適？」
齊王忙道：「微臣不過是坐了幾天馬車，有些腰痠背痛，今日險些入不了宮。讓官家和殿下擔心了，實在是微臣的不是。」

靖軒帝點了點頭。「原來如此，可請太醫看過了？」

齊王道：「看過了，沒什麼大礙。」

趙霄恆道：「皇叔還是別掉以輕心為好，依孤看，以後還是別領兵出戰了，免得積勞成疾。父皇覺得呢？」

靖軒帝本來就想趁著齊王回京，將東海的兵權一分為二，一半收回來，一半留給齊王。正愁不知如何開口，聽聞趙霄恆這話，不由暗喜。

「恆兒說得有理。如今孩子們都已經長成，是時候讓他們歷練了，皇弟不該再事事當前，需有的放矢才好。」

齊王聽懂了靖軒帝的一語雙關，心底怒氣翻湧，卻只能強制壓下，笑著應了。

「皇兄說得是。」他又對一旁的趙獻和趙延道：「你們可要好生努力，別辜負了官家的厚望。」

趙獻與趙延一同應是。

靖軒帝的目光掃過趙延，笑道：「這是子傑吧？上次入宮時，不過還是孩童，如今居然長這麼大了。」

趙延聽了這話，立即起身，向靖軒帝一揖。「子傑給官家請安。」

靖軒帝笑容和藹。「論理，你該稱朕一聲皇伯父才是。」

趙延忙道：「君臣有別，禮不可廢。縱使子傑心中敬愛官家，也不敢逾矩。」

靖軒帝聞言，滿意地點了點頭。「子傑小小年紀，便如此識大體，你父王和母妃教養得不錯。」

一旁的齊王和齊王妃連忙起身謝恩。

趙獻坐在一旁，起也不是，坐也不是，看起來十分尷尬。

齊王妃道：「子傑在東海時，便心心念念入京，希望能一睹天顏。今日得償所願，也不枉此行了。」

靖軒帝心情本就不錯，聽了這話，笑意更盛。「既然如此，不如就讓子傑入朝，便能常常見到了。」

此言一出，齊王妃大喜過望，趙獻卻神色黯然。

他表面上是齊王世子，可人人都知道，當年靖軒帝與齊王關係微妙，需要送一個孩子入京教養，實為質子。

齊王和齊王妃為了穩固地位，便把趙獻送到京城。

這些年來，齊王和齊王妃對趙獻不管不問，徹底將他養廢了。

雖然趙獻無意入朝做官，但眼看著父親和繼母言詞裡外都在為趙延謀前程，心裡很不是滋味。

齊王妃心中雀躍，正要跪下謝恩，趙霄恆的聲音卻冷不防響起——

「父皇這法子甚好。」

靖軒帝循聲看去，笑道：「恆兒也覺得子傑該早些入朝？」

趙霄恆點頭。「是。不過今年的春闈很快便有結果，子傑若要參加推舉，只怕得等到明年了。」

這話一說完，齊王妃和趙延立時變了臉色。

按照大靖律例，藩王的兒子們有王位的繼承權，卻不能直接入朝做官。

世子尚能繼承王位，而次子若要做官，要麼走世襲的推舉制，通過科考或武考入朝；要麼只能做屬地的屬官，掌一部分當地政務。

原本齊王妃希望趙延能好好表現一番，趁著靖軒帝高興，謀個一官半職。誰承想，趙霄恆一句話就讓他們的希望化為泡影。

經過趙霄恆提醒，靖軒帝立即會意，春闈即將放榜，此時提拔皇親國戚容易惹來非議，又將方才的想法壓下了。

「恆兒提醒得是。還有一年時間，子傑好好準備，說不定能在明年的春闈拔得頭籌。」

齊王妃和趙延聽了，心情一下從雲端跌落谷底，只得快快地謝了恩，回到座位上。

趙霄恆不聲不響地幫趙獻敲打了繼母和弟弟，見趙獻對他投來感激的目光，一低頭，發現碗裡多了一片肉。

他側目看向寧晚晴，寧晚晴唇角輕動，趙霄恆便讀懂了她的唇語——「精采」。

趙霄恆忍不住笑了笑，也為她布了一回菜。

樂聲響起，眾人的目光移到登臺唱戲的戲子們身上。

臺上的戲子們有條不紊地走位，嘴裡唱詞不斷，抑揚頓挫間，引人入勝。

寧晚晴很少聽戲，對這唱腔並不熟悉，忍不住問道：「這戲文裡唱的是什麼？」

趙霄恆湊近了些，低聲道：「這齣戲唱的是一位父親與兒子失散之後，悲痛欲絕，輾轉去了許多地方尋找，可是都沒有找到。兩人多年後才相逢，抱頭痛哭時，都已白髮蒼蒼……總之，講的是父子之情。」

寧晚晴覺得有些不對勁。「今日明明是歡迎齊王的宮宴，為何要演一齣父子情深的戲碼？」

趙霄恆聽罷，面色微變。「不好，這戲有詐！」

話音剛落，戲臺上的表演便戛然而止。

不少人被這齣戲打動，甚至有心思細膩的妃嬪感動得抹起了眼淚。

薛皇后面上掛著笑意，稱讚道：「好一齣父慈子孝的戲，當真感人至深，不知這齣戲是誰備下的？」

齊王聞言，起了身。「這齣戲，是微臣安排的。」

靖軒帝有些意外。「皇弟遠道而來，居然還安排了戲碼？著實費心了，該賞。」

孰料，齊王卻徐徐走到臺中，對著靖軒帝一揖。

「官家，微臣不需要賞賜，只希望官家能恕微臣先斬後奏之罪。」

此言一出，靖軒帝神色複雜了幾分。「皇弟此話怎講？」

齊王頓了頓，回過頭，對方才演兒子的戲子說：「出來吧。」

戲子聽了齊王的話，一步步走到殿中，面向靖軒帝跪下。

靖軒帝面露詫異。「你是？」

戲子抬起手來，徐徐摘下面具——

眾人看清了他的臉後，立時譁然一片。

此人不是別人，正是之前被貶謫到東海的二皇子，趙霄昀。

趙霄昀看起來比之前瘦了不少，一雙眼睛深深凹陷下去，原本風流的桃花眼，此刻也微微耷拉著，看起來頹然冷鬱。

他向靖軒帝深深一拜，以頭觸地。「兒臣叩見父皇。」

靖軒帝盯著趙霄昀，神情不辨喜怒。「你怎麼回來了？」

齊王忙道：「官家，二殿下本來應該在東海剿匪，是微臣聽說麗妃娘娘歿了，擔心二殿下難過，故而前去探望。孰料二殿下為了替官家祈福，已經齋戒數日，人都瘦得脫了相。

「微臣感念二皇子的孝心，便自作主張將他帶回京城，還望官家看他一片赤誠的分上，再給他一次機會。」

靖軒帝聽罷，無聲抬起眼簾，看向趙霄昀。「為何你母妃歿了，卻反而為朕祈福？」

趙霄昀對著靖軒帝再拜一次。「回父皇，兒臣與母妃犯下大錯，本就該盡力贖罪。兒臣身為人子，一不能為母妃送終，二不能在父皇膝下盡孝，只能默默為父皇祈福，希望父皇福壽安康，萬事順遂。這也是兒臣唯一能為父皇做的了。」

趙霄昀說罷，頭跟著低了下去。

在場之人聽了這話，多少有些動容。

靖軒帝見原本意氣風發的兒子成了這般模樣，神情也有些鬆動，道了句。「早知如此，何必當初。」

趙霄昀的聲音壓得很低。「父皇說得是，都是兒臣的錯。」

薛皇后見狀，開口道：「官家，人非聖賢，孰能無過？既然二皇子已經知道錯了，不如讓他回京吧。如今他失了母親，若還一個人孤零零地留在東海，只怕不明就裡之人，又要亂嚼舌根了。」

大皇子趙霄譽也跟著幫腔。「是啊，父皇，兒臣看二皇弟沈穩許多，過去之事，就讓它過去吧。」

話落，他又看向對面的趙霄恆和寧晚晴。

「太子宅心仁厚，太子妃更是賢德嘉柔，想必也不忍心看到父皇的骨肉流落在外，是不是？」

眾人聽了這話，目光齊刷刷轉向趙霄恆和寧晚晴。

麗妃和趙霄昀是因為陷害太子獲罪，但靖軒帝顧及皇家顏面，並未多提此事，故而在場的人大多不清楚這件事的來龍去脈。

此時此刻，趙霄恆若拒絕趙霄昀回京，則有失賢德之名；可若是答應一筆勾銷，便是吃了啞巴虧。

靖軒帝有些猶豫，今日皇親國戚和文武百官都在，他實在不想讓場面太難看，遂看向趙霄恆和寧晚晴。

「太子，太子妃，你們怎麼想？」

趙霄恆和寧晚晴對視一眼，一切盡在不言中。

趙霄恆站起身，逕自走到場中，俯下身，親自將趙霄昀扶起來。

趙霄昀雖然心有疑惑，卻不得不配合趙霄恆，做出一副兄友弟恭的樣子。

趙霄恆定定看著趙霄昀，語氣溫和地出了聲。

「皇兄，這段日子，你受苦了。方才這齣戲，實在感人肺腑，皇兄花了不少工夫指揮排演吧？」

趙霄昀一愣，張了張口，不知如何回答。

若是承認花了很多工夫，便有刻意討好之嫌；若不承認……似乎又不夠有誠意。

趙霄昀瞥了靖軒帝一眼，發現對方果真在看著自己，只能硬著頭皮接話。

「確實花了些工夫，只要能見到父皇一面，兒臣便是死也甘願了。」

但靖軒帝聽了這話，臉上沒有多少笑意。

無論這齣戲多精采，到底是齊王和趙霄昀處心積慮安排的結果。若是人人都像他們這般肆意妄為，帝王威嚴從何而來？

趙霄恆敏銳地捕捉到靖軒帝面上的不悅，又對著他深深一揖。

「父皇，過去的事情，兒臣不再計較了。兒臣以為，不但應該讓二皇兄回京，還應該將原先的吏部、禮部等政務，都歸還於二皇兄，方能彰顯父皇的天恩浩蕩。」

此言一出，不光靖軒帝面露疑惑，連趙霄昀都驚住了。

「太子何出此言？」

趙霄恆笑得誠懇，道：「二皇兄，骨肉親情，血濃於水。孤如此說來，也是考慮到兄弟情誼。」

寧晚晴忽然開了口。「殿下，此事不妥。」

這清越的聲音瞬間引起所有人的注意，大皇子趙霄譽有些按捺不住了。

「太子妃覺得哪裡不妥？」

寧晚晴溫婉一笑。「這次二皇兄回來，是為了對父皇表達孺慕之情，也為了祭拜麗妃娘娘。若牽扯到政務，豈不是平白污了二皇兄的孝心嗎？」

眾人聽了這話，頓時面面相覷。

說二皇子是純粹為了盡孝回來的，誰信呢？

原本大家都迴避這件事，可太子夫婦卻明目張膽地點出來，讓趙霄昀騎虎難下了。

第五十六章

此時，高高在上的帝王眼中，已經沒了之前的慈愛之情，取而代之的是冷漠的審視。

靖軒帝盯著趙霄昀，面無表情道：「朕問你，你到底是為了什麼回來的？」

趙霄昀連忙重新跪下。「兒臣此番回來，當真是為了見父皇一面，送母妃一程，別無他意啊。」

靖軒帝的聲音冷冷飄來。「當真？」

趙霄昀忙不迭點頭。「兒臣不敢欺瞞父皇。」

這話明顯是越描越黑，怎麼也說不清了。

人心的懷疑也是如此，一旦有了不信任的念頭，很難再按下。

靖軒帝冷哼一聲。「不敢？今日這齣大戲，可真是排得好啊。」

這話一出，齊王和趙霄昀渾身一震。

趙霄昀懇求道：「父皇，兒臣知道錯了，求父皇給兒臣一個戴罪立功的機會，別再將兒臣驅逐出京。」

靖軒帝毫不留情。「讓你去東海剿匪，已經是給你戴罪立功的機會。你非但不珍惜，還請齊王來當說客，當真以為朕看不出你的小伎倆？」

趙霄昀驚惶開口。「兒臣確實有悖父皇的囑託，但兒臣對父皇的敬愛之情，卻是發自肺腑，還請父皇明察。」

寧晚晴狀似不經意地說：「如果二殿下當真敬愛父皇，就不該再違逆父皇的旨意，不是嗎？」

這個「再」字，她咬得十分清晰，瞬間提醒了所有人——這次趙霄昀回京，嚴格說來，就是抗旨不遵的表現。

趙霄昀頓時面色煞白。

薛皇后冷不防道：「二皇子只是想為自己求個恩典罷了，太子妃何必如此咄咄逼人？」

寧晚晴不慌不忙地接話。「是兒臣失言了。還是皇后娘娘大度，怪不得能統領六宮，包容上下。」

薛皇后早已失了統領六宮之權，被寧晚晴這麼一說，面色難看至極。

靖軒帝也發現了薛皇后的異狀，道：「之前皇后和麗妃不是水火不相容嗎？怎麼，如今卻肯為她的兒子說話了？」

薛皇后擠出一個笑容。「官家說笑了，妾身與麗妃情同姊妹，如今她不在了，妾身替她照料二皇子，也是應當。」

但她與靖軒帝夫妻多年，自然知道對方多疑的性格，又解釋道：「不過，龍生九子，各有不同，不見得人人都適合輔佐官家。二皇子何去何從，還是要以官家的意思為重。」

趙霄昀聽見薛皇后急著與他撇清干係，便知這隊友靠不住，忙不迭地磕頭。

「求父皇給兒臣一個機會！只要能讓兒臣留下，無論要兒臣做什麼，兒臣都願意！」

靖軒帝居高臨下地看著趙霄昀，語氣不含一絲感情。

「那好。你母妃已入了皇陵，你去皇陵守孝三年，好好陪她吧。」

此言震驚四座，趙霄昀立時癱坐下去，失神一瞬，才不甘地叩首。

「謝父皇恩典。」

眾臣明白過來，二皇子是徹底被靖軒帝厭棄了。

靖軒帝的目光掃過眾人。「朕以德治天下，但不代表這個『德』字能被人無端利用。若還有人罔顧朕的旨意，必定嚴懲不貸！」

齊王面色鐵青，卻一句話也不敢多說，生生受了這訓誡。

這場筵席最終不歡而散。

但寧晚晴的心情很不錯，離開時甚至沒有坐步輦，而是與趙霄恆肩並著肩，從集英殿往東宮走去。

寧晚晴低聲道：「沒想到二皇子居然和齊王連成一氣了。」

趙霄恆輕輕嗯了一聲。「他們連成一氣並不奇怪，畢竟老二在東海也找不到別的路子。可皇后和老大今夜所為，倒是驗證了臘梅之前說的話。」

「還好今晚有驚無險。」寧晚晴秀眉微蹙。「若是父皇心軟一點，此事恐怕懸了。」

趙霄恆笑了下。「連同齊王求情也好，讓皇后出面也罷，老二高估了自己在父皇心中的位置。就算父皇被他感動，也不可能放下帝王尊嚴。」

寧晚晴若有所思地點點頭。所以，這些年來趙霄恆韜光養晦，謹慎行事，才是保住儲君之位的最好辦法。

兩人不知不覺入了花園小徑，這裡的宮燈被春風吹滅，只能依稀看清腳下的路。

夜風送來一陣馥郁的芬芳，寧晚晴凝神感受著，正覺美好之際，忽然腳底一滑，險些摔倒在地。

幸好趙霄恆眼疾手快，一把托住了她。

趙霄恆低笑。「怎麼，高興得連路都走不穩了？」

寧晚晴有些不好意思。「這兒太黑，沒看清楚。」

趙霄恆握住她的指尖，沒再放開。

「跟著孤走吧。」

宮宴散後，趙霄譽沒有急著離開，而是與薛皇后一起回了坤寧殿。

近來薛皇后睡得不好，殿內燃著極重的香。

薛皇后在宮人的攙扶下，緩緩落坐，道：「這兒沒有外人，你們不必拘禮，都坐吧。」

趙霄譽和歐陽珊這才坐了下來。

薛皇后道：「沒想到，麗妃非但自己不爭氣，連兒子也不爭氣。如此一來，老二這條線，算是徹底斷了。」

趙霄譽說：「麗妃與老二本就不成氣候，何必與他們聯手？平白辱沒了母后的身分。」

他本就不屑和趙霄昀連成一線，要不是歐陽珊極力勸說，他也不會為趙霄昀說話，更不會差點被靖軒帝斥責。

歐陽珊何其聰慧，一聽這話，便知趙霄譽對她不滿，冷冷道：「妾身的法子確實做不到萬無一失，不知殿下可有更好的辦法？」

趙霄譽語塞，又不想在薛皇后面前失了面子，便怒道：「誰允妳這麼和我說話的？」

歐陽珊面色淡定，語氣也十分平緩。「妾身說的是實話。」

「妳！」

「夠了！」薛皇后揉了揉疼痛的眉心。「都什麼時候了，你們還要吵嘴，是讓人等著看坤寧殿的笑話嗎？」

趙霄譽面色微僵，不吭聲了。

歐陽珊也發現方才言語不妥，忙道：「都是兒臣的錯，還請母后責罰。」

「罷了。」薛皇后不想同他們計較。「眼下最要緊的，是想辦法壓住太子的聲勢。」

趙霄譽道：「去年的今日，趙霄恆還被冷落，別說是政務，就連父皇的雜務都輪不到他做。沒想到，自他成婚之後，父皇居然逐漸將吏部和禮部給了他，難道不怕他反嗎？」

歐陽珊思量片刻，道：「只要他不觸父皇的逆鱗，就能坐穩東宮之位，為何要反？父皇表現出信任太子的樣子，便是拉攏了背後的常平侯與鎮國公。如此划算的買賣，若換了妾身，也會願意。」

趙霄譽面色不悅。「若是如此，那我們豈不是沒機會了？」

薛皇后瞧他一眼，悠悠道：「那倒未必。」

歐陽珊也點了點頭，接著薛皇后的話。「趙霄恆坐穩儲君之位的前提，是不犯下任何錯誤。」

薛皇后讚賞地看向歐陽珊。「珊兒說得不錯，只要趙霄恆犯了錯，失去你們父皇的信任，這儲君之位，自然就要易主了。」

三人又多聊了半刻鐘，趙霄譽和歐陽珊才起身告辭。

已經快到宮門落鎖的時辰，趙霄譽步履匆匆，歐陽珊要跟上他頗為吃力。

趙霄譽本就對她沒什麼耐心，見狀便蹙起眉。

「方才在母后面前，妳不是挺能幹的嗎？怎麼，這會兒卻要示弱了？」

歐陽珊自幼性子高傲，自然也不喜言語相激，遂道：「平日殿下對那些鶯鶯燕燕，也是這般沒有耐性嗎？」

趙霄譽冷聲說：「至少她們溫婉嬌媚招人疼，不像妳這樣，整日板著一張臉。」

歐陽珊聽罷，心頭的火氣終於壓不住了。

「既然殿下如此不喜妾身，那妾身不礙殿下的眼了！」她說完，一甩衣袖，從另外一條宮道走了。

趙霄譽不以為意，反而將手背在身後，氣定神閒地離開。

夜風悠悠，宮燈微晃，路上或明或暗。

趙霄譽吹著風，踏過石板小路，酒意醒了不少。行至御花園，忽然聽見一陣清妙的歌聲，不由停下了腳步。

一旁的太監開口提醒。「殿下，宮門快要下鑰了。」

趙霄譽抬手打斷他的話，凝神傾聽。這歌聲時而婉轉靈動，時而哀意綿長，引人入勝。

趙霄譽聽著聽著，腳步自然而然地向御花園深處邁去。

旖旎的夜空之下，花樹連成一片，落英繽紛，婀娜的身影正立在樹下淺唱低吟。

一曲畢，趙霄譽微微揚起唇角。

「妙哉！」

唱曲之人身形微頓，驚愕地轉過身來。

張美人嬌美的面容在月光的照耀下更顯溫柔，彷彿一隻受驚的小兔子，連忙走上前，施施然行禮。

「不知殿下在此，失禮了。」

趙霄譽思索片刻，道：「若我沒記錯的話……妳曾經在母后宮裡待過？」

張美人低低應聲。「殿下好記性。」

趙霄譽盯著張美人，只覺得這張臉越看越好看，比府中那隻母老虎強多了。

這樣好的美人兒，母后怎麼就給了父皇呢？

趙霄譽心中一陣惋惜，面上卻按下不表，道：「這麼晚了，妳怎麼還在此唱歌？」

張美人苦笑了聲。「官家已經許久沒有召見妾身了。長夜無聊，妾身只能清歌為伴，沒想到擾了殿下，還望殿下恕罪。」

趙霄譽對美人最是憐香惜玉，笑道：「月下聽清歌，燈下看美人，哪來相擾一說？」

張美人聽罷，嬌嗔著看了趙霄譽一眼。「殿下過獎了。」

春夜微潮，月色撩人。

這一夜，注定有些不尋常了。

春日過得飛快，轉眼間便到了春獵的日子。

一大早，思雲和慕雨就開始為寧晚晴更衣打扮。

如瀑青絲被高高綰起，束成俐落的馬尾，看起來十分爽利。

寧晚晴套上元姑姑為她備好的騎馬裝，這騎馬裝紅白相間，襯得人明豔無方。寬腰帶一紮，玲瓏的曲線被勾勒出來，讓本就不堪一握的腰身，更顯得苗條了幾分。

眾人見了寧晚晴這般裝束，正嘖嘖稱讚著，趙霄恆推門而入。「好了嗎？」

寧晚晴聞聲回頭，眉眼微彎。「好了。」

趙霄恆也是第一次見到寧晚晴這樣打扮，立時愣住了。

明亮的眼、嫣紅的唇、柔軟的肩線，腰身纖細得不堪一握。任誰見了，都要多看幾眼。

寧晚晴眨眨眼。「殿下？」

趙霄恆回過神來。「收拾好了的話，就啟程吧。」

寧晚晴笑著頷首。「走吧。」

九龍山離京城雖然不算遠，但出宮、入城、上山加起來，也要花上兩、三個時辰。

馬車裡提前備下了筆墨紙硯，一路上趙霄恆都在批閱奏摺，寧晚晴則坐在一旁，安靜地翻閱修訂好的宮規。

兩人同坐一車，都不多話。各做各的，卻也怡然自得。

趙霄恆不經意抬起頭，見寧晚晴正聚精會神地捧著宮規看，時不時拿起筆，在上面圈圈畫畫。

寧晚晴感覺到趙霄恆的目光，略微側眸，兩人目光相接。

「殿下在看什麼？」

趙霄恆道：「見愛妃如此認真，孤倒是有些自愧弗如了。」

寧晚晴笑了笑。「妾身是個閒不住的性子，見嫻妃娘娘太忙，就自告奮勇幫她修訂宮規了，也不知做得合不合她的心意。」

任何規則的修訂，都該是十分慎重和嚴謹的，故而她接下這件差事後，便花了不少時間研究。

「既然嫻妃娘娘將此事交給妳，必然是相信妳能做好，不必瞻前顧後，放手去做便是。就算真的沒做好，也有孤幫妳善後，怕什麼？」

寧晚晴盯著趙霄恆一會兒，笑問：「殿下不是一直韜光養晦，諸事不管嗎？」

如今，趙霄恆手中的吏部和禮部，都是靖軒帝「塞」給他的，並不是他自己爭來的。在靖軒帝面前，他依然要當那個人云亦云的平庸太子。

「別的人，孤都可以不管。但妳，不一樣。」

此言一出，寧晚晴微微一怔。

趙霄恆似乎此時才發現自己說了什麼，抬手握拳，乾咳了下。

「總之，沒什麼好擔心的。」

寧晚晴若有所思地哦了一聲，指尖悄悄握緊了手中的冊子。

浩浩蕩蕩的車隊，很快上了九龍山。

九龍山之所以稱為九龍，是因為有九座山脈連成一片，每座山頂都有嶙峋巨石，遠遠看去，彷彿一條條盤踞的龍。

大靖開國之時，元帝便看中了這一處風水寶地，圈成皇家林園，後來變成皇室每年狩獵的首選之地。

車隊在御林軍的護送下，緩緩停了下來。

御林軍統領章泱仔細查看過四周的環境後，才快步走到明黃的馬車面前，躬身道：「官家，到了。」

靖軒帝威嚴的聲音自馬車中傳出來。「入行宮休息片刻吧。」

章泱領命。

於是，所有人就地下車，按照禮部的安排，紛紛入了自己的住所。

寧晚晴還是第一次來九龍山行宮，這行宮也修建在山頂，不但風景絕美，還有天然的湯泉，看得人內心雀躍。

她還未逛完行宮，趙蓁便興高采烈地奔過來。「皇嫂，聽說姑母他們已經先去圍場了，我們也一起過去吧。」

寧晚晴問道：「姑母也來了？」

趙蓁笑著點頭。「是啊，我都有些等不及了，我們快走吧。」說著，迫不及待地拉寧晚晴出了行宮。

片刻後，趙霄恆自書房回來，並沒有看到寧晚晴，便問福生。

福生回答。「太子妃被七公主帶去圍場了。」

趙霄恆思量片刻，道：「走，過去看看。」

圍場上，長風獵獵，彩旗飄揚。

寧晚晴和趙蓁進圍場時，趙矜和薛顏芝已經到了。

趙矜騎在馬上，趾高氣揚地看向趙蓁。

「七皇妹來得這麼早，不是為了偷偷練習騎馬吧？」

趙蓁瞧她一眼，不冷不熱道：「五皇姊來得更早，這是已經練起來了？」

趙矜哼了聲。「我的騎術何須練習？有本事，妳我比試一場，如何？」

趙蓁秀眉一揚。「比就比，誰怕誰呀！」從侍衛手中接過轠繩，長腿一掃，便靈活地翻身上馬。

趙矜見狀，也不甘示弱地甩出鞭子。「誰來裁判？」

趙蓁一指寧晚晴。「皇嫂來吧。」

趙矜不答應。「皇嫂素來寵著妳，妳以為我不知道？」

趙蓁忍不住翻了個白眼。「五皇姊，妳自己人緣差，怎麼還怪別人？」

趙矜氣結。「妳！」

寧晚晴擔心兩個公主又吵起來，目光一掃，發現趙念卿坐在不遠處的帳篷裡，便對她們提議。

「不如請姑母來裁判，如何？」

趙矜一笑。「好啊，反正姑母對誰都愛答不理，定能不偏不倚。」

寧晚晴無語地看了趙矜一眼。有這張嘴，只怕日後怎麼死的都不知道。

第五十七章

趙念卿得了眾人的邀請，懶洋洋地出了帳篷，手中的羽毛寶石扇子搖得又輕又慢。光是看著，都覺得流光溢彩，美不勝收。

趙念卿美目微抬，看了寧晚晴一眼。「妳請本宮出來，就為這兩個丫頭片子？」

寧晚晴笑著說：「兩位公主想比試騎術，但缺一位公正又身分高貴之人裁判，放眼看去，唯有姑母最合適了。」

趙念卿輕笑了聲。「算妳會說話。罷了，本宮閒著也是閒著，就陪妳們玩玩。」

趙蓁和趙矜聽到這話，立即拉緊了韁繩，蓄勢待發。

待鑼鼓一響，兩匹馬便像離弦的箭一樣，衝了出去。

趙矜不斷用馬鞭抽著馬，眼角餘光一直瞄著趙蓁。

趙蓁身子微微前傾，一雙靈動的眼正目不轉睛地盯著前方，聚精會神地驅馬向前。

按照規則，兩人繞著圍場跑上三圈，先到達終點的人獲勝。

起初，趙矜領先半個馬身，但到最後一圈時，馬兒明顯有些泄力，慢了下來。

趙蓁抓緊這個機會，一夾馬腹，衝到了趙矜前面。

趙矜暗道不好，飛快抽打馬兒。可就算打得再狠，馬兒也沒了一開始的衝勁，就這樣眼睜睜地看著趙蓁快一步到了終點。

鑼槌敲擊鑼面，咚一聲響後，趙念卿慵懶的聲音傳來。「就一句，是蓁蓁贏了。」

趙蓁高興地從馬背上跳下來。「我贏了！」

趙矜的臉拉得老長。「今日我來得早，馬兒都跑了幾圈，體力自然比不上妳的馬。明日，我們再賽一場。」

趙蓁笑嘻嘻地摸了摸自己的馬兒。「我已經贏了，才不和手下敗將比呢。」

趙矜氣得臉都鼓起來。「不比就不比，誰稀罕?!」一甩馬鞭，轉身走了。

薛顏芝本來就有些怵趙念卿，見趙矜走了，立即跟上去。

寧晚晴見趙蓁和趙矜賽馬，不由生出了興趣，問趙蓁。「蓁蓁，妳騎馬練了多久？」

趙蓁想了想，道：「三、五個月吧？」

寧晚晴詫異。「這麼久？」

趙蓁有些不好意思。「我怕摔嘛……」

「什麼怕摔，」趙念卿用手撥了撥寶石扇子上的羽毛。「那是妳笨。」

趙蓁長這麼大，從沒有人說過她笨，有些不服氣。

「姑母，您學騎馬的時候，學了多久？」

趙念卿略一思索，平靜道：「三日吧。」

「三日?!」趙蓁不可思議地瞪大了眼。「怎麼可能？」

趙念卿一笑。「怎麼不可能？妳這小腦袋瓜笨，就以為旁人都笨？」

趙蓁語塞，又忍不住問：「是不是姑母的師父很厲害，所以才學得那麼快？」

此話一出，趙念卿的面色肉眼可見地冷下來，轉過身，面無表情道：「不過是個凡夫俗子，有什麼厲害的？」

趙蓁與寧晚晴面面相覷，怎麼翻臉比翻書還快？

趙念卿似乎有些煩躁，又道：「別以為贏了趙矜就有多了不起，妳和她都是半斤八兩，還是老老實實練習吧。」說完，便回了自己的帳篷。

趙蓁小聲嘀咕。「姑母這是怎麼了？方才我哪句話惹到她了？」

寧晚晴看著趙念卿的背影，若有所思。「惹她的，可能另有其人。」

趙矜回了自己的帳篷，氣得摔了好幾個杯子。

薛顏芝連忙安慰道：「五公主別生氣，七公主只是個孩子，何必與她計較？」

趙矜氣得拍桌子。「她都快騎到我頭上來了！想當初，母后執掌六宮，皇兄也得父皇青眼，她哪裡敢來觸我的霉頭？」

薛顏芝附和。「五公主這話，真是說到我心坎上了。以前入宮，哪個不對我們薛家人笑臉相迎？如今入了宮，就連宮人都懶得給我行禮了。唉，如此下去，可怎麼辦才好？」

趙矜冷哼一聲。「嫻妃只是小官之女，如何比得上我母后？放心吧，父皇不會一直將六宮之權放給嫻妃的，她不過暫時當母后的替身罷了。至於趙蓁，她仰仗的不就是嫻妃和太子妃嗎？要收拾她還不容易。」
薛顏芝不喜趙蓁，更不喜寧晚晴，聽出了趙矜的言外之意，心頭一動，問道：「五公主的意思是？」
趙矜招手，薛顏芝便湊近了些。
兩人低語幾句，薛顏芝唇角緩緩揚起。「五公主好計策。」
趙矜下巴一抬，笑道：「我倒要看看，趙蓁還怎麼在我面前耀武揚威！」

春獵要明日才正式開始，晌午過後，御林軍繼續巡查九龍山附近。
趙念卿在圍場待得百無聊賴，便乘步輦回了行宮。
內侍省知道趙念卿挑剔，將她的住處布置得格外用心，門口用了趙念卿喜歡的緋色薄紗繞柱，屋內更是鋪上厚實的波斯絨毯，即便光著腳踩上去，也十分舒適。
趙念卿回到寢殿，喚來侍女竹心，為她更衣。
趙念卿褪去繁複的宮裝，換了一襲舒適的寢衣，卻覺得不太滿意，問道：「本宮的騎馬裝呢？」
竹心微微一愣，趙念卿已經多年沒有騎馬了，怎麼會突然要騎馬裝？
但她並未多說什麼，乖順點頭。「奴婢這就去取。」

片刻後，竹心呈上一只托盤，笑道：「殿下，您要的可是這個？」

趙念卿垂眸看去，方方正正的托盤上，放著一套疊好的騎馬裝，依舊是她喜歡的緋色。

她不由自主地抬起手，輕輕觸摸騎馬裝。

上面刺繡精美，串珠別緻，柔滑的衣料更是觸手生溫，彷彿一瞬間就讓她想起了多年前，那段無憂無慮、肆意歡笑的日子。

還有，那讓她始終無法忘懷的人。

趙念卿的手指頓了頓，問道：「十二郎呢？」

竹心忙道：「在偏廳。」

趙念卿沈吟片刻。「讓他過來。」

竹心領命，匆匆出了寢殿去找人。

不一會兒，竹心領著十二郎入了寢殿。

「殿下，人已經到了。」

「嗯。」趙念卿若有似無地應了一聲。「進來吧。」

十二郎聽話地邁進寢殿，竹心神情複雜地看了趙念卿一眼，終究沒有說什麼，關上門，退了出去。

十二郎站在殿中，有些不知所措，見趙念卿沒出聲，忍不住開口道：「殿下？」

趙念卿的聲音悠悠傳來。「進來。」

十二郎怔了下，之前他也入過她的寢殿，但召他入內室，還是頭一回。一時有些激動，連忙抬步向屏風後走去。

下一刻，映入他眼簾的，是身著緋紅騎馬裝的趙念卿。

她卸了華麗的釵環首飾，洗去精緻的妝容，烏鴉鴉的秀髮全部盤到頭頂，只插了一根簡單的木簪，但整個人看起來神清氣爽，生氣勃勃，與平日的矜貴慵懶完全不同。

十二郎看呆了。

趙念卿忽然朝他一笑，語氣溫柔地開口。「我好看嗎？」自稱用的是「我」，而不是「本宮」。

十二郎受寵若驚，立即回神，忙不迭地開口。「好看！好看！長公主殿下天生麗質，冰肌玉骨，簡直美得像仙女一樣……」

可話音還未落下，趙念卿臉色一垮，怒道：「誰讓你說話了？」

十二郎愣了，連忙解釋。「方才不是長公主殿下問的嗎？」

趙念卿語氣冷冷。「本宮問本宮的，誰讓你答了？」

十二郎一聽，頓時欲哭無淚。他不過是萬姝閣的一名小倌，若不是被趙念卿強行帶走，只怕此時還在登臺獻藝。原以為跟了長公主便能享福，可沒想到長公主府的軟飯也不是好吃的，長公主喜怒無常，簡直伴君如伴虎！

十二郎從善如流地認錯。「長公主殿下說得對，都是小人的錯。」
可趙念卿已經沒了方才的心情，不耐煩地擺了擺手。「滾吧。」
十二郎如蒙大赦，忙躬著身子退出去。
門一關上，房中陡然暗了幾分。
趙念卿無力地靠在梳妝檯邊，驀地抬起手，取下頭頂的木簪。
青絲如瀑，瞬間傾瀉而下，覆上她纖細的背脊。
趙念卿手中攥著木簪，回過頭，恰好看見銅鏡中的自己。
曾經天真明媚的臉，如今透著疲憊與不甘。
趙念卿忽然覺得，鏡中人居然如此陌生。
她怔怔盯著自己，忽然想起一件事。
那回在萬姝閣中，她第一次見到十二郎，便想將他據為己有。
而趙霄恆為了幫趙獻留住人，輕輕對她耳語了一句。
「姑母，此人雖然與舅父有三分相似，但終究不是他。」
趙念卿閉了眼。
終究不是他。
翌日一早，眾人整裝待發，到了圍場。

今日春光尚好，靖軒帝的心情似乎也很不錯，獨坐於高臺之上，目光一掃，見皇子和公主們都到了，滿意地點了下頭。

「就差凌兒了。」

李延壽笑道：「四皇子出京辦差已久，若知道官家惦記，定然會早些回來。」

靖軒帝唇角勾了下。「哪裡是辦什麼正經差事，也不知道瘋到哪裡去了。待他回來，朕定要好好斥責一番。」

李延壽笑而不語。

靖軒帝嘴上雖這般說著，但面上並無不悅，彷彿只是閒話家常。他身邊的皇子本就不多，如今二皇子趙霄昀又被貶去皇陵，自然就想起了意不在皇位、玩心甚重的四皇子趙霄凌。

李延壽躬身，為靖軒帝添了一杯茶，溫言道：「官家，殿下們都準備好了。」

靖軒帝抬起眼簾，看向了英姿勃勃的皇子們。

趙霄譽的騎射，素來是不錯的。

趙霄平資質平平，文韜武略都差強人意，幸好為人踏實沈穩，但就不在考慮之列了。

至於太子……靖軒帝似乎想到了什麼，眸色微瞇。

「恆兒。」

趙霄恆聞聲，越眾而出。「父皇。」

靖軒帝微微一笑。「朕記得，你的騎射好像是你元舅教的？」

趙霄恆面色微頓，隨即開口。「幼時兒臣確實跟著元舅學過騎射，但說來慚愧，這些年兒臣疏於練習，早就荒廢了。」面上還露出一絲尷尬。

靖軒帝盯著趙霄恆一會兒，意味深長地笑了笑。「不試試身手，怎麼知道如何？」

話落，他的目光掠過所有皇子，道：「今日就讓朕好好看看你們的本事。」

李延壽聞言，立即與章泱豎好了一排靶子。

靖軒帝神情玩味地摩挲著茶杯，笑道：「誰能射中靶心，朕重重有賞。」

趙霄恆等人沈聲應是。

眾人一字排開，趙霄譽率先挽起長弓，手臂一抬，瞄準了靶子。

趙霄平也一臉認真地拿起自己的弓箭，站到比賽的臺前。

唯獨趙霄恆，他不緊不慢地走過去，在桌前隨意挑了一張弓，試著拉了拉。拉完之後，他似乎又有些不滿意，又換了一張弓來試。好半天之後，才勉為其難地挑到一張弓，來到比試臺前。

靖軒帝略微頷首。「開始吧！」

趙霄譽早就看準了靶心，眸色微微一凝，有力的手指將長弓拉滿，而後驀地一放。

嗖！箭準確無誤地插入靶心。

靖軒帝忍不住道了聲好，而後輪到趙霄平。

趙霄平面色平靜，抬臂拉弓，待認真瞄準之後，謹慎地鬆了手。

箭矢脫弓而去，並未正中靶心，而是偏移些許，只勉強觸到靶心邊緣。

靖軒帝面上的笑容收斂了幾分，淡淡點了下頭。「尚可。」

趙霄平暗暗鬆口氣。「多謝父皇。」

輪到趙霄恆了，他手裡持著弓箭，對著遠處的靶心瞄了又瞄，卻始終不敢放箭。

一旁的趙霄譽忍不住笑了起來。「太子，不過是一支箭而已，何須猶豫這麼久？」

眾人的目光匯聚到趙霄恆身上，趙霄恆面露難色，定了定神，瞄準靶心，猶豫再三，才下了狠心，手指一鬆，放出箭矢。

箭矢破空而出，卻沒有射向自己的靶心，而是朝趙霄譽的靶子飛過去，嗖的撞上趙霄譽的箭——

兩支箭先後落地，只餘一個空蕩蕩的靶子。

趙霄譽有些惱怒。「太子這箭是往哪裡射?!」

趙霄恆愣住，忙道：「不小心射偏了，還望皇兄莫怪。」一本正經地作了個揖。

趙霄譽哪敢受他的禮，縱使心中有火，也只得努力壓下。「太子得空時，還是該多練練弓箭才是。」

趙霄恆從容不迫地笑了笑。「孤的箭法著實比不上皇兄，讓諸位見笑了。」

旁人見太子箭法如此差，忍不住面面相覷。

靖軒帝面上卻無多少怒氣，只平靜道：「政務重要，武藝騎射也重要。你身為儲君，萬事不可懈怠。」

趙霄恆拱手一拜。「兒臣謹遵父皇教誨。」

趙蓁在一旁看得認真，不由問道：「父皇，那這一局，是誰贏了呢？」

此言一出，眾人才將目光放回靶子上。

趙霄恆的靶子上乾乾淨淨；趙霄譽的箭原本正中靶心，偏偏被趙霄恆的箭打掉了，如今靶子上亦是空空如也。

唯獨趙霄平的靶心邊緣，插著一支長箭。

靖軒帝沈吟片刻，道：「這一局，是平兒勝出。」

趙矜一聽，頓時不高興了。「父皇，六皇弟明明沒有大皇兄射得準，為何是他勝出？」

靖軒帝道：「譽兒雖然射藝高超，卻沒能防範風險，只得了一時的風頭。到頭來，仍是竹籃打水一場空。

「為人也好，做事也罷，結果總是最重要的。」

趙霄恆聞言，率先附和。「父皇英明，兒臣心服口服。」

此言既出，趙霄譽心中再不服，也不好表現出來，只能隨趙霄恆拜下。「父皇英明。」

靖軒帝的目光投到趙霄平身上，問道：「平兒，你想要什麼？」

趙霄平微微一怔，他從沒想過自己居然會成為第一名，一時有些忐忑。

「父皇，兒臣只是運氣好罷了，多謝兩位皇兄承讓，實在不敢再要賞賜。」

靖軒帝見趙霄平一臉誠懇，心中對這個兒子又滿意了幾分，笑道：「罷了，若是一時沒想好，晚些說也可。既然朕開了口，就沒有收回成命的道理。」

趙霄平知道靖軒帝說一不二的性子，不敢再推託，只得行禮謝恩。

第五十八章

靖軒帝試過了兒子們的射藝，問章泱。「什麼時辰了？」

章泱看看天色，道：「官家，馬上就到開林的時候了。」

大靖的春獵，也是有講究的。按照吉時入林，便意味著能滿載而歸，更象徵著天下物阜民豐。

靖軒帝站起身，李延壽立即上前，扶著靖軒帝，一步步走下高臺。

章泱親自牽了馬過來，這馬呈棕黑色，身形健美，鬃毛柔亮，精神奕奕地立在眾人面前，前蹄有些不耐地刨著地面，頭顱高高昂著，彷彿也是坐騎中的王者。

靖軒帝走到馬匹面前，從章泱手中接過韁繩，一躍而上。

他收攏韁繩，下巴微揚，朗聲道：「開山！」

禮部得令，一捶鼓面，傳來鄭重的沈響。

靖軒帝一夾馬腹，率先入了林子，禮部和御林軍跟上護駕。

皇子和公主們則要恭恭敬敬立在一旁，待靖軒帝一行人徹底入了林子，才能進去，以表尊卑。

趙霄平目送靖軒帝入了林子，神情才緩緩放鬆了幾分。

趙霄恆看出他的不安，笑了笑。「還在想方才的事？」

趙霄平微抿唇角。「這頭名，本就不該是我的。」如今平白得了個恩典，接受也不是，不接受也不是，倒叫人進退兩難了。

趙霄恆道：「父皇說是你，那便是你，無須顧忌旁人的目光。」

趙霄平聽罷，若有所思地點了點頭。

趙霄譽立在一旁，面有戾色，並不言語。

歐陽珊心中也不服靖軒帝的判斷，此時又看出了趙霄譽的不悅，遂出聲道：「殿下的射藝，我們有目共睹，不必因一時長短而影響自己的心情。」

趙矜也道：「是啊，皇兄可是父皇和母后的嫡長子，出身如此高貴，本就不該和那些出身卑賤之人相比。」

這話一出口，趙霄平的面色瞬間難看了幾分，但他自知不能與趙矜爭辯，只得生生忍了下來。

趙霄譽聞言，眉毛微微一挑，似笑非笑道：「區區妃嬪之子，豈能與我相提並論？」

這話聽起來刺的是趙霄平，實際上卻在指桑罵槐，暗諷趙霄恆的母妃比不上薛皇后，趙霄恆也不配儲君之位。

趙霄恆面色無波，彷彿沒有聽見這話，但寧晚晴卻冷不防開了口。

「是啊，皇兄出身高於太子，卻未得儲君之位，這是為何？是不是該反省一下自身？」

這話彷彿一道雷，直接劈在趙霄譽的頭上。儲君之位本就是他的心病，頓時面色鐵青。

「太子妃，妳如此說話，也太沒規矩了吧？」

寧晚晴不冷不熱地看他一眼。「那皇兄與五皇妹隨意折辱兄弟，便有規矩嗎？」

「妳！」趙矜氣結，正要與寧晚晴辯論，卻被歐陽珊一把拉住。

歐陽珊微微一笑，提醒道：「父皇已經進林子了。」

趙矜這才收起幾分怒氣，冷哼一聲，驅馬入林。

趙霄譽憋了一肚子氣，卻沒地方發洩，只得狠狠抽了下馬，也跟著進去。

歐陽珊依舊面不改色，對著趙霄恆和寧晚晴等人略一欠身，騎上了自己的馬，隨趙霄譽離開。

趙霄恆見他們一個接一個走了，唇角才逐漸揚起。

寧晚晴側目看他。「殿下笑什麼？」

趙霄恆含笑回答。「沒什麼……孤不過是高興，娶了個賢內助。」說罷，從于書手中接過馬匹的轡繩，翻身上馬。

他見寧晚晴還站著沒動，便問：「妳不想入林嗎？」

「想是想的。」寧晚晴看著趙霄恆，眨了眨眼。「可賢內助不會騎馬。」

趙霄恆似是有些意外，朝寧晚晴伸出手，溫言笑道：「上來。」

今日天朗氣清，白雲悠悠，春風自叢林中來，輕輕拂過每一個人。

寧晚晴上了馬，趙霄恆伸出手臂，繞過寧晚晴，握住了轡繩，溫聲道：「坐穩了。」

寧晚晴應聲。

趙霄恆一夾馬腹，馬兒聽話地跑了起來。

寧晚晴還是第一次被人帶著騎馬，林間景象飛快地映入眼簾，又飛快地被拋在腦後，這感覺直接又刺激，極為有趣。

寧晚晴也逐漸掌握了騎馬的節奏，不再僵著身子，而是放鬆地騎在馬上，身後的人彷彿為她隔絕了一切危險，心亦安之。

「殿下是打算帶妾身入林狩獵嗎？」

趙霄恆笑道：「春日尚好，萬物重生，打打殺殺有什麼趣兒。不如我們去個好地方？」

寧晚晴側過頭問：「什麼地方？」

兩人一前一後，離得極近，她這一扭頭，鼻尖差點蹭上趙霄恆的下頜。

趙霄恆長眉微動，含笑道：「去了就知道了。」

寧晚晴匆忙收回目光，答了句好。

趙霄恆唇角勾了勾，收緊了手臂，將寧晚晴圈在身前。一抽馬鞭，馬兒便風馳電掣般向前奔去。

九龍山雖然大，但到底是皇家園林，林中修了幾條大路，趙霄恆卻帶著寧晚晴上了一條崎嶇小路。

越往深處走，樹木越蔥郁茂盛，陽光被層層遮蓋，落到兩人身上的光便更少了。附近暗了下來，小路也越走越陡。寧晚晴坐不穩，身子不由後仰，貼上結實的胸膛。

趙霄恆的聲音自耳後響起。「害怕嗎？」

寧晚晴說：「為什麼要怕？」

趙霄恆道：「此處偏僻，妳就不怕我們迷路了，回不去？」

寧晚晴鎮定回答。「殿下能帶妾身來此，必然是有十足把握，何須擔心。」

趙霄恆一笑。「愛妃對孤如此有信心，那孤自然不能讓妳失望了。」說罷，一擺韁繩，馬兒縱身一躍——

寧晚晴還未看清兩旁的風景，便覺前方強光大盛，這才發現，兩人已經衝出了方才的幽暗叢林。

趙霄恆一勒韁繩，馬兒逐漸慢下來。

等馬兒停住後，趙霄恆翻身下馬。

寧晚晴見馬兒有些高，正思索著怎麼下來，趙霄恆便一把將她抱下，反手牽住她。

「這裡是九龍山第七峰的山頂。」

寧晚晴回頭看了一眼，茂密樹林蔓延到山頂。山頂上高大的樹木不多，但花草茂密，看起來五彩繽紛，十分宜人。

寧晚晴正嘖嘖稱奇，又被趙霄恆帶到了一處峭壁前。

寧晚晴抬眸看去，只見前方是白茫茫一片——無數的雲朵連成一片輕盈的海，在藍天下舒展、綿延至無垠的遠方，聖潔而壯闊。

寧晚晴看著這片雲海，心潮沒來由地起伏，只覺天地浩渺，而自己微如塵埃，不由深吸一口氣。

「好美。」

趙霄恆輕輕點頭。「多年沒來了，這裡還是和從前一樣。」

寧晚晴側目看向趙霄恆。「殿下怎麼知道這兒的？」

趙霄恆沈吟片刻，道：「同舅父一起來過。」

寧晚晴凝視他的神情，猜出他說的舅父，應當是在玉遼河一戰中殞命的宋楚天。

「舅父在戰場上所向披靡，令敵人聞風喪膽，但他其實是心腸最軟之人。」

趙霄恆望著眼前的雲海，語氣微沈。「他對入侵外敵殺伐果斷，回京參加春獵時，卻不忍傷害無辜的生靈。」

這樣敬畏生命的人，連命都獻給了北疆，卻被扣上「抗敵不力」的罪名，至今未能證得清白。

趙霄恆沈默地凝視著眼前的景象，雲海依舊乾淨如初，但世事變幻萬千，早已不復當初模樣。
就在趙霄恆微微出神之時，發覺手指被人拉了下。
他緩緩側目，只見寧晚晴目光沈靜地注視著他。
「殿下。」寧晚晴輕聲道：「妾身發現，每次你提起家人，都格外不一樣。」
趙霄恆問：「哪裡不一樣？」
寧晚晴看著他的眼睛。「神情裡有懷念，有悲傷，還有……不甘。當年之事，你一直沒有放下，是不是？」
趙霄恆微微一怔。
一開始，他們相互試探，各取所需；現在日漸默契，彼此信任。但唯有這件事，他一直避忌著她。不想讓她捲入紛爭，也不想讓她知道他那些苦澀的過往。
此時此刻，在明淨的天空下，這雙澄澈的眼睛前，他不想再躲避自己的內心，也不想放開牽住的手。
「是。」趙霄恆眸色漸深，一字一句道：「舅父含冤莫白，外祖父飲恨自盡，母妃更是無辜被牽連……且不論宋家賠上了多少條人命、斷送了多少人的前程，玉遼河一戰中喪生的數萬將士、百姓，都需要一個徹徹底底的真相！」
四目相對，雲海浮動。
寧晚晴輕聲道：「若是尋找真相，會搭上殿下的一切，也在所不惜嗎？」

「我行至此處，所求不過是『公道』二字，若求仁得仁，又有何不可？」趙霄恆抬起眼簾，目光延伸至峭壁外無盡的雲海。「皇位於我而言，不過如這雲海一般，雖然美好，卻虛無縹緲。相較於這個，我更關心的，是雲海之下的山川河流，生靈萬物。」

日光朗朗，將趙霄恆的面容照得十分清晰。

寧晚晴忽然覺得，直到這一刻，她才徹底看清了他的樣子。

這才是真實的他吧？

懸崖上長風獵獵，將寧晚晴額前碎髮吹得翻飛，她目不轉睛地看著趙霄恆，直到對方側過頭來，兩人目光相接。

風吹，雲搖，心動。

趙霄恆不覺握緊了寧晚晴的手，無聲凝視她許久後，終於開了口。

「看清了這樣的我，妳還願意一路同行嗎？」

風聲越來越強，世間彷彿只剩下他們二人。

寧晚晴穿越而來，一直在努力適應環境，從常平侯府，再到東宮、後宮，每一步都走得十分謹慎。

她清楚地知道，在這個時代，女人大多時會淪為權力和爭鬥的犧牲品，以至於一開始就想好了全身而退的辦法。

她是這樣理性而清醒，但遇到趙霄恆之後，卻不覺打破了原本的界線，忍不住去探尋他的過去，關心他的將來。

以前寧晚晴總覺得趙霄恆過分小心，如今才明白，他韜光養晦、藏鋒斂銳，不僅僅是為了守住皇位，而是為了讓所有人忽略他的存在。

唯有這樣，他才可能神不知、鬼不覺地去查當年之事。

寧晚晴想起兩人一同經歷過的種種，這才發現，趙霄恆的心事早就有跡可循。在宋宅那晚，他撫琴時露出的悲傷神情，便一直縈繞在她心頭，揮之不去。

此刻，他們十指交握。

寧晚晴察覺到趙霄恆的指尖顫了顫，卻依舊執拗地牽著她。

他的手十分溫暖，可接下來要走的路，注定險象環生。

寧晚晴沈默良久，終於下定決心，啟唇道：「殿下……」

「殿下！」

一聲突兀稟報，打斷了寧晚晴的話。

趙霄恆長眉微皺，不悅地回過頭，寧晚晴也循聲看去。

于劍策馬而來，臨近兩人數丈之外才奮力拉住韁繩，幾乎是連滾帶爬地下了馬背。

趙霄恆冷聲問：「何事？」

于劍忙道：「殿下，大事不好了，七公主不見了！」

趙霄恆面色微變。「到底怎麼回事？」

于劍沈聲回答。「七公主入林狩獵，本來一切都好好的，可沒過多久，馬兒不知怎麼回事，突然發起瘋來，沒命似的往林子深處跑。侍衛們打馬去追，可七公主的馬是汗血寶馬，他們哪裡追得上，便眼睜睜看著七公主失蹤了！」

趙霄恆眸色沈了沈，寧晚晴擔憂地道：「殿下，先找到人要緊。」

趙霄恆下令。「派人去稟報父皇，再清點駐守的官員和御林軍，立即入林找人。」

于劍抱拳。「是！」

九龍山雖是皇家園林，但畢竟地方太大，蜿蜒的小路不少，隱蔽的山坳更多。即便堪輿圖畫得再細，也不可能細查每一個角落。

趙霄恆帶寧晚晴回了住處，隨即調人手去找趙蓁，但只能按照大概的方位分派。

可是，哪怕調了上百人入山，也如鐵牛入海一般，沒了音訊。

于書幾步上前，拱手道：「殿下，小人已經差人去稟報官家，想必官家收到消息，很快就會出林子了。」

趙霄恆道：「目前御林軍能調動的人並不多，待父皇收到消息出來，只怕是一個時辰之後了，還是我們入山稟報吧。」

趙霄恆手中並無兵權，調不動駐守在附近的官兵，只能暫時借用駐山的御林軍，但這些人還要保護圍場，不能全部入山。最好的辦法，是請靖軒帝下令，盡快調兵馳援。
趙霄恆吩咐完，回頭對寧晚晴道：「山中危險，妳哪裡也別去，在主帳等消息吧。」
寧晚晴頷首。「殿下小心。」
趙霄恆又看了寧晚晴一眼，這才一勒韁繩，驅馬入林。
寧晚晴憂心忡忡地走回主帳。
趙蓁的馬兒生得好看，通體棕紅，故而名喚「朱丸」。
趙蓁養了許多年，朱丸也是認主的。
方才趙蓁同趙矜比賽時，朱丸還十分乖巧聽話，怎麼會突然發狂呢？
寧晚晴總覺得此事有些蹊蹺，但眼下最重要的，是先找到趙蓁。
這時，黃鈞議事完，路過主帳，見寧晚晴立在主帳門口，便走上前。
「參見太子妃。」
寧晚晴見到他，有些意外。「黃大人也來了？」
黃鈞點了點頭。「禮部人手不夠，找大理寺借人，微臣恰好無事，就過來幫忙。剛才聽說不少御林軍入林，可是出了什麼事？」
寧晚晴沈默片刻，道：「七公主不見了。」
黃鈞面色一驚。「怎麼會不見了？」
寧晚晴將于劍帶來的消息原原本本地告訴了黃鈞。

黃鈞神情凝重，薄唇一抿。「太子妃可還有多餘的馬？」他是文官，又不曾參加狩獵，故而沒有帶自己的馬來。

寧晚晴問道：「黃大人這是？」

黃鈞認真道：「九龍山上雨水豐沛，天氣多變，飛禽走獸繁多，所以才成為皇家園林。七公主若是落單，多一刻，便是多一分危險。微臣雖勢單力薄，但多個人找，說不定七公主就能早一點得救。」

「那就有勞黃大人了。」寧晚晴忙不迭點頭，立即吩咐人備馬給黃鈞。

黃鈞又問了一些與趙蓁失蹤相關的細節，寧晚晴一一答了，待馬兒一到，便向寧晚晴告辭，隻身入了山林。

寧晚晴沈思片刻，對立在一旁的福生道：「去請章統領來。」

角落中的宮女，見寧晚晴入了主帳，飛快隱匿身形，匆匆離開了。

第五十九章

宮女繞過眾多帳篷，左顧右盼，確認沒人跟著她，這才回了自家主子的帳篷。

宮女一進門，趙矜便開口問道：「燦兒，如何了？」

燦兒仔細地放下門簾，快步過來，一福身，壓低了聲音道：「殿下，七公主失蹤了。」

趙矜聽完燦兒帶回來的消息，眸色微妙地閃了閃，回頭看向薛顏芝。

「薛姊姊，為何那畜牲會發狂？那不是致幻的藥嗎？」

趙蓁處處壓趙矜一頭，令她不悅已久，所以她便夥同薛顏芝，尋得讓馬兒致幻的藥物，企圖讓趙蓁摔下馬背，當眾出醜。

薛顏芝也有些慌，解釋道：「是致幻的藥物。想來是那畜牲沒有多少定力，才帶七公主衝入了深林。」

趙矜聽了這話，不滿道：「妳怎麼辦點事都辦成這樣，萬一被人發現了可怎麼辦？」

薛顏芝也不高興了，臉一拉，反駁道：「五公主，是妳自己想要教訓七公主，我不過是幫妳一把。如今這話問得好似和妳毫無關聯，我卻成了始作俑者。」

趙矜也有些心虛。「雖然是我讓妳去下藥，可我沒讓妳要她的命啊。如今快天黑了，萬一找不到她，父皇追究起來，如何是好?!」

薛顏芝思索片刻，道：「殿下，外面正在搜尋七公主的下落，為了不讓眾人起疑，我們也應該派人去幫忙。」

趙矜一聽，覺得有道理，連忙吩咐燦兒，點了幾名親衛，讓他們入林。

安排完這些事後，趙矜依然有些忐忑。「父皇最是偏心趙蓁，若趙蓁回來告狀，被父皇知道了是我們做的……」

薛顏芝眸色定定地看著趙矜。「殿下，下藥的是馬廄之人，馬夫不過是收了銀子辦事，並不認識我們，就算查到他身上，也牽連不到妳我。殿下只要一口咬死此事與我們無關，定能平安無事。」

趙矜聽了薛顏芝的話，強行鎮定心神，道：「對，不能自亂陣腳。可是……若趙蓁回不來呢？」

薛顏芝蛾眉攏緊。「若是真的回不來……說不定還是一件好事。」

趙矜凝視薛顏芝。「此話怎講？」

薛顏芝道：「七公主與您有過節，出了事，自然會往您身上想。可她若是死了，那便是死無對證，人證和物證都沒有，我們不是更安全了嗎？況且，七公主死了，嫻妃失了籌碼，到時候拿什麼和姑母爭呢？到了那時，妳便是官家唯一的女兒，官家疼妳還來不及，又怎會捨得查妳？」

「妳說得不錯。」趙矜神情冷漠地開口。「母后說過，要成大事，就不可心慈手軟，因小失大。趙蓁啊趙蓁，妳可別怪姊姊，都是妳自己倒楣。」

山中的天色暗得早，未到傍晚，日頭便沒了暖意。

趙蓁是被凍醒的。

她茫然地張開眼，發現自己半個身子躺在水裡，忍不住發抖。

趙蓁嘗試著動了動，只覺得哪裡都疼，深吸一口氣，緩了一會兒，才藉著手肘的力氣，勉強坐起來。

她居然躺在一條河邊，裙裾也濕了大半，又冰又涼地黏在身上，難受極了。

趙蓁想站起來，但左腿使不上力氣，撩起濕漉漉的裙子才發現，小腿上紅腫一片，還被蹭破一大塊皮，血跡斑斑。

趙蓁哪裡受過這樣的苦，張口便開始呼救，可喚了許久，也沒見到人來，只得強撐著身子，一瘸一拐地向岸邊走去。

沒過多久，她便見到了自己的馬兒，一動不動地躺在地上。

「朱丸！」

趙蓁踉蹌而去，臨近了才發現，朱丸奄奄一息地躺在地上，原本有神的大眼睛，無力地半閉著。

眼下朱丸這副樣子，與一個多時辰之前，截然不同。

趙蓁伸手摸了摸朱丸，這是她從小養到大的馬兒，很有靈性，也只肯被她騎。於是，這次狩獵，趙蓁是騎著牠入林狩獵。

原本她好好地待在林中，見到一隻獵物，便準備射箭。然而，箭矢還未發出，朱丸卻突然嘶吼一聲，毫無徵兆地朝前方狂奔而去。

趙蓁嚇得扔了箭，一把抱住朱丸的脖子，才不至於被甩下來。

在場的人大驚失色，拔腿就追。

朱丸畢竟是寶馬，他們如何追得上？趙蓁騎在馬上，嚇得花容失色，但無論她如何呼喊、緊拉轡繩，朱丸都不為所動。

一人一騎飛奔之下，馬身擦過不少樹枝，哪怕劃出了血，朱丸也毫無知覺，似是發了瘋一般，橫衝直撞。

趙蓁不敢中途跳馬，只得死死收緊轡繩。她一直試圖安撫朱丸，卻無濟於事。

朱丸似乎被什麼東西驅使著，沒命地向前跑，哪怕到了懸崖邊，也毫不猶豫地縱身一躍，奮力跳到了山的對面。

趙蓁就這樣被帶去另一座山頭，然而這座山上荊棘滿布，朱丸的身上掛了太多彩，沒過多久，便在山坡上摔下去。

趙蓁在千鈞一髮時跳下馬背，但由於落地不穩，也沿著山坡滾下。不知滾了多久，到了河邊，她撞上一塊礁石，便暈了過去。

不知是運氣好還是運氣差，大塊礁石攔住她的身子，才沒被河水沖走。

到了現在，趙蓁仍然不解朱丸為何如此異常。

但她到了朱丸面前，看著氣若游絲的馬兒，心裡溢出的不是生氣，反而是難過。

「朱丸，你到底怎麼了？」趙蓁紅了眼睛，伸出手指，輕輕地撫摸著馬兒。「你是不是生病了？」

朱丸嘴裡虛弱地咕嚕一聲，彷彿恢復了幾分神志，發現自己做了錯事，有些歉意地看著趙蓁。

「朱丸，你流了好多血……」趙蓁撕下一片衣袖，為朱丸摀住血流不止的傷口，但朱丸的精神卻越來越差。

「你可別睡啊，我還等著你帶我回去呢！」

從小到大，趙蓁都是錦衣玉食，被人護在手心裡。如今不但與家人失散、還跌得一身傷，就連心愛的馬兒似乎也要走到生命的盡頭。

巨大的無助感和前所未有的恐懼感一併襲來，讓這個十五歲的小姑娘忍不住抽泣起來。

朱丸見到主人哭泣，也有些著急。但牠已經無力起身，只得伸出舌頭，像往常一般舔了舔趙蓁的手，似乎在安慰她，不要難過。

天色迅速暗了下來。

山間不比城裡，到了夜晚，唯有明月高懸，再無半點火光，也看不清來路與去路。

河邊風大，吹得趙蓁瑟瑟發抖，她終於止住眼淚，思索著自己該如何度過這一夜。

此時，朱丸忽然在黑暗中睜大了眼，似乎感覺到什麼，嘴裡咕嚕不停，甚至還想起身。

可是，牠一撐起前蹄，便又重重地跌在石地上，痛得哀嚎一聲。

趙蓁擔憂道：「朱丸，你傷得太重，起不來的……」

朱丸失血過多，明明沒有力氣，卻急得對趙蓁嘶吼，似乎有話想告訴她。

趙蓁有些奇怪地看著朱丸，忽然感到一陣陰風襲來。

而後，此起彼伏的獸嚎聲由遠及近，雞皮疙瘩瞬間爬滿四肢百骸，讓人頭皮發麻。

趙蓁本能地向後看去，發現河岸不遠處的灌木叢中，出現了無數綠色的眼睛。

夜風肆虐地席捲河邊的草木，樹影彷彿波浪般，一浪接著一浪湧來。

趙蓁覺得渾身都僵住了，背脊一陣陣發冷。

她不敢哭，也不敢動。

可狼群卻按捺不住了。

牠們在灌木叢中前行，一點點探出身子，彷彿嗅到了什麼珍饈美味，眼睛裡逐漸散發出貪婪的光。

朱丸也感覺到了危險，多次想強撐著前腿起來，帶主人離開這個危險的地方，卻連抬頭的力氣都沒有。

趙蓁手指顫抖地摸索腰間匕首，卻掏了個空。垂眸一看，拴匕首的繩子早就斷了，想必是從山坡滾下來時，便遺失了。

趙蓁的心彷彿漏跳了一拍，看著眼前這片綠瑩瑩的光，心底生出前所未有的絕望。

一想到再也見不到母妃和父皇，又要葬身於狼群腹中，她再也壓抑不住內心的恐懼，當即哭了出來。

野狼們也在不斷試探著趙蓁，眼看牠們漸漸逼近，趙蓁不知哪裡來的勇氣，赫然起身，撿起一旁的樹枝，指著狼群大喊起來。

「來呀！我不怕你們！」

趙蓁奮力用樹枝拍打地面，發出呲呲的響聲，再加上略帶哭腔的大喊，反倒將前面幾隻狼嚇得退了幾步。

但野狼們很快就回過神來，加快了腳步，一隻隻排開，似乎想將趙蓁圍在其中。

趙蓁渾身發抖，兩手緊緊握著樹枝，眼睛眨也不敢眨地看向前方。

一隻野狼的耐心已經耗盡，迫不及待地舔了舔爪子，前腿一蹬，朝趙蓁奔過來。

趙蓁尖叫一聲，將手中的樹枝對準野狼。

就在野狼即將撲向她時，朱丸卻奇蹟般地起身，一下撞翻了那隻狼。但牠卻因為傷勢太重，頹然倒地。

「朱丸！」

上了眼睛。

趙蓁一聲驚呼，可朱丸已經耗盡了最後一絲力氣，戀戀不捨地看了主人一眼，永遠地閉

趙蓁嚎啕大哭。

摔傷的野狼緩過來，似乎被激怒了，衝趙蓁嚎了一聲，猛地撲上前。

就在這危急時刻，趙蓁眼前火光一閃，野狼似乎被什麼東西砸中，身子一歪就滾到地上，身上瞬間燃成一顆火球。

趙蓁嚇得後退了好幾步。

她沒看清那火球是怎麼來的，卻見那被火燒的野狼淒慘地嚎叫起來，而其他野狼見狀，不敢再上前。

就在這時，又一道明亮的火光劃亮夜空，一顆新的火球滾到狼群中央，野狼們不禁後退了幾步。

片刻之後，火球忽然轟的一聲巨響，嚇壞了野狼們。

不少野狼嚇得倉皇逃竄，而趙蓁還愣在原地，忽然感覺身子一輕，被人抱了起來。

那人二話不說，帶著趙蓁一路狂奔，很快便離開了河邊。

山間黑漆漆的，趙蓁不知對方是誰，卻把他當成了救命稻草，一路上死死抱著對方的脖子，生怕對方棄她而去。

直到兩人到了一處隱蔽的山洞前，那人才停下來。
「七公主？」
這清朗的聲音有些熟悉，且聽得出來，對方跑得有些喘。
趙蓁驀地抬頭，見到一張極其清俊的臉，不可置信地看著他。
「黃大人？」
黃鈞慢慢將趙蓁放下，道了句。「方才事出緊急，冒犯了公主，還望恕罪。」
趙蓁回神，連忙搖頭。「若不是你，我恐怕已經沒命了，應該我謝你才是。對了，黃大人怎麼會在這兒？」
雖然此處無人，但黃鈞依舊一絲不苟地對著趙蓁行了一禮。
「七公主有所不知，您失蹤後，太子殿下派了不少人入山尋您。微臣恰好也在圍場，聽聞此事，便一同入了山林。」
趙蓁癟嘴。「我就這麼失蹤了，皇兄和皇嫂，還有我母妃與父皇，定然都會擔心。」
黃鈞看著灰頭土臉的趙蓁，從懷中掏出一方手帕遞給她。「公主受驚了。」
趙蓁默默接過，擦了擦臉，這才平復幾分恐懼的心情。
黃鈞打量附近，道：「這個山洞還算隱蔽，狼群應該暫時不會來，公主不必擔心。不過，夜裡山中危險，我們還是先藏身於此，天亮再打算為好。」
趙蓁點點頭。自從看到黃鈞，她就沒有那麼害怕了。

黃鈞的話不多，安置好趙蓁後，便開始撿拾柴火。他隨身帶了火摺子，很快就將火點了起來。

「公主殿下的衣裙似乎濕了，不如坐在火堆旁烤一烤吧？」

趙蓁聽話地走過去。她在河水裡泡了半日，本來就有些發顫，後來遇到狼群，又被嚇出一身冷汗，如今衣服濕答答的黏在身上，難受至極。

火苗一點一點往上竄，趙蓁將手伸過去烤了烤，暖意逐漸傳遞全身，才緩緩放鬆下來。

「對了，黃大人是如何找到我的？」

趙蓁抬起眼簾，看向黃鈞，可黃鈞卻守禮地坐在遠處，目不斜視地對著火堆。

「微臣聽說公主的馬忽然發狂，料想可能是中毒，或是突然患病。既然馬兒行為反常，便難以推測，牠到底會將公主帶到哪裡。」

黃鈞說著，不忘掰著手中的柴火。「原本我們沿著馬兒的行進路線找，可山林裡痕跡太多，根本無法辨認，我便讓人在附近搜索，自己順著相對適合馬兒奔跑的路，一路上了山。孰料，我在懸崖邊撿到了這個。」

黃鈞從袖袋中掏出一把匕首，雙手呈上。「可是公主的？」

趙蓁有些詫異，接過來一看。「是我的，原來掉在懸崖上了。」

黃鈞點頭，繼續道：「微臣本來擔心公主墜崖，但勘察附近的地形之後，發現懸崖邊有一處凸起，與第八峰離得不遠。於是，微臣便大膽猜測，公主可能被帶到了第八峰。」

趙蓁追問道：「當時朱丸似乎有些神志不清，第七峰和第八峰之間離得並不近，牠一躍而過，還差點摔下去，你是如何過來的？」

黃鈞道：「微臣帶了繩索。」

趙蓁看向黃鈞的手，火光照亮他的手心，上面泛紅一片，擦破了不少皮。

她有些感動。黃鈞不過一介文官，不通武藝，憑一己之力爬過峰頂，定然吃了不少苦。

黃鈞藏了藏自己的手心。「公主可知馬兒為何發瘋？」

趙蓁斂起了神色。「我也不知。之前朱丸都好好的，是入林之後，才逐漸變得狂躁起來。」一想起朱丸的死，又忍不住紅了眼睛。

黃鈞知道趙蓁心疼自己的馬兒，便安慰道：「公主，都過去了。」

趙蓁抿唇，努力壓制住自己的哭意，不讓眼淚流下來。

可越壓制，眼淚越往外湧，一時像決了堤的河，止都止不住。

黃鈞哪裡見過這般場景，立時慌了。「公主，您沒事吧？是不是微臣做錯了什麼？」

趙蓁哭著搖頭。

黃鈞自責了。「都是微臣不好，若是微臣早些到，說不定還能救一救公主的馬兒。

「為了嚇退狼群，微臣已經用聯絡的信號彈充做火球，眼下與其他人聯繫不上，只得委屈公主在這裡將就一晚。待天一亮，微臣定會將您平安送回圍場，請公主不要難過了。」

趙蓁此刻正傷心，根本就聽不進去。

黃鈞束手無策，道：「若是公主想哭，那便哭吧。微臣去外面守著，不打擾公主了。」

他說罷，起身要走，孰料衣袖卻被人拉住。

黃鈞詫異回頭，見趙蓁淚眼汪汪地看著他。

「你別走！我一個人……怕黑……」

昏黃火光照亮了趙蓁的面龐，黃鈞這才看清，她白皙的面頰上蹭了不少塵，連鼻尖上都灰了一塊，讓人忍不住想伸手擦掉。

黃鈞立即退後兩步，道：「孤男寡女共處一室，於公主名節有損，微臣還是去外面守著比較好。」

「你不說，我不說，有誰能知道？」趙蓁理直氣壯地看著黃鈞。「況且，黃大人乃是正人君子，難道會對我圖謀不軌嗎？」

黃鈞沒想到趙蓁說話這般直白，頓了片刻，才說：「自然不會。」

「既然如此，有什麼好擔心的呢？」趙蓁目不轉睛地看著黃鈞。她的一雙大眼，生得乾淨又明亮，忽閃忽閃的，讓人實在無法拒絕。

黃鈞定了定神，道：「既然公主有命，微臣自當遵從。」自覺地走到山洞的另一側，撩袍坐下。

這時，忽然傳來咕咕兩聲，趙蓁連忙縮了縮身子，小臉立即紅了。

今日折騰到現在，滴米未進，她早就餓了。

趙蓁偷瞄黃鈞一眼，發現他好像沒聽見似的，並沒有什麼反應，這才暗暗鬆了口氣。片刻後，黃鈞若無其事地從袖袋中掏出一個紙包。

「微臣隨身帶了些糕點，若公主不嫌棄，將就著吃一些吧？」他伸出手指將紙包打開，是幾塊軟糯的芙蓉糕。

趙蓁有些不好意思，輕咳了聲。「那本公主就不客氣了。」從他手中接過了芙蓉糕，拿起其中一塊，張口便咬。

這芙蓉糕軟糯可口，甜而不膩，美妙的滋味瞬間充盈口腔，讓她覺得腿上的疼痛都少了幾分。

第六十章

平時趙蓁並不愛吃芙蓉糕，但此刻手中這幾塊芙蓉糕卻成了人間美味，頃刻之間，三塊已經下了肚。

等趙蓁吃了芙蓉糕，黃鈞又默默為她送上水囊。

趙蓁接過水囊，灌了兩口水，才滿足了。

她放下水囊，瞧黃鈞一眼，將紙包推過去。「黃大人也吃。」

黃鈞搖了搖頭。「微臣不餓，還是公主吃吧。」

趙蓁盯著黃鈞，唇角一勾。「黃大人不吃，萬一野獸來了，怎麼有力氣保護我呢？」

黃鈞還是直直坐著，不肯動手。

趙蓁眨眨眼，忽然一本正經地坐直了身子。「我以公主的身分命令你，現在就吃！」

黃鈞這才悶聲應是，緩緩抬手，挑了塊最小的芙蓉糕塞進嘴裡。

趙蓁見自己的身分有效，忍不住笑了笑，以手撐頭，看著黃鈞吃芙蓉糕。

黃鈞被她看得有些窘，但趙蓁仍然大大方方地盯著他，沒有一點要避開的意思，只好有些艱難地嚥下芙蓉糕。

趙蓁被他這羞澀的樣子逗得噗哧一聲，笑了出來。

黃鈞愣住。

趙蓁道：「黃大人的芙蓉糕，比宮中御廚做的好吃多了。」

黃鈞輕輕點頭。「這芙蓉糕，是微臣長姊做的。」

趙蓁有些訝異。「那不就是我皇嫂的嫂嫂？」

這話說起來有些繞，黃鈞不苟言笑的臉上，微微泛起一絲笑意。「公主說得是。」

趙蓁說：「你姊姊對你可真好，不像我姊姊，整日只會奚落我。」隨手撿起旁邊的樹枝，百無聊賴地在地上劃了起來。

黃鈞沈默片刻，問道：「公主可有想過，今日之事，也許是有人有意為之？」

趙蓁指尖微滯，安靜了片刻。「若無證據，我不想隨意懷疑旁人。」

黃鈞點頭。「微臣明白。時候不早，公主還是早些休息吧。」

他站起身，將山洞裡的乾草鋪在一起，又脫下自己的外袍，放到乾草上，退到一旁。

「且先委屈公主一晚了。」

趙蓁真的累了，走到乾草旁，抬起眼簾看著衣著單薄的黃鈞，問道：「那你呢？」

黃鈞說：「微臣會守著山洞，請殿下安心。」

趙蓁點點頭，忍不住打了個哈欠，就著乾草躺下。

這乾草被火烤得暖烘烘的，隔絕地上的濕氣，讓趙蓁舒服不少，不由拉過黃鈞的外袍，蓋在身上。

與貴族子弟的滿身熏香不同，黃鈞的衣袍上只有清淡的皂角香，聞起來十分宜人。

趙蓁抱著衣袍，很快進入夢鄉。

黃鈞坐在她對面，無聲地往火裡加了一把柴。

與此同時，九龍山的行宮中，靖軒帝臉色陰鬱地坐在高榻上。

殿中站了不少人，卻沒有一個人敢說話。

靖軒帝問道：「章泱，搜山搜得如何了？」

御林軍統領章泱越眾而出，答道：「回官家，第七峰已經搜遍了，還沒有找到七公主。末將已經按照官家的吩咐，從附近調集人手，開始搜附近的幾座山峰。但天色太暗，山間地形又複雜，想要找到七公主……只怕如大海撈針。」

章泱話音未落，靖軒帝便一拍長桌，怒道：「九龍山可是皇家圍場，連公主都能丟了？要是傳揚出去，天家顏面何存？」

章泱沈聲告罪。

寧晚晴聽到這話，忍不住皺了皺眉。

事已至此，靖軒帝居然還在擔憂天家顏面？

她默默看趙霄恆一眼，趙霄恆面無表情地聽著，似乎毫不意外。

一旁的趙矜開了口。「父皇息怒，千萬要注意身子。七皇妹素來調皮，說不定是自己躲去哪兒玩了。」

薛皇后也跟著幫腔。「官家，山路崎嶇，七公主許是迷路了，說不定天亮之後便能找回來，實在無須擔心。相反地，若是大肆搜山，反而會引來不少猜測，反而難堵悠悠眾口。」

靖軒帝斜眼看向薛皇后。「皇后的意思是？」

薛皇后道：「依妾身看，不如安排幾支小隊偷偷入山找人便好，實在不必調動兵馬，以免人多手雜，有人趁亂生事。」

靖軒帝聽了這話，不由沈思起來。

九龍山雖是皇家圍場，但不見得有十分的安全。

嫻妃見靖軒帝面色鬆動，連忙上前兩步，跪了下去。

「官家，平日蓁蓁雖然貪玩，卻是個規矩的孩子，斷不可能不告而別。」嫻妃早已哭紅了眼，哽咽道：「她定然是遇到難處，才徹夜不歸。請官家派兵搜山，一定要找到蓁蓁！」

靖軒帝見嫻妃淚水漣漣，有些不忍，便道：「嫻妃別急，蓁蓁也是朕的女兒，朕怎麼可能不著急？」

九龍山有九座山峰，如果一座一座搜，沒有上千人的話，怕是難以在短時間內找遍每一個角落。

靖軒帝嘴上安慰著嫻妃，卻沒有說到底要不要調軍隊來搜山。

只要一調人，公主失蹤的事就藏不住了。遇到意外事小，失了名節事大，靖軒帝如何能容忍自己和女兒成為百姓茶餘飯後的閒話？

寧晚晴看透了這一點，立即上前扶起嫻妃，道：「嫻妃娘娘放心，父皇一向以仁德治天下，怎麼可能不調人來救蓁蓁呢？」

趙霄恆也道：「不錯，嫻妃娘娘稍安。」看向靖軒帝。「父皇，如今搜山的人已經不少，蓁蓁失蹤的消息定然是守不住了。既然如此，不如將附近的兵馬調來，越早找到蓁蓁，越能控制事情的影響，兒臣願助章統領一臂之力。」

靖軒帝沈思片刻，道：「章泱——」

章泱立即應聲。「末將在。」

「朕只給你一日，不管用什麼辦法，務必要找到七公主。」靖軒帝頓了頓，壓低了聲音道：「活要見人，死要見屍。」

此言一出，嫻妃的臉色立時白了白。

章泱拱手。「末將領命。」應聲告退。

薛皇后看著面色蒼白的嫻妃，道：「嫻妃忙了一日，早些休息吧。官家這裡，本宮陪著便好。」

薛皇后被解除了禁足，但還未恢復統領六宮之權。靖軒帝帶她來圍場，不過是看在薛太尉的面子上。

因此，薛皇后到了圍場，便處處討好靖軒帝，此舉怕是又想藉機重獲靖軒帝的好感。

但嫻妃心中牽掛女兒，沒有心思與薛皇后計較，便默默告退了。

趙霄恆也帶著寧晚晴退出去。

兩人肩並著肩，走在行宮的迴廊上。

山間夜風微涼，吹得寧晚晴有些冷。

她側目看向趙霄恆，趙霄恆薄唇微抿，神情帶著幾分凝重。

「殿下。」

趙霄恆斂神。「怎麼了？」

寧晚晴道：「殿下的眉，快擰成川字了。」

她微涼的手指點上趙霄恆的眉心，他便不覺舒展了眉宇。

趙霄恆握住她的手，沈聲道：「其實，我們早搜遍第七峰，都未曾找到蓁蓁，孤已經派人下山崖去尋。如今，沒有消息便是最好的消息了。」

寧晚晴問：「也沒有找到馬兒嗎？」

趙霄恆搖頭。「山間碎石頗多，蹤跡辨認不清，但能確定的是，馬兒的蹤跡到了懸崖之後，線索便斷了。至於蓁蓁到底有沒有被帶到山崖，還未可知。」

寧晚晴又問：「殿下打算怎麼辦？」

趙霄恆聲音低沈。「讓章泱去調兵，孤盯著搜山。」

兩人對視一眼，心照不宣。

今日寧晚晴已經問過章泱，圍場內並未混進外人，若此事不是意外，便是有人別有用心。可他們查問了一圈，也沒發現什麼異狀。

寧晚晴輕聲道：「殿下，妾身想去陪陪嫻妃娘娘。」

七公主是嫻妃唯一的女兒，如今女兒失蹤了，嫻妃必然擔心不已。

趙霄恆頷首。「那好，孤先去找章泱。」

寧晚晴知道趙霄恆心疼這個妹妹，安慰道：「殿下不要太擔心，蓁蓁吉人自有天相，一定會平安回來的。」

趙霄恆沈默片刻。「但願如此。」

一炷香的工夫後，寧晚晴到了嫻妃的寢宮。

嫻妃倚在貴妃榻上，臉上淚痕還未乾，見寧晚晴到了，連忙擦了擦眼睛。

「這麼晚了，太子妃怎麼來了？」

「我放心不下娘娘，便過來了。」寧晚晴瞥了嫻妃身旁的飯菜一眼，知她定是一日沒吃東西，勸道：「娘娘多少吃一些，若蓁蓁知道娘娘如此難過，也會跟著擔憂。」

嫻妃長長嘆了口氣。「如今蓁蓁流落在外，生死未卜，本宮如何吃得下？本想與章統領他們一起進山，可官家死活不允……」說著，眼眶又紅了。

寧晚晴伸手為她撫了撫後背。「娘娘身子弱，進了山恐怕也幫不上忙，還不如安心待在這兒，等蓁蓁回來，就能立刻見到您，不是很好嗎？殿下已經去找章統領了，他們會再進山一次，娘娘別著急。」

嫻妃依舊擔心不已。「山林裡野獸出沒，若明日還找不到蓁蓁，便凶多吉少了。都是本宮的錯，平日對她縱容太過，慣得她不知天高地厚。狩獵明明是男兒家的事，她偏偏要去湊熱鬧，都是本宮教女無方……」又抽泣起來。

寧晚晴溫言道：「娘娘，官家不是已經答應調人來尋蓁蓁嗎？只要人手到了，相信很快就能找到蓁蓁了。」

嫻妃愴然搖頭。「太子妃不了解官家……如今這般光景，蓁蓁就算回來，只怕也沒什麼好結果了……」

嫻妃疲憊地閉上眼，心裡驀地想起了一個人。

十一年前的冬日，格外寒冷。

呼嘯的北風捲起凜冽寒意，無情地襲向整座京城。

彼時嫻妃還是嫻嬪，已經冷得凍僵了手，仍親手扶著身旁的女子，低聲提醒道：「珍妃姊姊，小心足下。」

珍妃轉過臉，原本明麗的眉宇之間，攏著深深的憂愁。

「妹妹，本宮自己去求見官家便好，妳何必蹚這渾水呢？」

玉遼河戰敗的消息傳來，傳信官一口咬定是北驍軍主帥宋楚天延誤戰機所致，靖軒帝震怒之下，將宋家上下打入了天牢候審。

珍妃因為身懷龍裔，暫時未被降罪。

珍妃本想託人打聽消息，但無論找誰，都對宋家之事避之不及。連平日圍在她身旁的妃嬪們，現在都忙著與她劃清界線。

唯有嫻嬪願意冒著風險，陪珍妃去求見靖軒帝。

嫻嬪道：「這些年來，姊姊對妾身無微不至，說句僭越的話，妾身早就把妳當成了親姊姊。親姊姊有難，哪有袖手旁觀的道理？」

珍妃心中一陣感動，深深看了嫻嬪一眼，低聲道：「好妹妹，多謝妳了。」

珍妃握緊了嫻嬪的手，兩人相互攙扶著，深一腳、淺一腳地向御書房走去。

兩人頂著風雪，好不容易走到御書房的門口，靖軒帝卻不肯見她們。

珍妃看似柔弱，骨子裡卻十分倔強，得知靖軒帝不想見她，一狠心，在雪地裡跪下。

李延壽嚇了一跳，連忙上前。「娘娘，您還懷著龍子呢，這可使不得啊。」

珍妃看向李延壽，聲音微啞。「我宋家世代清白，家教甚嚴，兄長幼承庭訓，一心報國，這麼多年來為朝廷鞠躬盡瘁，怎麼可能會貽誤戰機？這實在是太荒謬了！」

李延壽見珍妃眼眶含淚，強忍著不肯哭，心中也有些動容。珍妃雖然得寵，卻從不擺主子的架子，待他也十分寬厚。

「珍妃娘娘，不是小人不幫您，小人已經通傳過，但官家批完奏摺累了，直接睡下。」

珍妃道：「李公公，官家睡了還是沒睡，你我心知肚明，何必自欺欺人呢？」

李延壽一時語塞。

珍妃跪直了身子。「李公公，本宮也不為難你，你且去告訴官家，本宮不過是請他徹查此事，並非胡攪蠻纏，求他不問是非釋放宋家人，還請官家明鑑。」說罷，俯身一拜。

李延壽知道她已經懷了七個月的身子，哪裡敢耽擱，當即又進了御書房。

珍妃就這般跪在風雪之中，無聲地等待著。

嫻嬪也跪在身旁，默默地陪著她。

然而，李延壽這一次卻去了許久，一直沒有出來。

冷氣通過地面，一點點滲透到珍妃身上，但她執拗地跪著，目光沈沈看著眼前那一扇緊閉的大門。

不知過了多久，珍妃身子踉蹌了一下，嫻嬪連忙扶住她。

「姊姊，如今妳身子孱弱，哪裡受得了這樣的罪？還是先回去吧。說不定等到明天，官家就想通，願意見我們了。」

珍妃搖搖頭。「不可能……若今夜本宮退縮了，到了明日，官家更不會見本宮。」強撐著身子，再次跪好。
嫻嬪見勸不動她，只得將自己的披風取下來，蓋上珍妃的肩頭。
「姊姊要跪，也要保重自己和肚裡的孩子。」
珍妃心頭微動。「傻妹妹，妳這般陪著本宮，就不怕被官家怪罪嗎？」
嫻嬪道：「官家心中本來就沒有妾身，唯有姊姊才是妾身的親人。」
「胡說。」珍妃看著嫻嬪的眼睛，低聲道：「官家若是心中沒有妳，又怎麼會讓妳生下蓁蓁？妹妹是有福之人，不可妄自菲薄。」
嫻嬪苦笑了聲。若是沒有珍妃，她只怕走不到今日。
兩人又等了許久，還是不見李延壽出來。
幽冷寒氣逐漸侵蝕著珍妃的身體，她的雙腿被凍得發麻，嘴唇早已沒了血色，仍強打著精神等著。
等到最後，連御書房的燈都默然暗了下去。
小太監李瑋過來勸道：「娘娘，李公公怕是已經伺候官家睡下，您還是先回去吧。」
珍妃沒說話。只覺得自己身在冰窖，一張臉已經白得不成樣子。
李瑋看著珍妃這模樣，不敢多言，默默告退了。
片刻後，珍妃忽然轉頭，對嫻嬪道：「妹妹，妳可否幫本宮一個忙？」
嫻嬪忙道：「姊姊請說。」

珍妃用異常平靜的聲音道：「恆兒睡覺不太安穩，每到這時辰便會醒來，妳可否幫我去看看他？」

嫻嬪有些擔憂地看著珍妃。「若是妹妹去了，那姊姊一人……」

珍妃虛弱一笑。「無妨，興許再等一等，官家就宣本宮進去了。」

嫻嬪凝視珍妃，覺得她的臉白得幾近透明，彷彿快要消散了一般。

珍妃見嫻嬪不說話，催道：「快去吧，免得恆兒醒了，到處尋本宮。」

嫻嬪這才點了點頭，宮女立即扶著嫻嬪起身，但她跪得太久，腿早已沒了知覺，緩了好一會兒，方能勉強邁開步子。

她一步三回頭地看著珍妃，直到出了月洞門，才加快了離開的腳步。

御書房偌大的前庭裡，珍妃孤零零地跪著。無奈天公不作美，居然又下起雪來。

珍妃的親信宮女元舒勸道：「娘娘，還是回去吧，您已經跪了一個多時辰，再這樣下去，身子怎麼吃得消？」

珍妃不語。

元舒又道：「娘娘就算要跪，又何必支開嫻嬪娘娘呢？要是官家出來了，她好歹能幫著說幾句話……」

「元舒。」珍妃淡淡道：「官家這麼久都沒有出來，妳可知為何？」

元舒愣了愣。「奴婢猜測，官家是不想聽娘娘求情。」

珍妃眸色沈沈如海。「沒錯，官家不想給本宮求情的機會，他是不打算放過宋家了……

既然如此，何必累得旁人一起受罪呢？」

元舒有些不解。「既然娘娘知道官家不會網開一面，為何還繼續跪著？」

「正因為知道官家不打算放過宋家，本宮才要繼續跪。」

珍妃神色死灰，聲音彷彿落葉一般飄零。「本宮要向官家，以命換命！」

第六十一章

離開了御書房的嫻嬪，越走越覺得不對勁。

她忽然想起了什麼，偷偷折回去，繞到御書房的後方。

果不其然，李延壽就在這裡。

他似乎被凍壞了，不住地搓著手。

小太監李瑋送上一個手爐，低聲道：「乾爹，您的膝蓋不好，受了寒又要疼，怎麼不到御書房前殿伺候，那兒暖和多了。」

李延壽低聲道：「現在前殿哪裡去得？方才我又去通傳，官家還是不肯見珍妃，就是故意撂著她。珍妃娘娘又不肯走，若是去了那邊，豈不是左右為難？」

李瑋忍不住嘀咕。「官家也真是的，就算宋將軍戰敗，也怪不到一個女人頭上。珍妃娘娘又沒有做錯什麼，官家為何不出來見她一面，將人好生勸回去？」

「你懂什麼？」李延壽橫了李瑋一眼。「小兔崽子，玉遼河一戰豈是普通的戰役？官家繼位之後，藩王不寧，朝臣不睦。玉遼河這一戰，是官家想打的，他本想靠這一戰的勝利來鞏固威望，聚攏人心，可北驍軍大半折在玉遼河，官家如何向百姓和朝臣交代？」

李瑋聽懂了一半，繼續問道：「玉遼河戰敗了不假，但原因未必出在宋將軍身上，為何就不能見一見珍妃娘娘，徹查此事呢？」

李延壽伸手拍了下李瑋的帽子。「你傻呀，如今玉遼河戰敗，人人都道是宋楚天的錯，萬一查清後發現宋楚天沒有貽誤戰機，那戰死的五萬士兵、還有這戰敗的恥辱，該由誰背負？沸騰的民怨，又該讓誰來承擔？」

話音落下，不光是李瑋醍醐灌頂，連嫻嬪也僵在了原地。

原來如此，原來如此！

嫻嬪彷彿吸了一口寒氣，差點喘不過來。

她搖晃著退了一步，宮女連忙扶住她。「娘娘，您沒事吧？」

嫻嬪回過神來，喃喃道：「快，快回去找珍妃姊姊！」

嫻嬪說罷，匆匆忙忙地往回跑。

待她回到御書房前庭時，卻見珍妃倒在雪地裡，鮮血染紅了一片白雪，殷紅刺眼。

嫻嬪正要開口，卻聽到了一聲痛苦的呼喚──

「母妃！」

年僅十歲的趙霄恆，不知如何尋到了御書房，雙目通紅地撲到珍妃身旁。

珍妃已經失去意識，渾身冷得像冰。

嫻嬪終於壓抑不住內心的情緒，崩潰出聲。「宣太醫！宣太醫！」

這段記憶彷彿被刀刻在了嫻妃的心上，至今歷歷在目。

寧晚晴坐在身旁，一直默默聽著，不知不覺也濕了眼眶。

嫻妃從回憶中醒來，自言自語道：「說句犯忌諱的話，本宮早知官家無情。這些年，本宮委曲求全，只是為了自保罷了……

「那時後宮佳麗無數，官家卻只寵珍妃姊姊，而珍妃姊姊也是一心一意待官家，本宮以為，他們是有夫妻之情的。沒想到官家為了自己的聲譽，連心愛的女人和孩子都能捨棄。」

嫻妃說罷，目光哀戚地看向寧晚晴。

「這次蓁蓁失蹤，已是犯了忌諱。若她再有個什麼三長兩短，只怕第一個捨棄她的，便是她的父皇。」

寧晚晴不覺攥緊了手指，沈吟片刻，默然起身。

「嫻妃娘娘放心，我不會讓這一幕重演的。」

她眼神清澈，語氣篤定，讓嫻妃不安的心稍稍平靜了幾分。

嫻妃艱難點頭，聲音艱澀。「好……」

寧晚晴出了嫻妃的行宮，依舊沈思不語。

趙蓁的失蹤原因，一定還有沒查到的地方，她得回去好好想想辦法才行。

「想什麼想得這麼出神？」

寧晚晴微微一愣，抬眸看去，見趙霄恆已經換了一身武袍，靜靜立在長廊上，目不轉睛地看著她，有些意外。

「殿下怎麼來了？」

趙霄恆沈聲道：「方才和章泱對完搜山的計劃，準備進山了。見妳還沒回來，便特意過來跟妳說一聲。」

寧晚晴凝視趙霄恆。「殿下會把蓁蓁找回來的，是嗎？」

趙霄恆目光深深，語氣中帶著堅定。「是。」

無論如何，他都會守護好身邊的人，不會讓那些事重演了。

面前的男子英俊挺拔，即便神色疲憊，眼裡卻依然堅定含光，彷彿一柄已經鑄成的寶劍，閃耀著淡淡的光輝，無懈可擊。

寧晚晴看著看著，忽然想起了十一年前，那個困在漫天風雪中的少年。

他抱著母親，無助地哭泣、懇求，直到失去一切。

寧晚晴的心，驟然一痛。

趙霄恆出了聲。「孤先入山了。妳早些回去休息，不要擔心。」

寧晚晴無聲點頭。

夜風驟大，吹得她額前碎髮微亂，趙霄恆抬手想為她理一理，終究忍住了，轉身要走。

「殿下。」寧晚晴叫住他。

趙霄恆停下步子，回過頭，感覺腰間一緊，微微一怔。

寧晚晴從背後抱住了他。

清冷月光靜靜灑落在兩人身上，時間彷彿停滯。趙霄恆站著沒動，寧晚晴也沒動，唯有心臟撲通跳個不停。

片刻後，寧晚晴的聲音自背後傳來——

「妾身等著殿下，帶蓁蓁一起平安歸來。」

夜深，風靜，月下一雙人相依。

趙霄恆驀地轉身，將寧晚晴按進懷中。

他面色冷峻，眉眼深沈，薄唇貼近她的耳畔，低聲道：「等我。」

這個擁抱短暫卻有力，彷彿烙在了寧晚晴的背上，灼灼發燙。

寧晚晴目送趙霄恆消失在夜色中。

她知道，他不單單是去找自己的妹妹，還是去救當年那個無能為力的少年及母親。

寧晚晴快步走回行宮，她還有自己的事要做。

回到行宮坐定，她便問元姑姑。「福生可回來了？」

元姑姑忙道：「回太子妃，福生已經回來了，正在偏殿等您呢。」

寧晚晴點點頭。「讓他來書房回話。」

片刻之後，福生入了書房。

寧晚晴道：「本宮讓你查的事情怎麼樣了？」

今日趙霄恆都在忙著找趙蓁，於是福生便跟在寧晚晴身旁。寧晚晴去見靖軒帝之前，交給他一件重要的差事——蹲守馬廄。

福生語氣有些激動。「太子妃真是料事如神！官家接見眾人時，果然有人去了馬廄。」

寧晚晴眸光微凝。「那人是誰？」

福生壓低了聲音道：「那人是五公主的人。」

寧晚晴心下了然。「果然是她們。那人做了什麼？」

福生回答。「那人似乎是在找什麼東西，但看了一圈之後，沒做什麼便走了。小人不敢打草驚蛇，派人默默盯住他，先回來稟報。」

寧晚晴頷首。「做得好。」

寧晚晴和趙霄恆早就覺得，馬兒突然發瘋是事出有因。趙霄恆已經巡查過一遍，後來又故意製造機會，支開了馬廄旁邊的守衛。

就在眾人都去見靖軒帝時，她安排了福生藏在暗處蹲守，這才發現了端倪。

福生道：「小人猜測，她們定是給馬兒下藥，才導致馬兒出了意外。只是眼下沒有證據，就算鬧到官家面前，只怕五公主也不會認。」

寧晚晴沈思片刻，問道：「蓁蓁出事之後，圍場是不是就被封起來了？」

福生點了點頭。「章統領得知此事之後，便封了圍場，即便調用的士兵到了，也是只進不出。」

寧晚晴道：「她們冒著風險去馬廄檢視，只怕是為了確認到底有沒有落下證據，你再派人去仔細檢查一遍，說不定會有新發現。既然章統領封了圍場，只要有證據的話，應該還在圍場裡。」

而且，可能就在趙矜自己手中。

畢竟，那麼重要的東西，怎麼敢交託給別人呢？

福生又問：「要不要小人入林請殿下回來？若是殿下在，興許能想法子搜一搜五公主的行宮。」

寧晚晴搖了搖頭。「不可。趙矜顯然是想把這件事裝成是意外，蓁蓁會處於危險中，讓殿下先找到她，才是第一要務。至於五公主……交給本宮便是。」

福生深以為然，但一想起趙矜的身分，又犯了難。「五公主是皇后嫡女，若無正當理由，如何能去搜她的行宮？」

寧晚晴微微揚起唇角。「要搜她的行宮，不需正當理由，只要請一個人出面就行了。」

福生有些詫異。「太子妃指的是？」

寧晚晴勾唇一笑。

「長公主殿下，您、您畫好了嗎？」

十二郎半跪在一張古琴面前，木簪束髮，青衣長衫，雙手輕搭在琴弦上。舉止還算優美，可神情卻是苦不堪言。

趙念卿離他約莫丈許，面前鋪了一張宣紙，皓腕微抬，正執筆作畫，漫不經心地回答。「催什麼？本宮還沒有畫完呢。」

十二郎忍不住道：「殿下，您已經畫了一個半時辰，想來有些累了，不如休息一番？」

趙念卿悠悠道：「十二郎容姿出眾，本宮畫你甘之如飴，並不覺得累。」

十二郎欲哭無淚。「可是殿下……之前小人陪您喝了不少酒，實在是……」

趙念卿抬眸，語氣裡藏著不悅。「實在是什麼？」

實在是想出去小解啊！十二郎心道。

但一看到趙念卿幽冷的目光，他又將話嚥了回去。

趙念卿見他老實了，繼續一筆一畫地描著畫中人。

其實，就算她不看十二郎，也知道要畫成什麼樣子。

畫中的男子著了一襲青衫，跪坐於天地之間，身後依山傍水，手邊有一張琴、一壺酒。似乎只要有琴音美酒相伴，他便能安度此生。

一切都畫好了，可男子的五官還空著。

十二郎見趙念卿躊躇許久，不肯下筆，這才忍不住催了催。

沒承想，這一催，卻讓趙念卿徹底扔下筆，目光掃過十二郎。

「你說得對，本宮累了，需要休息，等會兒再畫。」

十二郎如蒙大赦，忙道：「那小人可否先出去方便方便？」

「自然不能。」趙念卿乾脆俐落地拒絕他。「你若動了，那便和本宮畫得不一樣了。」

十二郎無語。

這時，竹心挑簾進來，向趙念卿福身，道：「殿下，太子妃求見。」

趙念卿似是有些意外。「她一個人來的？」

竹心頷首。「是。」

趙念卿思索片刻，指著十二郎。「你先出去吧，讓太子妃進來。」

十二郎立即起身，但因為跪得太久，腿都麻了，又生怕趙念卿後悔似的，急得連滾帶爬地出了門。

趙念卿有些不耐地皺了下眉，將目光從十二郎身上移回來，落到畫中人身上。

她不敢畫那人的臉。

若是畫出來不像，是不是說明，她已經忘了他的模樣？

畢竟，他們已經很多年沒見了。

「見過姑母。」

寧晚晴的到來打斷趙念卿的思緒，蓋上了眼前的畫作。

「免禮。」

趙念卿自書桌前起身，慢悠悠地走到貴妃榻坐下，隨手拿起一邊的羽毛寶石扇子搖著。

「這麼晚了，太子妃來見本宮，應該不是為了閒聊吧？」

寧晚晴頷首。「姑母英明，晚晴深夜來訪，是有一事想請姑母幫忙。」

趙念卿似笑非笑地看著她。「說說看，若是無趣，本宮可不幫忙。」

寧晚晴便把懷疑趙矜之事，原原本本告訴了趙念卿。

「姑母，如今蓁蓁下落不明，雖然殿下已經入林搜尋，但結果還未可知。嫻妃娘娘心緒不穩，太后又不在圍場，唯有您能主持大局，助我們尋找證據了，還望姑母出手幫忙。」

趙念卿手中的扇子搖得慵懶，盯著寧晚晴，語氣輕飄飄的。

「本宮為何要幫你們出這個頭？趙矜再怎麼不濟，也是皇后的女兒。本宮為了嫻妃而得罪皇后，得不償失。」

寧晚晴凝視著她。「姑母此舉，不僅僅是幫了嫻妃娘娘和蓁蓁，還是幫宋家。」

趙念卿一聽，表情微變。「這與宋家有什麼關聯？」

寧晚晴沈聲道：「姑母有所不知，當年母妃難產去世後，是嫻妃娘娘懇求官家憐憫，官家才放過宋家。且在宋家失勢的那幾年，嫻妃娘娘不但暗地照應太子，還一直為太子仲舅，也就是鎮國公，傳遞宮中消息，嫻妃娘娘可謂是宋家的恩人。」

趙念卿神色複雜起來，但語氣依舊冷銳。「她是宋家的恩人，與本宮有什麼相干？有什麼人情，讓她找宋楚河討去。」

寧晚晴深吸一口氣。「若是仲舅在此，自然該由仲舅出面，但遠水解不了近渴。晚晴知道，姑母與仲舅當年有一段情，玉遼河一戰的劇變，也給姑母帶來不可磨滅的傷害，但姑母真的甘心就此與仲舅劃清界線嗎？若是您幫宋家救了嫻妃母女，豈不是天大的人情？」

趙念卿目不轉睛地看著寧晚晴，眸色微閃。

寧晚晴不知道趙念卿願不願意蹚這渾水，畢竟薛皇后的母族可不是好惹的。

兩人對峙片刻，趙念卿才收回目光，轉了轉手中的羽毛寶石扇子，悠悠道：「他欠本宮的多了。」

她一抬手，將羽毛寶石扇子扔進一旁的火盆裡。

竹心一驚。「殿下，那可是您最喜歡的扇子啊！」

趙念卿面無表情地看著火盆。裡面的火苗瞬間吞噬這把價值連城的扇子，羽毛很快變成焦黑一片，寶石也脫落下來，瞬間便燒得不成形了。

寧晚晴目光定定地看著趙念卿，見趙念卿轉過臉來，異常平靜地開了口——

「竹心，本宮的扇子不見了，興許是落在五公主行宮附近，立即去找。」

第六十二章

夜色漸深，趙矜的行宮中卻燈火長明。

趙矜一臉沈鬱地坐在殿中，手指不安地輕擊著桌面，眼神時不時瞟向門外，似乎在等著什麼人。

片刻後，一陣匆匆的腳步聲響起，趙矜抬頭看去，果然是薛顏芝來了。

薛顏芝一入殿中，便急忙關上門。

趙矜迫不及待地問：「外面如何了？」

薛顏芝壓低了聲音道：「我們派出的侍衛回來了。他們按照那瘋馬出逃的蹤跡，一路追到山頂，趙蓁應該已經連同瘋馬一起墜崖了。」

「墜崖？」趙矜驚得站起來。「妳的意思是……她、她死了？」

薛顏芝道：「那麼高的山崖掉下去，就算是大羅神仙也難救。」

趙矜聽了，惴惴不安地撫了撫心口。「趙蓁若是做了鬼，不會來找我們吧？」

薛顏芝輕笑了下。「公主乃天之驕女，有龍氣護體，怎麼可能被邪祟入侵？」

「沒錯、沒錯。」趙矜逐漸冷靜下來。「那墜崖的痕跡抹乾淨了嗎？若是沒摔死，被人救下，那可就糟了。」

薛顏芝道：「公主放心，臣女已經讓侍衛摸下山崖去尋七公主的屍體。萬一她還沒死，我們就……」做了個一刀斃命的手勢。

趙矜眸色也狠辣了幾分。「不錯，要做就要斬草除根。」

薛顏芝點了點頭，又問：「殿下，馬廄那邊如何了？」

趙矜穩了穩心神，道：「之前已經派人清理過，而後我又差人去巡查一遍，確認沒有遺留致幻散的粉末了。」

薛顏芝依然不放心。「就算馬廄裡沒有遺留，公主手上的藥也該盡快處理掉才是。」

趙矜未來得及回答，外面便響起了敲門聲。

趙矜有些不耐。「何事？」

宮女在門外答道：「殿下，長公主來了，說要見您，同行的還有太子妃。」

趙矜皺眉。「平日我與姑母沒什麼來往，她怎麼會突然過來，還帶了太子妃？」

薛顏芝凝神想了一會兒，道：「若殿下不想見，便說睡下了吧？」

趙矜點了點頭。「妳就說本公主睡了，請姑母明日再來。」

「此時才說，只怕來不及了吧。」趙念卿的聲音隔著門傳進來。

趙矜和薛顏芝嚇一跳，互換一個眼神之後，薛顏芝上前開門。

趙念卿著了一襲緋紅宮裝，頭上金釵奪目，眼尾上挑描紅，居高臨下地看著趙矜和薛顏芝，神情帶著八分不滿。

一旁的寧晚晴則面色淡淡，並未多言。

趙矜有些怕趙念卿，且方才的託詞被趙念卿聽到了，簡直想找個地縫鑽進去。她硬著頭皮向趙念卿請了安。「夜深至此，姑母和皇嫂怎麼來了？」

趙念卿似笑非笑地看著她。「怎麼，不歡迎？」

趙矜勉強扯開嘴角笑了笑。「怎麼會呢？姑母、皇嫂請上座。」

趙念卿也不客氣，自顧自進了門，坐到了主位上。

寧晚晴則坐到了一旁。

趙矜連忙吩咐宮女上茶，似是覺得尷尬，試圖解釋。「姑母，方才我身體有些不適，便想睡下了，沒承想失禮於姑母，還請姑母別放在心上。」

趙念卿瞥趙矜一眼。「巧了，本宮出來剛好帶了太醫，不如幫妳把把脈？」

趙矜忙道：「不必了，我休息一會兒，已經好多了。」怕趙念卿不信，遞了個眼色給薛顏芝。

薛顏芝立即幫腔。「是啊，方才五公主還疼得直不起身子呢，這會兒臉色才好了些。」

趙念卿面色稍霽。「罷了，若不是有要事，本宮也懶得來妳的行宮。」

趙矜聽罷，忙道：「姑母有何事？」

趙念卿悠聲道：「本宮那把羽毛寶石扇子丟了，太子妃幫著找了找，也沒有找到。而後有人來報，說在妳行宮附近發現扇子上的羽毛，本宮便想來問問妳們有沒有看見。」
趙矜回憶一下，問道：「可是皇祖母賜給姑母的那把扇子？」
趙念卿頷首。「不錯。若不是母后所賜，異常珍貴，本宮也不必費力來尋了。」
趙矜搖頭。「我並未見過姑母的扇子。薛姊姊呢？」
薛顏芝道：「殿下，臣女也沒有見過。」
「妳們沒見過，不代表手下的人沒見過。」趙念卿撥弄著染上嫣紅花汁的指甲。「要知道，那扇子上的寶石，顆顆價值不菲，若是有人私藏了，那可是一世無憂啊……」
趙矜聽出趙念卿的話外之音。「姑母的意思是？」
趙念卿眼眸微抬，看向趙矜。「別處都找遍了，只差妳這兒了。」
趙矜一聽，登時變了臉色。「姑母要搜我的行宮？」
趙念卿笑了笑。「別把話說得那麼難聽，不過是找一找，問一問罷了。若是真沒有，本宮便去向母后請罪，也好告訴她老人家，四處都找過了。」
趙念卿這話說得輕飄飄的，似乎她來到此地，不過是為了彌補遺失太后賞賜的過失。
但趙矜畢竟心虛，哪裡敢讓她搜？臉色難看了幾分。
「姑母若是想找扇子，差宮人們來問一聲即可。無緣無故搜宮，不知道的，還以為我犯了什麼大錯呢。」
趙念卿幽幽看著她。「矜兒這話說得有趣，妳能犯什麼大錯？莫不是妳這行宮裡，又藏了幕僚吧？」

趙矜一愣，忙道：「怎麼可能？自母后罰過我之後，我再也沒養幕僚了。」天地良心，她就算偷偷養幕僚，也沒有趙念卿的多啊！

趙念卿的語氣不容置疑。「既然如此，妳怕什麼？若是搜了妳這兒，沒有找到扇子，我便賠妳一箱珠寶。」

趙矜為難地看了薛顏芝一眼，薛顏芝自然也不希望行宮被搜，遂出了聲。

「殿下，五公主再怎麼說，也是皇后娘娘的女兒。您如此行事，未免對皇后娘娘不敬吧？真要搜查，也該先稟明皇后才是。」

趙念卿反唇相譏。「之前本宮倒是低看了薛大姑娘，居然敢拿皇后壓本宮。妳以為自己姓薛，便可以在皇室橫著走了？妳不讓本宮搜，本宮偏要搜。來人，動手！」

薛顏芝眼看弄巧成拙，不由有些著急。「長公主殿下怎能如此?!」

趙念卿哪管那麼多，手下的宮女魚貫而入，開始翻箱倒櫃。

趙矜本想阻止，但她深知趙念卿的脾性，唯恐惹得這位姑母再次發怒，只得悄悄打發宮女去找薛皇后。

趙念卿繼續坐著玩指甲。

寧晚晴微微側目，看了福生一眼。

福生會意，悄無聲息地隨著趙念卿的宮女入了內殿。

趙矜心頭著急，卻不敢表現出來，薛顏芝也悄悄握緊了手指。

半刻鐘後，不但薛皇后氣沖沖地過來，連靖軒帝也面色冷鬱地來了。

趙矜見到薛皇后，立時轉了哭腔。「母后，姑母欺負兒臣，您可要為兒臣作主啊！」

薛皇后安慰趙矜兩句，讓她少安勿躁，便對趙念卿道：「皇妹，不知矜兒是哪裡沒有做好，惹得妳不高興了？」

言語聽上去雖然客氣，但薛皇后的眼神卻帶著強烈的敵意。

趙念卿不慌不忙地站起身，向靖軒帝和薛皇后行了個禮。

「臣妹只是來找把扇子。如此小事，怎麼還有人通風報信，累得皇兄和皇嫂過來？」

這話明擺著是在諷刺趙矜，趙矜忍不住往薛皇后身後躲了躲。

靖軒帝本來要睡下了，但薛皇后得知趙念卿來趙矜這兒搜宮，非要央著他一起過來。

靖軒帝不悅地坐下。「既然是小事，為何要鬧出這麼大的動靜？」

趙念卿面不改色心不跳地回答。「這事本來是不大的，可矜兒仗著嫡女的身分，不讓本宮找扇子，薛大姑娘又藉著薛家撐腰而出言相激。臣妹倒是想看看，到底是我趙家的權力高，還是薛家的勢頭盛？」

話音落下，靖軒帝的臉色變得微妙起來。

薛家在朝堂上舉足輕重，薛皇后又是後宮之主，無論在前朝還是後宮，對靖軒帝多有牽制。

因此，他聽到這話，關注的事就不知不覺地變了。

薛皇后覺得不對勁，橫了薛顏芝一眼。「妳當真口不擇言？」

薛顏芝連忙解釋。「姑母，臣女是一時情急，才胡言亂語，衝撞了長公主殿下……」

啪！薛皇后給了薛顏芝一記響亮的耳光。

「我薛家對官家、對皇室忠心不二，妳是腦子壞了，居然敢衝撞長公主？」

薛顏芝被薛皇后這一巴掌打懵了，喃喃道：「姑母……」

薛皇后怒道：「還不快向長公主賠禮道歉！」

趙矜忍不住說：「母后，明明是姑母她……」

「住口！」薛皇后深知靖軒帝對薛家的忌憚，偏偏趙矜和薛顏芝沒察覺自己犯了靖軒帝的大忌。

趙矜和薛顏芝無法，只得一臉委屈地向趙念卿賠禮。

趙念卿笑著擺擺手，語氣大度。「罷了，本宮不與你們這些小輩計較。」目光轉向門口。「竹心，扇子找到了嗎？」

竹心邁入殿中，對著眾人福身，道：「回殿下，沒有找到。」

趙念卿沒說話。

趙矜卻忍不住了，她不但無緣無故被趙念卿搜宮，又連累薛顏芝挨打，正是滿肚子氣沒地方撒，一聽竹心這話，立即發作了。

「父皇，您看啊，兒臣是冤枉的。姑母這樣不問青紅皂白，就來搜兒臣的住處，要是傳了出去，兒臣的面子往哪兒擱？」

靖軒帝皺眉，他雖然也不滿趙念卿的做法，但聽到趙矜的哭聲，更是煩躁。

「行了，別哭了。」

靖軒帝看向趙念卿。「既然沒搜到，此事就此作罷。蓁蓁生死未卜，妳們居然還有心思為了如此小事爭執。」站起身來，打算離開。

竹心卻道：「官家，奴婢等人雖然沒有找到長公主的扇子，卻發現了別的東西。」

靖軒帝疑惑地問：「是什麼？」

竹心退讓到一旁，福生走上前，呈上一個細小的紙包。

「回官家，方才小人在五公主的行宮裡發現了一味藥，似乎是致幻散。」

「致幻散」三個字一出，靖軒帝勃然變色，看向趙矜，冷聲問：「這是大靖禁藥，為何會出現在妳宮裡？」

趙矜被嚇得一哆嗦。「兒臣、兒臣也不知……」

寧晚晴直到此時才開口。「福生，這致幻散是在哪裡找到的？」

福生答道：「回太子妃，致幻散是在五公主的妝奩盒子裡找到的。」

趙矜登時面色蒼白。

靖軒帝沈著臉問：「你如何能確認這就是致幻散，難不成你見過？」

福生從容道：「回官家，今日七公主失蹤，是因為馬兒突然發狂，故而太子殿下讓小人去搜查馬廄。馬廄裡有些白色粉末，小人多了個心眼，收集起來，請太醫鑑別，才知道那便是致幻散。致幻散粉末雪白，聞起來微微泛酸，小人見五公主這藥有些相似，不敢不報。」

寧晚晴補充道：「太子殿下懷疑馬兒吃了致幻散才發狂，已經入林去尋找七皇妹了。如此罕見的致幻散，怎麼會在五皇妹手上？」

靖軒帝怒氣上湧。「妳素來與蓁蓁不睦，是不是妳害了蓁蓁？」

趙矜緊張得語無倫次。「不，不是兒臣。兒臣也不知道怎麼回事，說不定是誰放在妝奩裡陷害我的！」

寧晚晴步步緊逼。「那麼，到底是誰有本事害蓁蓁，又有機會嫁禍給妳呢？五皇妹別說是身邊的宮女，畢竟宮女可沒有膽子敢禍害兩位公主。」

靖軒帝面色鐵青。「矜兒，到底怎麼回事？」

趙矜不知如何是好，望向薛皇后。

薛皇后見到趙矜的樣子，已經明白了一切，此時卻只能裝作不知，不然牽連進去的人更多，恨鐵不成鋼地搖了搖頭。

寧晚晴目不轉睛地盯著趙矜。「五皇妹，妳再不說實話，那可是犯上欺君。這致幻散到底是妳的，還是旁人的？」

趙矜驚惶無比。

眼前的父皇面色慍怒，母后隱忍不語，姑母趙念卿則一副看好戲的樣子。最可怕的是太子妃，簡直如審犯人一般，彷彿下一刻就要將她打入天牢。

於是，趙矜心下一橫，抬手指向薛顏芝。

「這致幻散……是薛姊姊的！」

薛顏芝一聽，立時面無血色。「五公主，妳胡說什麼？」

趙矜鐵了心要將自己撇乾淨，道：「父皇，兒臣雖與七皇妹不睦，卻從未想過要害七皇妹。是薛姊姊說要替兒臣教訓一下七皇妹，兒臣並未當真，後來才知道，她居然下了這樣的毒手。」

薛顏芝眼睛發紅。「趙矜，我們自幼一起長大，情同姊妹，妳居然背叛我？」

趙矜雖然心虛，但在靖軒帝面前，只得硬著頭皮裝下去。

「薛姊姊，我就是看在姊妹之情的分上，才沒有告發妳。如今父皇已經知道了，我怎能欺君罔上？妳還是快快認罪吧！」

薛顏芝恨得咬牙切齒，不甘地望向薛皇后，卻見平日疼愛她的姑母，此刻正面無表情地看著她，似是默許了趙矜的行為。

薛顏芝自知當定了替罪羊，神色如死地跪下，流下憤恨的眼淚，艱難地擠出話。

「是臣女一時糊塗，害七公主失蹤。臣女悔不當初，還請官家網開一面，饒了臣女。」

「饒了妳？」靖軒帝怒不可遏。「蓁蓁乃金枝玉葉，萬一有個三長兩短，豈是妳一個薛家女賠得起的！」

「薛家女」三個字，不但刺中了薛顏芝，也刺得薛皇后身子一僵，連忙跪下。

「官家，妾身的兄長長年在外帶兵，對顏芝疏於管教，這才釀成大禍。求官家看在兄長為朝廷鞠躬盡瘁的分上，饒顏芝一命吧。」

寧晚晴冷冷道：「眼下七公主生死不明，母后明知薛大姑娘行事狠毒，非但不訓斥她，還要以薛將軍的功績為其求情。若父皇饒恕她，等於捨棄了自己的骨肉；若父皇不饒恕，便是讓朝臣寒心。母后此舉，不是將父皇置於兩難之地嗎？」

一席話過，薛皇后面色青一陣、白一陣，彷彿被人施了咒術，跪也不是，起也不是，只能僵在原地。

求情的話，就更說不出口了。

第六十三章

此時，趙念卿神色悠哉地坐在一旁，漫不經心地開了口。

「方才皇嫂也說了，薛將軍對皇兄忠心耿耿，想來能明辨是非，不會為了包庇女兒，而辜負皇兄的一番信任吧？」

薛皇后氣得咬碎銀牙。「當然不會，薛家誓死效忠官家。」

可無論薛皇后態度多麼明確，靖軒帝對她的審視和不滿也沒有減少。

靖軒帝的語氣充滿寒意。「薛家長女謀害公主，以下犯上，罪大惡極，打入天牢，待大理寺審過後，按律處罰。拉下去！」

此言一出，薛顏芝癱軟在地。

「官家饒命！臣女知道錯了，求官家看著臣女父親和祖父的分上，饒恕臣女一次吧！」

靖軒帝被她的哭聲擾得頭疼，一拂袖。「還不動手！」

李延壽等人立即上前，將呼天搶地的薛顏芝拉走了。

她離開之前，還在哭喊著。「姑母，姑母救我！姑母！」

薛皇后的臉上已經沒有一絲血色，彷彿即將被審判的不是薛顏芝，而是她自己。

趙矜沒想到靖軒帝對薛家如此不留情面，喃喃道：「父皇，薛姊姊是一時衝動，您再給她一次機會吧……」

啪！靖軒帝一掌將趙矜打倒在地。

「孽障！」

趙矜捂著臉，發懵地看著靖軒帝。「父皇?!」從未挨過打的她，今夜居然挨了父皇和母后各一巴掌。

靖軒帝怒道：「別把人都當傻子！妳以為朕什麼都不知道嗎？要不是為了皇室的顏面，方才妳就該被一起拉出去！」

靖軒帝言語至此，趙矜立即明白過來，連忙磕頭。「是女兒糊塗。」

薛皇后唇角緊抿，一個字也不敢多說，生怕惹得靖軒帝更生氣，但靖軒帝的目光還是落到了她的身上。

「皇后。」

薛皇后沈聲道：「妾身在。」

「依朕看，這宮中事務，妳還是別管了。連女兒都教不好，如何管得了後宮？」

薛皇后攥緊拳頭，指甲深深嵌進肉裡。「官家說得是。從今往後，妾身定會好好教導矜兒，不讓官家操心。」

靖軒帝不屑地嗯了一聲。「妳們好自為之。」說罷，掃了趙念卿和寧晚晴一眼。「今夜之事……」

寧晚晴低聲道：「父皇英明神武，及時抓到罪魁禍首，想必很快便能找回蓁蓁了。」

靖軒帝見她絲毫沒有提及薛皇后和趙矜的罪責，頗為滿意。

「還是妳識大體。記得送信給太子，讓他們在山裡好好搜尋。」

寧晚晴福身應是。

靖軒帝也乏了，又交代幾句，便離開了。

趙念卿掃過狼狽的薛皇后和趙矜，慢悠悠地站起身。

「扇子沒找著，倒是牽扯出一堆事，早知道就不來了。晚晴，陪本宮去別處找找。」

寧晚晴會意。「是，姑母。」

趙念卿攥著寧晚晴的手，氣定神閒地出了宮。

趙矜瞪著她們離去的背影，氣得胸前起伏。「母后，她們一定是故意的。」

「閉嘴！」薛皇后的臉在夜色裡更是陰沈。「妳平日小打小鬧就算了，為何非得去招惹趙蓁？要招惹又不做得乾淨些，如今真是搬起石頭砸自己的腳。」

趙矜呆呆地看著薛皇后，不解其意。

薛皇后的心腹莫姑姑道：「五公主有所不知，今夜皇后娘娘好不容易得了機會，與官家單獨相處，官家已經鬆口要交還六宮之權給皇后娘娘，偏偏出了這樣的事，讓皇后娘娘的一番心血付諸東流了。」

趙矜不可置信地看著她。「此話當真？父皇打算原諒母后了？」

莫姑姑無聲點頭。

薛皇后簡直被趙矜氣得心口疼。「本宮聰明一世，怎麼會生出妳這麼個蠢東西來！」

寧晚晴送趙念卿回宮，走到門口，才頓住腳步。「今夜，多謝姑母了。」

趙念卿笑了笑。「看了一齣好戲，不枉本宮跑一趟；妳也機靈，知道見好就收。皇兄好臉面，若我們咬住皇后和趙矜不放，他反而會有所顧忌。」

寧晚晴道：「姑母說得是。蓁蓁還沒有消息，希望她能化險為夷。」

趙念卿沈吟片刻，道：「妳信不信因果循環？」

寧晚晴微微一愣。

趙念卿笑道：「蓁蓁那丫頭，大智若愚，說不定因禍得福呢。」

寧晚晴聽罷，心中鬆快了兩分。「但願如姑母所言。」

「好了，折騰一夜，妳也早些回去吧。」趙念卿理了理雲鬢。「記得讓趙霄恆那小子賠本宮一把扇子。」

寧晚晴勾了勾唇角。「應該的。」

趙念卿點頭，轉身進去。

待趙念卿進了門，福生才問：「太子妃，現在我們該怎麼辦？」

寧晚晴說：「你去送信給殿下，告知他今夜之事，讓他務必注意安全。」

時至子夜，山林裡是不同往日的寧靜，反而到處是搜山的士兵。

福生一人一馬，直衝山林而去，順著士兵們沿途留下的記號，很快便找到主力軍，見到趙霄恆。

「殿下，太子妃已經找太醫確認，那馬兒應該是吃了致幻散，才發了瘋。」

趙霄恆勒馬，擰眉道：「當真是致幻散？」

福生回答。「千真萬確！」

于書說：「殿下，致幻散乃是禁藥，只需一點，便能讓人神志錯亂，陷入幻覺。若是多服食一些，則會刺激血脈、軀幹，先讓人變得力大無窮，待藥力散去之後，便會脫力而死。不知馬兒服食後，會變得如何？」

趙霄恆騎馬立於山頂，夜風捲起他的衣袍，發出獵獵的聲響。

他的目光掃過第七峰的山頂，忽然問道：「第七峰與附近的山峰，大約相隔多遠？」

于書愣了愣，答道：「沒有丈量過，但應該三丈有餘。」

趙霄恆凝視著月色之下起伏的山巒。「若是尋常的馬，自然躍不過去，可若是吃了致幻散……來人！」

御林軍統領章泱聞聲，立即驅馬上前。「殿下有何吩咐？」

趙霄恆道：「準備鉤索，我們去第八峰。」

黎明前夕，最是寒冷。

山洞門口，掛著不少露水，被風一吹，水滴便滾落下來，悄無聲息地落到泥裡。

洞外草木叢生，十分隱蔽，成功地幫趙蓁和黃鈞避開了狼群。

洞內的火堆斷斷續續燒了一夜，黃鈞擔心火滅了，一直守在旁邊，不時往火堆裡添柴。

趙蓁躺在一旁。也許是因為冷，身子縮成小小一團，將黃鈞的外袍緊緊抱在手裡。

每隔一段時間，黃鈞就默默看她一眼，確認她安穩地睡著，才收回目光。

他也是第一次照顧姑娘，多看一下，都覺得冒犯人家。

片刻後，山洞外面響起一陣騷動。

黃鈞警覺地站起身，走到山洞門口，側耳傾聽——

「七公主，您在哪兒啊？」

「公主殿下，您若是聽到，就回個聲！」

黃鈞心頭一動，連忙折返回來，蹲下身，輕聲道：「公主，公主。」

可趙蓁睡得沈，並沒有醒來的跡象。

黃鈞無奈，只得伸手輕輕推了推趙蓁，溫聲道：「公主，醒一醒。」

清朗的男聲在耳邊反覆呼喚，好一會兒之後，趙蓁才迷迷糊糊地張開眼，茫然地看著眼前的黃鈞，這才想起了自己的處境。

趙蓁醒來，渾身無力，連聲音也是軟軟的。「黃大人，怎麼了？」

黃鈞低聲道：「公主，似乎有人來找您了。」

趙蓁一聽，忙不迭坐起來，仔細一聽，外面果然有人在呼喚她的名號，心中一陣激動。

「那我們快出去吧！」

她一骨碌爬起來，黃鈞卻道：「還請公主先行一步。待公主走後，微臣再回去覆命。」

趙蓁愣住了。「為何？」

黃鈞沈聲回答。「孤男寡女共處一室，若傳揚出去，會對公主不利。」

趙蓁目不轉睛地看著他，猶豫起來。

「可是……昨晚是你救了我。如果你同我一起回去，父皇定會賞賜你，說不定還會加官進爵。」

黃鈞語氣平靜。「微臣救公主，本就不是為了加官進爵。公主平安無事，已是最好。」

趙蓁道：「你當真不與我一起回去？你我之間清清白白，我不在意旁人怎麼說。」

黃鈞搖了搖頭，堅持道：「人言可畏，公主實在不必為了微臣，承受那些閒言碎語。」

「黃大人。」趙蓁不再勉強黃鈞，朝黃鈞莞爾一笑。「多謝你救我。」

黃鈞抬眸，對上了她的目光。

她的神情彷彿星星眨眼，靈動無邊，黃鈞看得一怔。

外面尋人的聲音越來越近，他斂了斂神，道：「公主快些出去吧，免得他們尋到山洞裡來。」

趙蓁點頭，將衣衫還給黃鈞，走到山洞口，又回眸深深看了他一眼。

「黃大人，你的表字是什麼？」

黃鈞似是有些意外，不由回答。「父親為微臣取字正清，意為清正廉明。」

趙蓁一笑。「我記下了。我小字蓁蓁，父皇和母妃都這麼喚我。」

她說完，不等黃鈞回應，轉身離開了山洞。

黃鈞默默看著趙蓁的背影，想起一句詩。

桃之夭夭，其葉蓁蓁。之子于歸，宜其家人。

晨曦微亮，泥濘道路也變得泛白，趙蓁撥開洞口樹叢，看見了不遠處的御林軍。

趙霄恆恰好就在其中。

「皇兄！」

少女的一聲呼喚，驚動了所有人，趙霄恆循聲看去，瞧見心中牽掛的妹妹，正立在山坡上，身影單薄得彷彿會被風吹走。

「蓁蓁?!」

趙霄恆打馬而來，片刻後就衝到趙蓁面前。

趙蓁看見趙霄恆，哇的一聲哭起來。

自她被朱丸帶著越過懸崖，一路滾下山坡，再到被狼群圍攻逃了半夜，直到現在，才真正見到了親人。

趙霄恆連忙上前，伸手摸了摸她的頭，安慰道：「別害怕，沒事了……」

趙蓁哭了好一會兒，才抽抽噎噎地停下來。

趙霄恆解下肩頭的披風，將她裹住，問道：「有沒有受傷？」

趙蓁說：「朱丸將我帶到第八峰後，我從馬背上摔下來，扭了腳……其他的還好。」

趙霄恆聽罷，又上下打量她一下。「等會兒回去讓太醫瞧瞧。對了，妳扭了腳，是如何到山腰的？」

趙蓁一愣，忙道：「自然是連滾帶爬才躲到了這裡……」不知該不該對趙霄恆說起黃鈞一事，只得先含糊不清地搪塞過去。

趙霄恆看她一眼，沒再繼續追問。「先上馬，回去再說。」

趙蓁這才暗暗鬆了口氣。

趙霄恆帶著趙蓁回到圍場時，天光已經大亮。

嫻妃和趙蓁一見面，便抱頭痛哭。

寧晚晴看到此情此景，也有些動容，眼眶跟著紅了。

下一刻，她指尖一暖，被人悄悄牽住。

寧晚晴怔了怔，側目看向趙霄恆，卻見他面色淡淡，好似什麼都沒有發生。

兩人藉著寬大的袖袍，暗暗扣緊了十指。

嫻妃抱著失而復得的女兒，泣不成聲。

「回來就好，以後可不許去騎馬了。母妃就妳一個孩子，若妳有個什麼好歹，讓母妃怎麼活得下去？」

趙蓁看到母親的憔悴，心中亦是不忍。「母妃，都是兒臣不好，讓您擔心了。以後，我一定好好聽您的話。」

嫻妃撫了撫趙蓁的髮，滿眼都是憐愛。

靖軒帝面上也難得出現一絲動容。「太醫可看過了？」

趙霄恆道：「回父皇，太醫已經來過。蓁蓁腿骨有些扭傷，養上一段時日便能痊癒。」

靖軒帝點了點頭。「那就好。」

一旁的薛皇后勉強擠出一絲笑意。「蓁蓁，妳父皇擔心妳，一夜都沒睡呢。」

趙矜也急忙示好。「是啊，父皇和母后都牽掛著妳呢，還好妳回來了。」

兩人話音落下，趙蓁斂起方才的神色，轉過身來。

「聽聞朱丸發瘋，是薛顏芝的手筆？」

面對趙蓁的質問，趙矜有些心虛，囁嚅道：「是……七皇妹還是先養好傷吧，無須再為了她這樣的人傷腦筋。」

趙蓁一笑。「我就是有些納悶，我與薛顏芝無冤無仇，她為何要害我？妳與薛姊姊那般要好，可知其中緣由？」

趙矜眼神閃爍。「我雖與她交好，卻也不知她為何如此歹毒……或許是她羨慕妳身分高貴，心生嫉妒，所以才起了歹意。」

趙蓁冷冷地盯著她。「五皇姊，這些理由，妳自己信嗎？」

趙矜面色一白，慌忙看向薛皇后。

薛皇后的臉色自然也不太好。「蓁蓁，妳回來不久，還是養好身子要緊。薛顏芝行事不端，品性不正，此事自有大理寺審理。」

趙蓁正待開口，靖軒帝卻打斷了她。「蓁蓁放心，朕會給妳一個公道。個中細節，不必再追究了，省得憂思過甚。」

趙蓁聽了這話，心頭微微一頓，片刻後才垂眸應下。「是，父皇。」

靖軒帝以趙蓁受驚為由，賞賜一堆滋補之物，又簡單安慰幾句，便離開了行宮。

薛皇后也沈著臉，帶趙矜走了。

嫻妃見趙蓁盯著靖軒帝的背影出神，不由開了口。「蓁蓁……別怪妳父皇，他不得不為大局考慮。」

趙蓁收回目光，自嘲般笑了聲。「話本子上說，帝王家沒有骨肉親情，只有利弊得失。當時兒臣還不信，如今，兒臣卻明白了。」

嫻妃想安慰她，卻不知道說什麼才好。
寧晚晴與趙霄恆互換了一個眼神。
方才這一刻，趙蓁似乎真的長大了。

第六十四章

黃鈞回到圍場，已經是半日後的事情了。

他悄無聲息地走進住處，打來一盆熱水，寬了衣裳。

手臂上血痕不少，都是昨日吊繩攀登時留下的傷口。

黃鈞簡單清理後，又找來金瘡藥粉，輕輕撒上去。

藥粉一接觸到傷口，立即激起火辣辣的疼痛。

黃鈞滿頭是汗，卻一聲不吭。

好不容易上完藥，外面便來人敲門。「黃大人可在？」

黃鈞道：「是于侍衛？」

于書稱是。

黃鈞連忙穿好衣服，飛快將金瘡藥收到一邊，這才起身開門。

雕花木門一開，映入眼簾的，卻是趙霄恆的面容。

黃鈞一愣，拱手行禮。「微臣參見殿下。」

趙霄恆淡淡嗯了聲。「不請孤進去坐坐？」

黃鈞立即讓到一旁。「殿下請。」

趙霄恆進了黃鈞的房間，一坐定，便聞到一股濃重的藥粉味。

「正清受傷了？可有請太醫看過？」

黃鈞低聲回答。「不過是小傷而已，微臣已經處理了。」

趙霄恆微微頷首。「昨夜如何？」

黃鈞微怔，抬眸對上趙霄恆的目光，頓時了然，連忙躬身。

「殿下，昨夜公主受了傷，加上山中有狼群出沒，微臣不得已之下，才帶著公主躲進山洞，但微臣絕對沒有冒犯公主，還請殿下明鑑。」

趙霄恆擺了擺手。「蓁蓁並沒有提到你，是孤自己猜到的。」

黃鈞有些意外，忍不住問：「殿下是如何猜到的？」

趙霄恆笑了聲。「山中猛獸不少，蓁蓁的腿又受了傷，如何能隻身從山頂躲到山腰？孤見她不肯說，便沒有多問，後來聽說你未回來，這才聯想到一處。」

黃鈞覺得有些汗顏。「是微臣的不是，沒來得及稟報殿下，便先斬後奏了。」

趙霄恆道：「正清不必如此，孤相信你的為人。」頓了頓，又道：「孤過來找你，並非純粹為了蓁蓁之事。」

黃鈞沈吟片刻。「殿下是為了薛家一事？」

趙霄恆頷首。「這兩年薛太尉雖然稱病不上朝，但薛家的勢力在朝中盤根錯節，背後的操縱之人，依舊是他。」

黃鈞贊同。「若沒有薛太尉在背後坐鎮，只怕薛大將軍的兵權也握不了這麼穩。」

「不錯。」趙霄恆繼續道：「若是薛弄康知道，自己的愛女被抓進大理寺，一定不會善罷甘休，甚至可能驚動薛太尉出馬，你要小心防範才是。」

黃鈞面色平靜如常。「自入大理寺的那一天起，微臣便想好了，此生都要捍衛律法，秉持公正。無論是誰阻撓，微臣都不會改變初衷。」

趙霄恆目露讚賞。「好，不愧是孤認識的正清。」

黃鈞學識才幹俱佳，但因出身低了些，入大理寺時，曾被人擠對。

他不願多提自己與常平侯府的關係，便一直忍著。直到有一次，他被眾人刁難，趙霄恆恰好路過，為他解了圍，兩人才認識。

趙霄恆欣賞黃鈞，直接將他引薦給大理寺卿，大理寺卿驚嘆於黃鈞的辦案本事，收他當學生。

在黃鈞眼中，趙霄恆不但是儲君之尊，還是他的伯樂。

趙霄恆回到行宮，推開殿門，恰好見元姑姑從裡面出來。

元姑姑見到趙霄恆，福了福身，聲音壓得極低。「奴婢見過殿下。」

趙霄恆點頭，看了屏風後一眼。「太子妃睡下了？」

元姑姑微笑頷首。「昨晚太子妃先是請了長公主殿下出馬，又隨著官家盤問五公主和薛大姑娘，這才將她們這事抖了出來。而後，福生送信給殿下，總也不見回來，太子妃便跟著擔心了一夜，直到七公主回宮，才安心睡下。」

趙霄恆聽罷，心頭湧上一股暖意。「昨日事態緊急，真是為難她了。」

元姑姑笑了笑。「殿下，奴婢自知身分低微，但有些事，還是想提醒一下殿下……太子妃再聰穎能幹，到底是個十幾歲的姑娘家。但凡女子，都想得到夫君的寵愛，如今殿下雖與太子妃相敬如賓，可終究……」

元姑姑說到此處，頓了頓，才繼續道：「有些事，殿下還是主動些好，別叫人心涼，就追悔莫及了。」

趙霄恆一字不落地聽著，半晌後才道了句。「孤知道了。」

元姑姑一笑，福身告退。

趙霄恆腳步輕緩地繞過屏風，來到床榻前。

半透的幔帳散落下來，依稀可見帳後纖細的身形。

趙霄恆無聲撩起幔帳。

寧晚晴側身而臥，靜靜閉著眼，散亂的秀髮幾乎遮住了半張臉，卻難掩精緻的側顏。一綹秀髮順著臉頰落到另一側的鎖骨，趙霄恆情不自禁地伸出手，替她輕輕撥到耳後。

寧晚晴依舊沈沈睡著，眼底的睫毛纖長而捲曲。

飽滿的紅唇如春日裡的櫻桃一般誘人，趙霄恆凝視她一會兒，便慢慢湊了過去……

房中熏香裊裊，芬芳宜人。

趙霄恆俯身前傾，就在即將接觸到寧晚晴潤澤的雙唇時，忽然停了下來。

滿心的克制和尊重，最終化為無聲的輕嘆。

最終，趙霄恆微微抬起下巴，將吻落到寧晚晴的額頭上，一觸即分。

可當他再次垂眸，凝視身下人時，卻見寧晚晴睫毛輕顫，雙眸惺忪地看著他。

趙霄恆愣住，正猶豫要不要解釋，寧晚晴卻先開了口。「什麼時候回來的？」

趙霄恆斂了方才不自然的神色。「剛剛。」

寧晚晴嗯了一聲，往床榻裡挪了些，又拍拍身旁的位置。「殿下也來睡一會兒吧。」昨夜趙霄恆在山中搜尋一夜，累到現在，只怕還沒合過眼。

趙霄恆頷首，脫去外袍和靴子，安靜地在寧晚晴身旁躺下。

「方才殿下去哪兒了？」寧晚晴隨口問道。

趙霄恆道：「去找黃鈞了。」

寧晚晴思量片刻。「是為了薛家之事？」

趙霄恆回答。「不錯，引導趙矜將罪名推給薛顏芝，妳做得甚是聰明，畢竟薛顏芝是薛弄康的獨女，必然不會眼睜睜地看著她當替罪羊，他與皇后也可能因此生出齟齬。」

寧晚晴一笑。「父皇為了天家顏面，姑息皇后母女，那妾身便遂了他的心意。可誰也不能阻止狗咬狗，不是嗎？」

趙霄恆也勾了勾唇角。「若皇后知道妳打的是這個主意，只怕鼻子都要氣歪了。不過，此事要成，還得推薛顏芝一把。」

寧晚晴轉過臉來，含笑盯著趙霄恆。「聽說薛顏芝傾慕殿下已久，不如請殿下去提點她一番？」

趙霄恆與她面對面躺著，眸色深深地看著她。「妳就不怕，孤去了那兒會被她癡纏？」

寧晚晴氣定神閒道：「若是殿下真被人纏上，又不忍拒絕，那妾身有什麼辦法呢？成婚之時，我們便約法三章，若是殿下日後有了心儀之人，妾身定然大度禮讓，將她們照顧得服服帖帖……殿下?!」

寧晚晴的話沒說完，趙霄恆便突然側身而來，將她壓在身下。

趙霄恆扣緊了寧晚晴的手腕，一字一句道：「孤心儀的是誰，妳不知道嗎？」

兩人目光交織，呼吸可聞。

寧晚晴被趙霄恆的氣息環繞著，不覺心跳加快，想避開趙霄恆灼灼的目光。

「妾身愚鈍，不敢妄加揣測殿下心意。」

身下的姑娘，皮膚白得幾近透明，秀挺的瓊鼻下，菱唇微抿，面頰染上了一抹醉人的粉紅色。

趙霄恆好不容易壓抑下去的衝動，再次被寧晚晴勾起。

他目不轉睛地看著她，聲音極富磁性。「孤這就告訴妳。」

話音落下，趙霄恆低頭，吻上寧晚晴的唇。

寧晚晴微訝，手指不由探上趙霄恆的胸膛。

趙霄恆一面吻她、一面握住她的手，按在他的心上。

寧晚晴感受到有力的心跳和呼之欲出的情動，不禁閉了眼，放任自己，沈醉在趙霄恆的溫柔之中。

趙蓁回到行宮後，仔細沐浴一番，又好好睡了一覺。

醒來時，已經到了傍晚，嫻妃派人送飯菜過來，趙蓁卻沒有什麼胃口。

「母妃，薛顏芝何在？」

嫻妃一聽這話，微微蹙眉。「已經被看押了。好端端的，問她做甚？」

趙蓁道：「因為她和趙矜，女兒差點丟了性命。我要去問問，她為何害我。」

嫻妃知道趙蓁的性子，只要是她想做的事，攔也攔不住，便道：「母妃陪妳去？」

趙蓁搖了搖頭。「母妃身子不適，還是留在宮裡好好休養，女兒會請皇嫂一同去的。」

嫻妃這才放下心來。「也好。太子妃辦事沈穩，妳多學著些。」

趙蓁點頭應是。

圍場中並沒有正經的牢獄，關押薛顏芝的地方，不過是一間破舊漏風的柴房。

趙蓁攜著寧晚晴，一路穿過長廊、庭院，到了柴房門口。
守門的士兵見兩人前來，有些意外，急忙跪下見禮。
趙蓁不冷不熱道：「將門打開，本公主要見薛大姑娘。」
士兵們面面相覷，似是有些為難。
其中一人道：「公主殿下，這犯人如今歸大理寺管轄，若無聖諭或大理寺的允准，小人們不敢開門啊。」
趙蓁秀眉輕蹙。「這人是害本公主的罪魁禍首，難道本公主見不得？」
另一名士兵也道：「正因如此，小人們更不敢讓殿下進去。」
兩個士兵心中像明鏡似的，薛大姑娘雖然犯了錯，但背後還有薛家撐腰，連靖軒帝也不敢隨意定罪。萬一七公主進去，將人弄死或弄殘了，他們如何承擔得起？
趙蓁見士兵不肯放行，不悅道：「怎麼，連本公主的話都不聽了？」
兩名士兵忙道不敢。
寧晚晴正要開口，卻聽身後傳來清朗男聲。「讓她們進去吧。」
寧晚晴和趙蓁循聲回頭，是黃鈞來了。
趙蓁眼前一亮。「黃大人！」不覺上前兩步，笑吟吟地問：「你什麼時候回來的？」
黃鈞拱手。「回公主，微臣回來已經兩個時辰了。」
趙蓁美目微睜。「這麼晚才回來？你該不會是……用走的吧？」

黃鈞並未多言，只輕咳了下。「公主想見薛大姑娘？」

趙蓁這才回過神來，點頭道：「不錯。」

黃鈞吩咐一旁的士兵。「開門吧。」

士兵有些不可置信地看著他。「黃大人，可是……」

黃鈞淡淡道：「七公主不是外人。且本官相信，七公主是不會濫用私刑的。」

士兵們得了黃鈞的保證，立即掏出鑰匙，將門打開。

黃鈞退到一旁。「太子妃，七公主，裡面請。」

寧晚晴微微頷首，邁入柴房。

趙蓁腿腳不便，在宮女的攙扶下，落後兩步，經過黃鈞身旁時，調皮地覷他一眼，壓低了聲音。

「黃大人放心，本公主不會濫用私刑，頂多把她罵上一頓。」

黃鈞愣了一瞬。

趙蓁見他繃著臉的樣子，忍不住勾了勾唇角。

黃鈞默默守在門口。

寧晚晴和趙蓁一進柴房，就將門關了起來。

薛顏芝已經褪去華麗的衣裙，換了一身階下囚的粗布衣裳，平日精緻的妝容也被洗去，長髮散亂地披散在肩頭，一雙嫩白的手被枷鎖銬著，看起來狼狽不已。
她一見到寧晚晴，先是露出憤恨的目光，待看清對方身後的趙蓁後，神情驚愕。
「七公主?!」
趙蓁面無表情地盯著她。「薛顏芝，是不是沒想到本公主還會回來？」
薛顏芝依舊面無表情地坐著，不吭聲。
趙蓁看著薛顏芝，心中火氣上湧，質問道：「本公主與妳無冤無仇，為何如此害我？」
薛顏芝冷臉相向。「事已至此，還有什麼好說的？」
趙蓁聽罷，面上怒氣更盛。「妳們害我差點死在山裡，至今還毫無悔意，到底是不是人啊？別以為我不知道，這件事妳和趙矜都有份，她為了自保，就將妳推出來，你們薛家就是想藉此來逃避罪責，是不是?!」
薛顏芝心中頓了下，但面上依舊沈穩，只淡淡道：「公主在說什麼？臣女聽不懂。」
趙蓁怒極。「妳！」
寧晚晴伸手拉住趙蓁，示意她少安勿躁。
趙蓁瞪了薛顏芝一眼，這才勉強安靜下來。
寧晚晴將趙蓁拉到自己身後，又上前一步，居高臨下地看著薛顏芝。
「薛大姑娘可真沈得住氣。」
薛顏芝冷笑一聲，不甘示弱地抬起頭來，盯著寧晚晴。「怎麼，太子妃以為，我會在這兒哭鬧嗎？」

寧晚晴輕輕搖頭。「本宮只是有些好奇，薛大姑娘都死到臨頭了，居然還這麼冷靜，真是令人匪夷所思。」

薛顏芝面色微變，疑惑道：「太子妃這話說得好沒道理，昨晚官家不是已經下令，讓大理寺審理這案子嗎？如今還沒見到大理寺的人，何來的死到臨頭？」

寧晚晴笑道：「官家讓大理寺審案不假，但皇后娘娘卻不見得會讓大理寺審這案子。」

薛顏芝不解地看著寧晚晴。「皇后娘娘是我的姑母，怎會不讓大理寺審案？」

寧晚晴氣定神閒道：「薛大姑娘以為，謀害公主，該當何罪？」

薛顏芝眸色微凝，沒有回答。

寧晚晴道：「本宮告訴妳，輕則午門斬首，重則滿門抄斬。如此大罪，萬一被大理寺審出別的蛛絲馬跡，牽扯到五公主身上，該如何是好？

「本宮猜測，薛大姑娘至今還如此淡然，便是在等著皇后和薛家救妳。但事實上，現在最希望妳死的，就是皇后。畢竟，只要妳一死，大理寺便不會繼續查證，自然也不會牽扯到她和五公主，不是嗎？」

薛顏芝聽到這裡，面色煞白，不住地搖頭。「不可能！姑母一向疼我，不可能丟下我不管的！」

寧晚晴幽聲道：「若妳姑母當真疼妳，又怎麼會放任趙矜嫁禍於妳？她再疼妳，也不會超過自己的女兒。」

薛顏芝死死盯著寧晚晴，仍然有些不甘。「就算姑母不救我，父親也不會袖手旁觀。」

寧晚晴道：「薛將軍自然捨不得妳死，可遠水解不了近渴，只要大理寺在皇后的指點下，快些宣判，就算薛將軍趕回來，也只能看到妳的屍首。」

薛顏芝眼眶通紅。「不！妳在危言聳聽！」

寧晚晴語氣輕飄飄的，卻依舊擊潰了薛顏芝的心防。

「本宮是不是危言聳聽，薛大姑娘心中明白。我們來此，不過是念在相識一場，在行刑之前，送妳一程罷了。」

寧晚晴說完，對趙蓁道：「蓁蓁，走吧。」

趙蓁對薛顏芝不屑地哼了聲，同寧晚晴一起離開了。

薛顏芝看著兩人背影漸漸消失，心頭爬上難言的恐懼，忽然掙扎著站起身，衝向門口。

士兵們見到她，便將木門重重地關了起來。

薛顏芝絕望大喊：「放我出去！放我出去！」

可外面卻傳來了上鎖的聲音。

柴房的動靜，趙蓁和寧晚晴在門外聽得清清楚楚。

趙蓁忍不住低聲問寧晚晴。「皇嫂，皇后真的會捨棄薛顏芝嗎？」

寧晚晴道：「皇后是不是真的捨棄她，並不重要，重要的是，薛顏芝已經信了。接下來，妳等著看吧。」

趙蓁有些好奇。「看什麼？」

寧晚晴微微一笑。「狗咬狗。」

第六十五章

寧晚晴與趙蓁出了庭院，見黃鈞立在不遠處，不知是不是在等她們。

趙蓁高興地朝黃鈞揮手。「黃大人！」

這清脆嗓音裡包含著明顯的雀躍，讓一旁站崗的士兵都忍不住探頭來看。

黃鈞快步上前，對二人一揖。

寧晚晴道：「方才多謝黃大人。」

黃鈞守禮垂眸。「太子妃客氣了。」

「薛家大姑娘心緒不穩，可能是受了驚嚇。依本宮看，在終審下來之前，黃大人還是別看得太緊，免得她鬧事。」

黃鈞聽罷，抬眸看了寧晚晴一眼，頓時會意。「微臣明白了。」

寧晚晴知道黃鈞不但是個聰明人，還是趙霄恆的人，有些話點到即止就行了。

「如此，那本宮先回去了。」寧晚晴對黃鈞略微點頭，轉身離開。

趙蓁看了黃鈞一眼，沒說什麼，跟著寧晚晴一起走了。

兩人才走出不遠，趙蓁便躊躇著開口。「皇嫂……」

寧晚晴側目看她。「怎麼了？」

趙蓁的眼珠滴溜溜地轉著，小聲道：「聽說福生寫的話本子裡，不少故事都是從大理寺來的。今日好不容易見到黃大人，我突然想向他請教一番……」

寧晚晴有些狐疑地看著她。「妳想回去找黃大人？妳的腿傷不是還沒好嗎？」

趙蓁擺手。「無妨，走慢些就是。皇嫂不必等我了，等會兒我自己回去。」

寧晚晴見趙蓁沒有要走的意思，只得點頭。「那好，妳自己小心些。」

待寧晚晴離開之後，趙蓁在宮女的攙扶下，急急轉頭，回到方才的庭院。

可黃鈞已經不在了。

趙蓁拉來士兵詢問。「黃大人呢？」

士兵答道：「回殿下，黃大人好像去了書房。」

趙蓁點了點頭，讓宮女扶著她往書房的方向走。

這裡住的都是前來支援圍場的官員，趙蓁一路走去，遇上好幾批人，大臣們見到失蹤歸來的趙蓁，忙不迭見禮。

趙蓁無心與這些老頭子寒暄，只匆匆點了下頭，便離開了。

有大臣好奇，問一旁的士兵。「七公主怎麼來這兒了？」

士兵壓低了聲音回答。「似乎是去找黃大人要話本子……」

大臣們面面相覷，望著一瘸一拐的趙蓁。都傷成這樣了，還惦記著話本子，這是有多癡迷啊？

趙蓁懶得理會旁人的目光，一心向前，很快便到了書房門口。

書房的門半掩著，透過縫隙，趙蓁見到了黃鈞的衣袍一角。

「咳……」

少女一聲輕咳，打斷了黃鈞的思緒，從滿桌案牘中抬起頭來，一見是趙蓁，便愣住了，連忙擱下筆，起身相迎。

「公主怎麼來了？」

趙蓁看了宮女一眼。「妳在外面守著。」

宮女乖巧應是，退了出去，順道將門帶上。

趙蓁與黃鈞面對面站著，卻沒有回應他的疑問，只上上下下打量著他。

黃鈞被她看得有些不自在，又不好說什麼。

片刻後，趙蓁忽然湊上前，鼻尖幾乎碰到了黃鈞的前襟。

黃鈞微微一驚，退了一步。「公主?!」

趙蓁挑眉。「黃大人是哪兒受傷了？」

黃鈞有些意外，忍不住問道：「公主如何知道？」

趙蓁道：「方才我與皇嫂離開時，聞到了黃大人身上的藥味，便聯想到，昨日黃大人給我蓋的衣衫，似乎也磨破了，想來是爬山或救我時受的傷。」

黃鈞沒想到趙蓁如此細心，只得承認。「什麼都瞞不過公主，微臣是受了些皮外傷。」

趙蓁秀眉微微蹙起。「傷得嚴重嗎？要不要我派個太醫過來？」

黃鈞忙道不用。

趙蓁嘟起小嘴。「黃大人受了傷都不告訴我，這是把我當外人嗎？」

「外人？」黃鈞愣了愣，不由抬頭，迎上趙蓁明亮的目光，又慌忙避開。「微臣何德何能，得公主記掛，實在受寵若驚。」

趙蓁輕哼一聲。「別說那些哄人的話。你傷在哪兒了？」

黃鈞忙道：「不過是刮傷手臂，公主不必擔心。」

趙蓁卻說：「給我看看。」

黃鈞本就面薄，自然有些為難。「這……男女授受不親……」

話音未落，趙蓁便拉住黃鈞的手臂，一把撩起他的袖子。

刮傷從手臂一路蔓延到手肘，已經由鮮紅變成暗紅，可見是上過藥了。

黃鈞急忙收回手臂，耳尖微紅。「微臣沒有大礙，還請公主不要這樣。」

「都傷成這樣了，還叫沒有大礙？」趙蓁的眉頭擰成一團，一本正經道：「身體髮膚受之父母，若是你父親母親知道了，得多心疼啊。」

黃鈞語塞。「公主說得是。」

趙蓁擺了擺手。「罷了，你好好休養，回頭我讓人送些補身子的東西給你。」

黃鈞道：「小傷而已，公主實在不必操心……」

趙蓁輕瞪他一眼。「本公主命令你收下！」

黃鈞無奈。「多謝公主。」

趙蓁這才滿意地點了點頭，笑道：「好了，我先走了。你放心，昨晚的事沒有人知道，今日我來看你，也是藉話本子的名頭，不會讓人誤會的。」

黃鈞沈默片刻，躬身道：「恭送七公主。」

待趙蓁帶著宮女走後，黃鈞才發現，這書房的隔壁、對面，還有斜角的月洞門處，都有人在悄悄看他。

黃鈞暗自嘆了口氣，只怕不出半日，圍場的所有人都要知道了。

天色徹底暗了下來。

被士兵們團團圍住的柴房中，並沒有點燈。

黑暗逐漸包圍了薛顏芝，惶惶不安的她，正想方設法掙脫手上的枷鎖。可手腕上已經蹭破了皮，枷鎖依然紋絲不動。

就在她無助之時，外面突然傳來開鎖的聲音。

片刻後，木門被拉開，一個提著燈籠的宮女走了進來。

這宮女生得細眉細眼，手裡還拎著一個食盒，走到薛顏芝面前，有禮地放下食盒。

「薛大姑娘，吃飯了。」

薛顏芝盯著那宮女，心思飛轉。「妳叫什麼名字？在哪裡當差？」

宮女回答。「奴婢白雀，在御膳房當差。這飯食是黃大人命奴婢送來的，薛大姑娘可以放心吃。」

薛顏芝感覺白雀不像是東宮的人，又有幾分機靈勁兒，忽然欺身上前，一把拉住了白雀的胳膊。

白雀嚇了一跳，差點連食盒都打翻了。「薛大姑娘這是？」

薛顏芝目不轉睛地盯著她。「白雀，想不想做人上人？」

白雀一愣。「這……薛大姑娘此話怎講？」

薛顏芝道：「幫我送個消息去薛家。只要事成，我便給妳五百兩銀子，再放妳出宮，如何？」

白雀兩眼發直。「五百兩銀子?!」

「不錯。」薛顏芝繼續引誘她。「有了這筆銀子，妳便能過上夢寐以求的生活，何必再留在宮中伺候別人？」

白雀面色複雜地開口。「薛大姑娘，您要送的是什麼消息？萬一被人發現……」

「只要妳小心些，怎麼會被人發現？」薛顏芝的語氣不容置疑。「這可是妳這輩子唯一的翻身機會，難道妳不想要？」

白雀眸光閃了閃，似乎多了一絲期望。

薛顏芝見她神色鬆動，繼續趁熱打鐵。「妳別怕，此事並沒有危險。就算出了什麼事，我爹和祖父也有本事救妳於水火。」

白雀掙扎了好一會兒，終於點頭。

薛顏芝忙湊到她耳邊，認真囑咐起來。

片刻後，在士兵的催促之下，白雀才站起身。

「薛大姑娘，奴婢身分低微，就算能見到薛家的人，他們也未必相信奴婢所言。不知妳有沒有什麼信物，能讓奴婢自證身分。」

薛顏芝忙道：「我脖子上有一塊玉珮，是自小戴到大的。我父親見了這玉珮，自然會相信妳所說的。」

於是，白雀按照薛顏芝的指示，從她脖子上解下了玉珮。

薛顏芝催促道：「妳快去吧，我等妳的消息。」

白雀福身應是，帶著玉珮匆匆離開了。

今夜無月，夜色注定更深。

柴房裡重歸黑暗與寂靜，但薛顏芝心中卻燃起了一絲希望。只要能出去，她一定不會讓寧晚晴、趙蓁和趙矜好過！

「這玉珮的成色，倒是不錯。」

寧晚晴拿著薛顏芝的玉珮在燈下端詳，這玉質不但通透，還刻著一個薛家的專屬印記。

趙霄恆坐在一旁，狀似不經意地問：「妳喜歡？」

寧晚晴笑著搖頭。「妾身只是覺得，薛大姑娘太過容易輕信他人，連保命的玉珮都給了素未蒙面之人。」

趙霄恆道：「人在走投無路的情況下，自然容易病急亂投醫。」

寧晚晴將玉珮遞給趙霄恆。「殿下還是快些讓白雀將玉珮送去薛府，若是等皇后與薛將軍通了信，只怕就來不及了。」

薛皇后或許有心救薛顏芝，更想將整個薛家從這次事件中撇乾淨，但寧晚晴不會給她這個機會。

做錯了事就要承擔，若上位者姑息養奸，她便用自己的法子，為趙蓁討回公道。

趙霄恆喚來福生，將玉珮交給他，又問：「東西收拾得如何了？」

福生答道：「回殿下，已經收拾得差不多，明日一早便能按時啟程。」

寧晚晴不禁問道：「這麼快就要回去了嗎？」

趙霄恆笑了笑。「怎麼，還捨不得走？」

寧晚晴道：「倒也不是……」

這次出來狩獵，還沒玩上兩日，便出了趙蓁失蹤的事。好不容易將人找回來，卻要急匆匆趕回京城了。

想到這裡，寧晚晴不禁有些鬱悶。

回了宮，若要再出來，只怕就沒有那麼容易了。

趙霄恆看出她的心思，溫言笑道：「這次來九龍山，事情層出不窮，嫻妃娘娘病了，皇后又被罰思過，所以父皇也沒心思狩獵了，這才安排明日回去。若妳喜歡狩獵，回京城之後，孤再帶妳去郊外散心。」

寧晚晴會意點頭。「這可是殿下說的，不許耍賴。」

趙霄恆寵溺地笑了下。「孤何時失信於妳？不過，等回到京城，孤要先去處理一些事情，過兩日才能帶妳出門。」

寧晚晴聽見這話，問道：「京城那邊可是出了什麼事？」

趙霄恆搖頭，笑意不減，眸色卻漸漸加深。「有個極為重要的人，馬上就回來了。」

回到京城之後，一切彷彿又恢復了平靜。

趙蓁的腿傷沒好，嫻妃不讓她出門，她只能待在宮中休養，直到寧晚晴過來看她，才展露笑顏。

「皇嫂，妳可來了，我都快悶死了。」

寧晚晴見趙蓁這副無精打采的樣子，忍不住笑了笑。「怕妳無聊，便帶了些話本子給妳。妳看看，可還喜歡？」

一聽到「話本子」三個字，趙蓁的眼睛都亮了，連忙接過思雲呈上的話本子，立即翻了起來。

「這些都是福生根據大理寺的案子寫的？」

寧晚晴笑道：「第一本是，別的是出宮買的。怎麼，妳想聽大理寺的案子？」

趙蓁不假思索地點頭。「真實的案子，看起來自然更加生動。」

寧晚晴瞧她一眼。「對了，前幾日妳不是去找黃大人了，聊得如何？」

趙蓁聽見黃鈞的名字，面上浮出一絲紅暈。「也沒聊什麼，不過問了問那些案子的真假……」

這話聽著就牽強。

但寧晚晴並沒有戳破趙蓁，反而笑了笑。「難為黃大人了，還要陪我們的小公主聊天，他自己府中的事情也不少呢。」

趙蓁忽然想起黃鈞與寧晚晴沾親帶故，忍不住問：「近日黃大人都在忙些什麼？」

寧晚晴道：「前段日子，本宮收到長嫂來信，說是想為黃大人尋一門親事，還讓本宮幫著物色物色。後來我們去了九龍山，此事便擱置了。」

趙蓁面色微僵，試探著道：「現在……人選定了嗎？」

寧晚晴說：「自然沒有。」

趙蓁彷彿鬆了一口氣。「黃大人年輕有為，現在正值青雲直上的好時候，何必那麼急著成親呢？」

寧晚晴莞爾。「黃大人是家中獨子，如今已二十有餘，要娶妻房，也是理所應當。」

趙蓁卻道：「這……父皇正是用人之際，黃大人無論如何也不該耽於小情小愛，該全心報國才是。」

寧晚晴打趣道：「黃大人是不是得罪了妳，妳怎麼這般看不得黃大人訂親？」

趙蓁一頓，小臉立刻紅了，嘟囔道：「我只是欣賞黃大人的才華，不忍他埋沒罷了。」

寧晚晴忍不住笑了起來，這丫頭可真是此地無銀。

「妳們在聊什麼，聊得這麼高興。」嫻妃在宮女的攙扶下，面帶笑意地走進來。

寧晚晴起身見禮，卻被嫻妃一把扶住。

「這裡沒有外人，太子妃千萬不要客氣。蓁蓁失蹤一事，若不是妳從中周旋，太子殿下入山救人，只怕本宮再也見不到蓁蓁了。」

寧晚晴道：「嫻妃娘娘，蓁蓁是我們的妹妹，我們救她是應該的。」

嫻妃笑著點頭，拉著寧晚晴坐下。

「聽說，春闈的結果已經出來了？」

寧晚晴點了點頭。「我也聽殿下說了，這一屆的前幾名，似乎都是出身寒微的舉子。此次朝廷改制，倒是給了他們機會。」

嫻妃道：「說句不恰當的，這些年來，皇后背後的薛家，麗妃背後的萬家，往朝廷裡送的人還少嗎？唯有改了制度，那些底層的人，才有機會爬起來。」

「嫻妃娘娘說得是。」寧晚晴手中端著茶盞。「我聽殿下的意思，父皇準備安排一場宮宴，招待那些名列前茅的進士，屆時朝中重臣都會參加。」

嫻妃思量片刻，道：「到時候，只怕薛太尉就坐不住了。」

寧晚晴笑了笑。「無論是為了救自己的孫女，還是為了重拾朝中威望，薛太尉都不會再坐以待斃。」

她倒是有些好奇，這位傳說中手握大權，在背後攪弄風雲的權臣，到底是什麼模樣？

寧晚晴又陪著嫻妃聊了半刻鐘，才起身告辭。

第六十六章

待寧晚晴回到東宮，天色已經有些晚了。

福生笑咪咪地迎上來。「太子妃總算回來了。」

寧晚晴問：「可是有事找本宮？」

福生滿臉堆笑。「殿下在書房等您多時，讓奴才來這兒候著您呢。」

寧晚晴點了下頭，便往書房走去。

她進了書房，卻發現趙霄恆立在書架前。與平常不同的是，他著了一身月白色的便裝，換上雅致的玉冠，手中還拿著一把摺扇，看起來就像哪家的清貴公子，俊朗無雙。

寧晚晴呆了呆。

趙霄恆側頭看她，唇角微勾。「怎麼，連孤都認不出了？」

寧晚晴連忙回過神來。「不……只是很少見殿下這樣裝扮。」

之前回宋宅時，趙霄恆也是穿著類似的便服，當時寧晚晴就被驚豔了一把，只是礙於情面，沒有說出來。

趙霄恆笑了，指了指一旁的托盤。「妳也換上吧。」

寧晚晴這才發現，趙霄恆還為她備了一套便服，不禁有些驚喜。

「殿下要帶妾身出宮？」
趙霄恆微笑頷首。
寧晚晴立即拿起衣裳，入了內室去換，片刻之後才出來。
內室中的燈光有些昏暗，直到走至趙霄恆面前，寧晚晴才發現，她穿的也是一襲月白色春衫，加上裙子。
這裙子看著雪白素雅，可被光線一照，卻流光溢彩，美不勝收。不但是精品，還和趙霄恆的外衫相得益彰。
寧晚晴問道：「這衣裳是誰準備的？」
趙霄恆輕咳了下。「是元姑姑準備的。妳不喜歡嗎？」
寧晚晴抿唇一笑。「自然不是。」
兩人本是微服出巡，不該引人注意，如今明目張膽地穿成一對，豈不是太張揚？
趙霄恆彷彿看穿了寧晚晴的心思，道：「就算出了宮，妳我還是夫妻，有何不可。」
寧晚晴心頭微動。
從前，兩人也會談及夫妻二字，但更多是向著共同的目標前行。如今再談夫妻，卻讓人多了一重臉紅心跳。
趙霄恆並不知道寧晚晴心中所想，盯著她的髮髻。「衣裳換了，髮型也得改一改。」
寧晚晴點點頭，正要開口喚人，趙霄恆卻道：「來這兒。」

寧晚晴怔了下，不由自主地走到趙霄恆面前。

趙霄恆拉起她的手，讓她坐下，再繞到她的身後。

下一刻，趙霄恆伸出手指，握住金簪，輕輕一抽——

漆黑的秀髮，如瀑而下。

趙霄恆不知從哪裡找來梳子，一手攏過寧晚晴的秀髮，開始輕柔地梳理起來。

寧晚晴忍不住問：「殿下會梳頭？」

趙霄恆微笑。「不會。」

寧晚晴想早點出宮，便道：「不如妾身自己來吧？」

趙霄恆卻道：「不會，就更要學了。」

寧晚晴只得任由趙霄恆擺弄。

趙霄恆試著將寧晚晴的長髮束起，但髮絲太滑，總是從指縫溜走。

他耐心極好，一遍又一遍地攏起她的髮，骨節有力的手指時不時擦過寧晚晴的臉頰、耳畔，鬧得寧晚晴有些癢。

直到寧晚晴輕瞪他一眼，趙霄恆才慢條斯理地開始盤髮。

一炷香的工夫後，寧晚晴的髮髻終於盤好了，她如釋重負般鬆了口氣。

「殿下，這個時辰，宮門是不是快要下鑰了？」

趙霄恆笑道：「誰說從宮門走？」

寧晚晴一臉訝異地看著他。「難不成還有別的路？」

趙霄恆沒有回答她，默默地牽起她的手。「跟我來。」

趙霄恆帶著寧晚晴來到書房裡側。

這面牆上刻著令人眼花撩亂的圖案，大半面被一座書架占據，趙霄恆搬開其中一堆雜書，書架便空出一小塊地方。

寧晚晴定睛一看，此處刻著一朵不起眼的雕花。

趙霄恆當著寧晚晴的面，將雕花輕輕一扳，半面牆便無聲轉動起來，露出一道可讓一人通行的門。

寧晚晴瞪大了眼。「果然有密道！」

趙霄恆看她。「什麼叫果然？」

寧晚晴心想，前世的電視劇裡不都是這麼演的嗎？

「殿下運籌帷幄，消息靈通，有別的出宮途徑也不奇怪。」

趙霄恆道：「出了這道門，就不要喚殿下了。」

寧晚晴秀眉微挑，笑問：「那喚什麼？」

趙霄恆輕捏她的手。「自己想。」說完，牽著寧晚晴入了密室。

密室甬道裡，光線不算明亮，趙霄恆一面走、一面提醒她。「小心腳下。」

寧晚晴輕輕嗯了聲，心裡卻生出冒險的激動，亦步亦趨跟著趙霄恆，同時打量著四周。

她發現，趙霄恆的書房裡放了不少雜書，但這密室之中，卻擺著許多治國方略、用兵之法等書籍。書架從甬道一直延伸到密室中的廳堂，真是一點位置都沒有浪費。

密室的廳堂中，比甬道亮了不少，擺了趙霄恆慣用的書桌和筆墨紙硯，甚至還有一個茶桌和一張琴。

再往前走，便看見一扇關著的木門。

寧晚晴好奇問道：「這間屋子是做什麼用的？」

趙霄恆道：「今日匆忙，以後再帶妳過來。」

寧晚晴點頭，跟著趙霄恆走入另外一段甬道。

這段甬道裡十分安靜，唯有兩人的腳步聲在裡面迴盪。

趙霄恆擔心寧晚晴怕黑，親手執了一盞燈隨兩人前行，也不知走了多久，才終於到了一處階梯前。

趙霄恆將油燈放下，對寧晚晴道：「妳等一下。」

他先上了階梯，打開上面蓋著的木門，再回過頭，向寧晚晴伸出手。

寧晚晴自然而然地握住趙霄恆的手，跟著他上了階梯。走出出口時，忍不住驚訝。

「怎麼到了這兒?!」

她站在幽暗的巷子中，看著不遠處川流不息的長街，驚呆了。

這裡是京城主道，連熟悉的萬姝閣也在不遠處，他們居然不知不覺走了這麼遠？

趙霄恆見寧晚晴有些詫異，解釋道：「其實東宮離主街沒有那麼遠，只是地上的路修得有些繞，而地下的路直通而來，所以省了不少工夫。」

寧晚晴點點頭。「原來如此。」早知道有這條路，平日就該多出來走走。

趙霄恆卻好似看穿了寧晚晴的心思，勾唇道：「若我不在，不可一個人出宮。」

寧晚晴無語。

這時，于劍的身影出現在巷子口，對著二人一揖。「見過公子、夫人。」

趙霄恆問：「可安排好了？」

于劍回答。「都安排好了，公子、夫人請。」

趙霄恆頷首，牽著寧晚晴上了于劍準備的馬車。

馬車一路向西而行，到了一處偏僻的民宅前，才緩緩停下。

寧晚晴下車，才發現這條巷子十分安靜，雖有不少高牆朱門，但裡面都沒有什麼聲響。

片刻後，于劍拾級而上，為趙霄恆和寧晚晴推開了眼前的大門。

寧晚晴跟著趙霄恆進門，才發現這門是特製的，外面看上去平平無奇，裡面卻釘了一層鐵板，十分牢靠。

寧晚晴頓時覺得，這一定不是個普通的地方。

于劍提著燈籠，走在一旁為兩人照路，直到進入內院燈火明亮的地方，才滅了燈籠。

趙霄恆帶著寧晚晴邁入書房，方才坐定，一名身材瘦小的男子便快步而來。

男子見到趙霄恆，神色激動，撩袍跪下，朗聲道：「罪臣邱忠傑，叩見太子殿下、太子妃。」

趙霄恆聽罷，立即起身相扶。「你何罪之有？快起來。」

邱忠傑卻不肯起身。「殿下，若不是罪臣一時大意，又怎會讓殿下著了歹人的道？無論如何，罪臣都要向您賠罪才是。」

邱忠傑說罷，對著趙霄恆磕了個頭。

趙霄恆動了動唇，終究沒說什麼。他知道邱忠傑的固執，與其推就，不如領受了，讓人心安。

寧晚晴看到邱忠傑，想起之前從福生那裡聽說的歌姬案。

邱忠傑本是趙霄恆的東宮長史，精幹得力，但因不慎遺失趙霄恆所賜的玉牌，被皇后一黨抓住把柄，謀劃了歌姬案。

邱忠傑自知有錯，主動承擔此事，才讓歌姬案的風波平息。

寧晚晴看到邱忠傑，覺得他是個頗有擔當的人。

趙霄恆道：「起來吧，過去了便不必再提，如今回來就好。這一路上可順利？」

邱忠傑依言站起身，認真回答。「托殿下的福，每個關隘都安排得十分周到，除了殿下交代的那件事查得有些棘手，其他的還算順利。」

趙霄恆問：「船工一事，進展如何了？」

邱忠傑愣了愣，看了寧晚晴一眼。

趙霄恆道：「見太子妃如見孤，不用避諱。」

邱忠傑雖有些意外，但依舊按照趙霄恆的吩咐，一五一十地講述查證的經過。

「微臣根據殿下提供的線索，去了北疆一趟，發現那三名船工出逃，幾經輾轉後，曾經到一處寺廟落腳，可沒過多久，他們又一路南下。查到京城時，線索便斷了。」

邱忠傑頓了頓，繼續道：「後來殿下派出間影衛與微臣共同收集線索，順著蛛絲馬跡，才找到其中一個王姓船匠的家。

「據他的家人說，早年王船匠偷偷回去過一次，還帶了兩個同伴，但回去沒幾日，便有人殺上了門，除王船匠以外的兩名船匠都死在家中，而王船匠的家人因為外出探親，躲過一劫。後來，王船匠為了不連累家人，便再次出逃了。」

趙霄恆面色沈了幾分。「王船匠可還在人世？」

邱忠傑點了下頭。「人還在世，不過聽說他逃到深山之中，當了和尚。」

于劍聽到這兒，忍不住問道：「既然如此，咱們順著寺廟找，是不是就能找到？」

邱忠傑說：「本來我也是這樣想，可尋到寺廟時，卻聽聞那裡出了事。不久前，廟裡的和尚裝神弄鬼，騙取香火錢，有位大俠路過，帶著百姓教訓他們，後來那些和尚就不知所蹤了。」

寧晚晴眸色微凝。「邱長史說的，不會是安與寺吧？」

邱忠傑一愣。「太子妃如何得知？」

寧晚晴頓時有些哭笑不得。「不瞞你說，本宮去過安與寺，恰好遇上和尚行騙，便抓了那幾個假和尚，送去官府。若無意外，他們應該還待在牢裡，沒想到歪打正著了。」

趙霄恆深深看了寧晚晴一眼。自她來到他身邊，似乎很多事都在往好的方向發展。

「于劍。」

于劍立即上前一步。「小人在。」

趙霄恆道：「去將安與寺的和尚提來，要掩人耳目。」

于劍拱手。「是，殿下。」

官府的牢房中，瀰漫著一股難聞的氣息，到了晚上更是又濕又冷，不少受了刑的犯人呻吟著。

幽暗的甬道盡頭，有一間上了鎖的牢房。

牢房中有兩個犯人，一個約莫二十出頭，生得高而瘦，手指較一般人更長，一看便是長年在外流竄的盜竊之徒；另一個的年紀則有些大了，佝僂著背靠在一旁，原本光溜的頭皮生出了短短的髮根，在一眾犯人中格外顯眼。

那盜賊是新來的，瞧了老頭一眼，沒話找話說：「喂。」
老頭並未搭理他，只靜靜坐著，半閉著眼，閉目養神。
盜賊又道：「問你呢！你進來之前，做什麼的？」
老頭這才張開眼，冷冷瞥他。「你又是做什麼的？」
盜賊一笑，得意洋洋。「老子可是江洋大盜，但凡看上誰家的好東西，便信手拈來。」
老頭不屑地哼了一聲。
盜賊一聽，頓時有些不悅。「這可是門手藝活！」
老頭的眸子瞇了瞇。「這算哪門子手藝活？可別污了手藝人的名號。」
盜賊見老頭說得一本正經，忍不住道：「喲，難道你還是個手藝人？幹哪一行的？」
老頭沒吭聲。
隔壁的犯人答道：「這老頭啊，是個假和尚，慣會騙人的。」
盜賊一聽，哈哈大笑。「幹什麼不好，居然打著佛祖的旗號行騙，當真是別出心裁。」
老頭聽了這話，想起被抓那日的狼狽，頓時面色鐵青。「你閉嘴！」
盜賊變了臉。「你叫誰閉嘴呢?!老子可是江南第一偷，黑白兩道上，還沒人敢對老子這麼不客氣！」
老頭臉色沈了沈，盯著盜賊，忽然壓低了聲音。「江南第一偷……你想不想出去？」
盜賊神色一頓，也不執著於方才的爭辯了，立即問：「怎麼出去？」

片刻後，牢房裡響起老頭和盜賊的爭吵聲。

老頭高聲道：「無恥小賊，你給老夫滾出去！」

盜賊是個大嗓門，嚷道：「倚老賣老誰不會啊，老頭子是活膩了吧？」

「吵什麼！」

果不其然，這聲音把獄卒招來了。

獄卒揮動著手裡的鞭子，將木欄抽得啪啪響。「大晚上的，還讓不讓人睡覺了?!」

現場立時鴉雀無聲。

獄卒是個暴脾氣，見沒人說話，便走到老頭的牢房面前，指著他們道：「方才是不是你們在吵嘴？」

老頭從善如流。「官爺見諒，都是我們的錯。」

盜賊也連忙擠出一臉笑。「是是，您繼續休息，我們不吵了。」

獄卒狠狠瞪了他們一眼。「若是再吵，一人賞五十鞭子！」說罷，轉身走了。

老頭面無表情地看著獄卒離去的背影，許久才轉過臉來。

盜賊嘴角幾不可見地揚了揚，抬起手——掛在他手指上的，正是獄卒保管的牢門鑰匙。

第六十七章

等到夜半時分，所有的犯人都睡了，盜賊悄無聲息地打開牢門。

老頭面上一喜，跟著盜賊出了牢獄。

甬道黑暗，獄火幽幽，兩人倉皇狂奔，但幸運的是，一路都沒有碰到獄卒。

臨近牢獄大門時，盜賊和老頭躲到了暗處。

盜賊問老頭。「你會功夫嗎？」

老頭緊張得面色發青，搖搖頭。

盜賊一笑。「我會。」

他說罷，縱身一躍，跳到看門守衛的後面，手刀一出，砍倒其中一個守衛。另一個守衛還未來得及出聲，便被盜賊奪了手中兵器，一下就敲暈了。

盜賊在前，老頭緊跟其後，兩人飛快奪門而出。

到了官府庭院中，四處都是守衛，盜賊就施展輕功，帶著老頭翻牆而出。

片刻後，兩人落到府衙外的街道上。

老頭出來第一件事，便是扯下身上的囚服，將衣裳反過來穿。

盜賊也依樣畫葫蘆，兩人收拾妥當後，飛快出了巷子，到了附近的民宅大街。

盜賊看起來很有越獄的經驗，路過一個小攤，順走兩件衣裳，拉著老頭又換了一次衣服。甚至還替老頭備了一頂帽子，用來遮掩他的頭頂。

就這樣，兩人改頭換面，回到人來人往的大街上。

盜賊笑嘻嘻道：「怎麼樣，大爺我的『手藝』不錯吧？」

老頭扯開嘴角，笑了笑。「沒想到你還有幾分本事。既然出來了，分開走比較好。」

盜賊卻說：「急什麼，你我相識一場，也算有緣。我請你吃頓酒吧，吃完了酒，就各奔東西。」

老頭瞧了盜賊一眼，這盜賊看著十分年輕，口氣雖然輕蔑，卻是個性情中人。

這些年來，他東躲西藏，不曾有過什麼朋友，見盜賊如此熱情，不忍拒絕。

「那好，吃完了酒再走。」

於是，盜賊便拉著老頭往街尾走去。

一路上，順些銀錢不是難事，等兩人到了街尾的小酒館，盜賊手裡便多了兩個荷包。

「小二，上些好酒好菜來！」

小二見盜賊痞裡痞氣，手中又掂著大塊銀子，以為是哪裡來的小混混，自是不敢多話，很快將酒菜送上來。

盜賊替老頭倒了一碗酒，老頭二話不說，端起酒碗，仰頭一飲而盡。

盜賊哈哈大笑。「老頭，假和尚當久了，忘記酒是什麼滋味了吧？」

老頭放下酒碗，沈默片刻，沒反駁。

盜賊也喝了一口酒，頗為好奇地盯著老頭。「你當了多久假和尚？」

也許是酒意逐漸上頭，老頭的戒心低了幾分，喃喃道：「記不清了，也許是六年……或者七年？」

盜賊道：「當假和尚有什麼好，頂多騙一騙那些乞求神佛保佑的貧苦百姓，又掙不了幾個銀子。不如回到紅塵中，好好混口飯吃。」

老頭苦笑了下。「紅塵是好，誰不想回去？可人總是身不由己的。」

盜賊看了老頭一眼。「家裡人呢？」

老頭悶聲喝了一口酒。「在過自己的日子……可能以為我已經死了。」

盜賊點頭。「若你回不去，他們這樣想，也不見得是壞事。」

兩人沈默了一瞬，盜賊見老頭的面色有些沈，沒有再問，端起一碗酒。

「你我也算不打不相識，過了今夜，便各走各的路吧。」

老頭想起這些年東躲西藏的日子，才經歷逃獄的欣喜，轉眼又要開始未知的逃亡，一時有些迷茫。

他端起酒碗，與盜賊一碰，火辣的酒澆入喉嚨中。

就在兩人酒過三巡，準備離開之時，忽聞窗外一陣輕響。

剎那間，一支冷箭破窗而入，擦過老頭的鼻尖，釘入牆裡。

老頭大驚失色，當即起身。

盜賊也有些傻眼。「怎麼回事？」

老頭蒼白著臉，嘴唇哆嗦起來。「快跑！」

兩人顧不得多說，倉皇地往人多的地方跑，但下一刻，幾個黑衣人翻窗而入，個個手持長劍，將老頭和盜賊團團圍住。

附近的食客見到這陣仗，嚇得四散奔逃，尖叫聲不斷，混亂至極。不消片刻，人便跑得一乾二淨。

老頭面無血色地看著眼前的黑衣人，驚恐爬滿了心頭。「你們、你們……」

為首的黑衣人看著老頭，彷彿在看甕中之鱉，露出輕蔑的笑。

一旁的盜賊似乎明白了這些黑衣人是衝著老頭而來，惴惴不安地開口。「求求各位大俠，放我一馬吧。我、我和這老頭剛認識，不是一夥的啊。」

老頭頓了下，也道：「那事與他無關……」

黑衣人笑了聲，幽幽道：「可他與你有關，那就得死。」話落，抽刀一揮。

唰！盜賊未來得及閃躲，便倒了下去，鮮血灑了一地。

老頭雙目圓睜，嚇得癱在地上。

盜賊的喪命，彷彿擊潰了老頭的心防，忙不迭地向黑衣人磕頭。

「大人饒命！大人饒命！」

為首的黑衣人，聲音冷若寒冰。「說說看，我為何要饒了你？」

老頭道：「大人，小人自知有罪，這些年來東躲西藏，只是想保住一條性命。當年之事，小人真的沒有對任何人說過。」

黑衣人問：「此話當真？」

老頭點頭。「千真萬確！如果我騙了大人，就叫我不得好死！」

黑衣人驀地冷笑一聲。「就算你說的是事實，但死人的嘴終究比活人的更緊。」說罷，抬起了長刀——

刀風破空而來，老頭知道避無可避，絕望地閉上了眼。

就在長刀即將觸到老頭脖頸時，忽然響起砰的一聲，長刀似乎被什麼東西截斷了。力道之大，甚至震到黑衣人的虎口。

黑衣人不由放開了老頭。

老頭定睛一看，眼前出現一名身著青衣的年輕男子。

青衣男子生得濃眉大眼、高大威武，手中沒有任何武器，不知方才是如何攔住長刀的。

黑衣人眉頭一擰，死死盯住青衣男子，低吼一聲。「殺！」

黑衣人的同伴蜂擁而上，青衣男子一把揪住老頭的衣領，另一手亮出長劍，便與黑衣人廝殺起來。

青衣男子先是果斷解決了距離近的黑衣人同伴，而後掏出一把藥粉，撒向黑衣人，趁著對方恍神的瞬間，帶老頭飛出窗口。

老頭不敢開口問青衣男子是誰，生怕對方拋下他，只能沒命地跟著青衣男子奔逃。

直到兩人跑出三條長街，才徹底甩掉身後的黑衣人。

最終，青衣男子將老頭帶到一處民宅。

入了中庭，插上門栓，老頭才靠在一旁，大口地喘著氣。

平復之後，老頭才抬起眼簾，打量起眼前的青衣男子。

「你是誰，為何救我？」

這青衣男子不是別人，正是于書。

他持劍而立，微微一笑。「不是我要救你，是我家公子救你的。」

房中燈火灼灼，明亮得有些刺眼。

趙霄恆端坐於主位上，盯著眼前形容狼狽的老頭，眸色沈沈。

老頭被于書押著，跪在廳中，默默打量堂上那對氣質出塵的男女，心中越發不安。

「兩位貴人，貧僧乃佛門中人，不問世事多年。今夜之事，多謝兩位貴人相救，還請兩位高抬貴手，放貧僧離去吧。」

老頭說罷，還裝模作樣地雙手合十，朝兩人拜了一拜。

殊不知，他這番話惹得堂上女子輕輕笑了起來。

「大師，沒想到你被府衙關了好幾個月，仍不知悔改。事到如今，還想重操舊業、冒充僧人嗎？」

老頭心中微微一驚，不住打量著眼前女子，越看越覺得眼熟。

寧晚晴唇角勾了勾。「大師，安與寺一別不過數月，連我都認不出來了？」

老頭頓時又驚又怒。「原來是妳！」

原本他在山中寺廟躲得好好的，總算過了幾年安穩日子，要不是寧晚晴當著百姓的面拆穿他，又將他送去官府，他怎麼會被關上這麼久，還差點惹來殺身之禍。

老頭想起被寧晚晴揭穿那一日的倉皇，和人人喊打的場景，至今心有餘悸。

他見事情瞞不過了，只得承認。「夫人火眼金睛，小人只是想混口飯吃，可從沒想過謀財害命啊。」

他說完，對著寧晚晴和趙霄恆，磕了一個響頭。

寧晚晴冷冷地盯著他。「你做假和尚的時候，是沒有害人性命。但是，你當王賀年的時候呢？」

「王賀年」三個字一出，老頭渾身一個激靈，赫然抬頭，對上寧晚晴的目光，隨即恢復了平靜。

「夫人在說什麼？小人聽不懂。」

寧晚晴問：「你是真不懂，還是假不懂？」
老頭避開寧晚晴的目光，垂頭道：「小人不認識夫人所提之人。」
寧晚晴與趙霄恆對視一眼，兩人心照不宣。
趙霄恆沈聲開口。「若你不是王賀年，那我們便救錯人了。于書——」
于書上前。「小人在。」
趙霄恆道：「那些黑衣人還未走遠，將人扔出去，讓他自生自滅吧。」
于書拱手應是，便伸手來拉老頭。「走！」
老頭一聽，嚇得重新拜倒。「求求公子，給小人一條生路吧！」
趙霄恆態度冷淡。「你以為自己是誰？我憑什麼要救你？」
老頭想起一刀斃命的盜賊，和這一路逃亡的恐懼，心下一橫，道：「公子明鑑，小人就是王賀年。」
趙霄恆抬起眼簾，審視著他。「你如何自證身分？」
王賀年硬著頭皮道：「靖軒十二年，小人被納入工部擔任戰船工匠。若公子有疑，盡可以去工部查小人的案牘，興許還存了畫像。」
趙霄恆早就知道他是王賀年，這般問來，不過是為了再驗證一次。見王賀年這樣子，不像是假的，便對福生使了個眼色。
福生會意，從袖袋之中掏出了一張圖紙，遞給王賀年。

趙霄恆說：「既然你是工部外請的船匠，且看看這張圖紙，可知是用在何處的？」

王賀年聽罷，低頭去看圖紙，才看了一眼，便像見了鬼一樣，將那圖紙扔到一旁。

「這、這是……」

趙霄恆目不轉睛地看著他。「是什麼？」

王賀年驚恐不定，沒有回答趙霄恆的問題，反而問道：「你們到底是什麼人？」

趙霄恆道：「我們是什麼身分，並不重要。你只需要知道，若沒有我們，頃刻之間，你便會身首異處。」

王賀年面色一僵，反而冷靜下來。

「若小人記得沒錯，這應當是十一年前，玉遼河戰船的造船圖紙。」

趙霄恆凝視著他。「這麼多年未見，你為何如此篤定？」

王賀年似是猶豫了一會兒，最終還是開了口。「因為這圖紙中的步驟有些不同，船身的固定手法比尋常船隻的工序更加複雜謹慎。那時小人是按圖紙施工，故而記得清楚。」

趙霄恆眸色沈浮不定。這圖紙上的工藝和步驟，他早已找人看過，匠人們都說並無問題，與王賀年說的也算一致。

趙霄恆盯著王賀年，一字一句問道：「為何這圖紙和工序如此謹慎，那些戰船卻沒有一艘能完好無損地回來?!」

這一聲質問，直逼王賀年的內心，他踉蹌一下，險些跪立不穩。

王賀年不敢直視趙霄恆的目光，埋低腦袋，極為艱難地開了口。

「那批戰船是用榫卯技藝來銜接的，原本我們只需按照圖紙上的步驟，一步一步做下去，便能保證船身穩固，船底不滲水。但這一切的前提是——木材良好。」

趙霄恆沈聲道：「你的意思是，那一批木材有問題？」

王賀年點了點頭。「當年，造船的圖紙已經畫完，只等著木料入場，便可以開工。可木料比我們預計的晚了半個月到，且不少木料泡過水，有些腐壞了。匠人們有些擔憂，便上報給工部，但工部視而不見，只顧著催促我們快些造船。」

寧晚晴蛾眉輕攏。「這麼大的事，你們只報到了工部？沒有人報給宋將軍嗎？」

「大家見工部不理事，商量著由工頭去向宋將軍稟報。可就在工頭寫好文書，準備呈給宋將軍的前一日，便出事了。」王賀年陷入回憶，神色黯了幾分。「工頭在回家的路上墜入河裡，死了。」

寧晚晴驚詫。「會不會是歹人有意為之？」

王賀年道：「我們也是這樣想，但官府的人說，工頭是因為喝多了不慎墜河。但小人認識工頭多年，他處事素來謹慎，萬不可能在面見將軍的前一晚，喝得酩酊大醉。」

廳中沈默下來。

寧晚晴心頭沈了沈，問道：「所以，你們便沒有繼續上報了？」

王賀年面色有些蒼白。「公子和夫人一看便是貴人，哪裡知道我們這些底層工匠的難處呢？你們覺得我們沒用也好，沒出息也罷，但大家出來幹活，無非是想多掙點銀子，過上好日子。工頭的下場，大夥兒已經看見了，誰都不想再賠上一條命。

「況且，後來工部改進了圖紙，讓我們在處理船身和船底時，多做一次加固。這畢竟是北疆的戰船，玉遼河又是大靖最重要的防線，若是大官們都覺得不需要換木料，那我們這些平頭百姓瞎操心什麼？於是，大家歇了之前的心思，按照新圖紙上工了。」

趙霄恆眸色更暗。「所以，你們便抱著這樣的僥倖心理，製了近兩百艘戰船?!」

王賀年抿唇，點了頭。

第六十八章

趙霄恆勃然大怒。

「你們有沒有想過，若是戰船出了事，不單大靖將士會全軍覆沒，敵人也會橫渡玉遼河南下，戰火將點燃整個大靖！」

王賀年忍不住縮了縮身子。「公子息怒！之前戰船下水試航的時候，大部分都好好的，就算有滲水的問題，也已經加固了。沒想到一下玉遼河，船散得那麼快啊……」

「沒想到？」寧晚晴最心疼的是那些保家衛國的戰士，氣得站起來。「你這輕飄飄的三個字，就讓五萬將士喪了命！」

王賀年渾身微顫，不敢直視寧晚晴的目光，囁嚅道：「小人自知有罪，但這些事，並非我一人之過。」

素來冷靜的于書，聽到這裡，都氣得踢了王賀年一腳。「事到如今，居然還敢狡辯！」

王賀年吃痛地哀嚎一聲。「小人並非狡辯，就算戰船滲水，那兩百艘船也不是同時沈的。戰船出發都有先後，若是先頭出發的士兵們察覺戰船有異，只要及時改乘小舟或奮力游水而歸，還有機會告知後排戰船，讓他們及時掉頭回岸。」

趙霄恆緊緊追問道：「那為何戰船一艘接一艘地沈入玉遼河？北驍軍之中，不乏水性極好之人，為何幾乎無人生還？」

王賀年神色複雜。「小人斗膽猜測，可能與士兵們染病有關。」

趙霄恆神情微變。「到底是怎麼回事？」

王賀年低聲道：「那時，小人與另外兩名船匠無意間被關入倉庫。小人餓得厲害，便大著膽子，在倉庫裡偷偷找吃食，孰料找了幾十個糧袋，裡面的米都發霉了。」

此言一出，趙霄恆和寧晚晴皆變了臉色。

王賀年繼續道：「小人這才想起，那些日子總有若干將士身體不適，嚴重者上吐下瀉，輕微者則是無精打采。軍醫一直說是水土不服，但小人覺得，興許是將士們吃了這些糧食，才會染病。」

王賀年的話說完了，趙霄恆只覺心被人狠狠揪了一下。若是陸戰，將士們興許還能堅持，但落了水……結果可想而知。

「當時有多少人染病？宋將軍可知道？」

王賀年道：「人數多少，小人不知，但小人聽看守的士兵說，監軍不讓人向宋將軍稟報糧食霉爛之事，說是怕動搖軍心。所以，戰船滲水、溺亡將士之事，罪責並非全在我們。公子和夫人大人有大量，給小人一條生路吧。」

寧晚晴忍不住問：「當時的監軍是誰？」

于書道：「就是現在的戶部尚書——歐陽弘。他不但負責供給玉遼河一戰的軍糧，還受官家所託，前來監軍。」

寧晚晴將所有線索串了起來，心頭沈甸甸的，看了趙霄恆一眼，但趙霄恆似乎有些失神，眉頭緊緊擰著。

寧晚晴定了定心思，對于書道：「先將人帶下去，好生看管。」

于書應聲，把王賀年拖了下去。

廳中只剩下寧晚晴和趙霄恆。

寧晚晴走近趙霄恆，握住他的手，卻發現他的手寒冷如冰，沒有絲毫溫熱。

趙霄恆眸色深深，語氣裡是深深的自責。「我早該想到的……」

寧晚晴看著趙霄恆。「殿下是指糧食霉爛一事？」

趙霄恆道：「我曾聽說，士兵們到了玉遼河畔後，總有些水土不服，便查了玉遼河一戰前後的細節。工部主修戰船，在戰船修繕好之後，便被戶部借去，用來運送軍糧。若按照王賀年所說，戰船在試航時已經滲水，那一路修補著北上，必然會導致軍糧受潮、腐壞。

「運送軍糧不力，這是多大的罪名？無論擔罪，還是補缺，歐陽弘都承擔不起。所以，這些壞掉的軍糧，還是成了將士們的口糧。歐陽弘一面安排軍醫散播水土不服的謠言、一面以穩定軍心為名，來掩蓋這一場事故。」

趙霄恆說著，痛心疾首。「北驍軍的將士驍勇善戰，足足五萬人啊，怎會全軍覆沒？」

他們拖著病弱的身子堅持抗敵，但以次充好的戰船將他們推入了萬劫不復的深淵。本就虛弱的士兵們，一旦落水，五臟六腑便會被冰冷的河水刺激。病情加劇之下，他們失去自救的能力，要麼被敵人殺死，要麼被玉遼河吞噬。

趙霄恆想到這裡，心臟忽然劇烈疼痛起來，幾乎不能呼吸。

寧晚晴心疼地抱住他。「殿下，都過去了。」

趙霄恆閉了閉眼，半晌之後，才聲音低啞地開口。「是啊，都過去了……那五萬士兵早已經死了，他們沒有死在敵人的兵刃之下，卻死在了滔滔河水中、死在了自己人手裡。除了他們的父母妻兒，誰還會記得他們？

「還有我舅父，他忠君愛國，為大靖立下汗馬功勞，一生未娶，亦無子嗣，卻替那些人揹了十幾年的罪名。

「如今，那些人還活得好好的，他們憑什麼?!」

寧晚晴聞言，緊緊抱著渾身顫抖的趙霄恆。

「人人都說公道自在人心，可公道為什麼只能在人心？公道就該在青天之下，大道之上，如朗朗山河，昭昭日月，引人追尋，無處不在。

「殿下在九龍山時問過我，願不願意與你同行？我願意。我會陪著殿下探尋真相，討回公道，我相信終有水落石出、善惡得報的時候。」

京城的天氣一日暖過一日，南方的敖城卻下起了雷雨。

淅淅瀝瀝的雨，澆得驛夫滿身濕透，但他依舊頂著暴雨，趕到了將軍府門前。

驛夫叩開將軍府的門，將一封信呈給將軍府的下人。一炷香的工夫後，驛夫便被管家親自領進門。

管家帶著驛夫一路去了偏廳。驛夫是第一次入將軍府，還未來得及感嘆將軍府的奢華，便被帶到這座宅子的主人面前。

管家欠身道：「將軍，人已經帶到了。」

薛弄康手中握著薛顏芝寄來的信件和信物，面上浮出焦急之色。

「這信是什麼時候收到的？」

驛夫連忙回答。「今兒一早到的。小人見蓋了太尉府的印，不敢耽擱，立即送來。」

薛弄康皺著眉。「除了這封信，可還有別的？」

驛夫想了想，道：「回將軍，沒有了。這信是加急的，但因這段日子南方雨水充沛，道路泥濘難行，恐怕是遲了兩日才到。」

薛弄康面色一沈。

遲了兩日，那顏芝便會多受兩日的苦！

管家見薛弄康面色不善，一擺手，讓驛夫出去了。

「將軍，大姑娘是不是出事了？」

薛弄康將信遞給管家。「你自己看。」

管家接過信紙，映入眼簾的便是一片鮮紅，不由嚇了一跳。看完信，臉色也變了。「這……大姑娘被官家扣下，怎麼京城那邊一點消息也沒有？是不是咱們的暗樁都被拔了？」

薛弄康面色發青。「不是被拔，是被人施了障眼法。」

管家頓了頓，問道：「將軍的意思……難道是皇后娘娘？」

「除了她，還有誰？自從她入了宮，便高高在上，目中無人。我本以為她在京城，好歹會顧著骨肉親情，幫忙照料顏芝一二，沒想到，她居然讓顏芝當了趙矜的替死鬼！」

薛弄康說著，氣得一把將茶盞拂到地上，噼哩啪啦的響聲，驚動了附近的下人。

「年紀這麼大了，怎麼做事還如此浮躁？」

蒼老而沈穩的聲音傳來，一下便壓住了薛弄康心頭的怒氣。

薛弄康站起身，對邁入房門的老者恭謹拜下。「父親。」

薛茂儀身量高而瘦，顴骨高高聳立，雙目附近布滿皺紋，看似平靜和藹，實則透著精明。他穿了一襲灰色長衫，看起來平平無奇，若旁人見了，定然想不到這位便是權傾朝野的太尉大人。

薛弄康見到薛茂儀，彷彿成了一隻被拴住的虎，主動上前，扶著薛茂儀坐下，又呈上了薛顏芝的信。

「父親，您看，這是顏芝派人送來的信。顏芝自幼喪母，本就可憐，兒子又長年領兵在外，也沒能多照顧她。如今她身陷囹圄，若不是委屈至極，怎會寫下血書送回來？」

薛茂儀瞥了血書一眼，又認真看了看血書下面的印鑑和信物，道：「就算這是顏芝的親筆，但拂玉是她的親姑母，怎麼可能不救她？」

薛弄康道：「若長姊真的顧念姑姪情義，又怎會讓顏芝替趙矜揹黑鍋？」

薛茂儀語氣平淡。「這事不管孰是孰非，拂玉此舉，都是對大局最有利的選擇。你想想，如今顏芝被囚，我們尚有機會救她，若換成矜兒入獄，拂玉自然會受到牽連。京城中沒了拂玉坐鎮皇后之位，我們如何能安然待在南方？你忘了自己的將軍之銜是如何來的了？」

薛弄康面色僵了僵，一時沒了脾氣，但心中仍有芥蒂。「就算當時是權宜之計，可顏芝被囚這麼久，為何長姊一個消息也不傳過來，難不成要等著顏芝被判重刑?!」

薛茂儀看了薛弄康一眼。「拂玉恐怕就是擔心你得了消息，像現在這樣衝動，所以才不告訴你。」

薛弄康一聽，更是不服。「父親，若今日被抓的是趙矜，我不信長姊還會這般冷靜。」

薛茂儀問他。「你想如何？」

薛弄康說：「本月就要回京述職，不如早些動身，求官家饒恕顏芝。」

薛茂儀悠聲道：「你一個手握兵權的將軍，入京向官家求情，官家作何感想？難道不會覺得你擁兵自重？」

薛弄康蹙眉。「那怎麼辦？」

薛茂儀道：「顏芝會有今日，必定有人在背後推波助瀾。」

「父親的意思是……太子？」薛弄康面色越發難看。

薛茂儀捋了捋鬍鬚。「不然，單憑嫻妃之能，拂玉怎麼可能護不住顏芝？」

薛弄康道：「太子不是個軟弱的草包嗎，何時有膽子與我們對著幹了？」

薛茂儀看著自己的兒子，有些無言。

他出身大家，自幼便出類拔萃，唯獨子嗣不多，只有一女薛拂玉，和一兒薛弄康。

薛拂玉早早入了後宮，這些年來，在後宮的摸爬滾打中，逐漸磨練得冷銳狠辣。可兒子薛弄康依舊辦事莽撞，頭腦簡單。

薛茂儀說：「外人都道他碌碌無為，但能頂著太子的頭銜走到現在，怎麼可能是草包？他能對我們動手，表示已經不想再裝了。要救顏芝，還需從太子身上下手。」

薛弄康明白過來。「父親的意思是，拿住太子的把柄，讓他鬆口放了顏芝？」

薛茂儀點頭。「不錯。」

薛弄康沈思片刻，道：「那好，明日我便動身回京。」

薛茂儀笑了下。「為父與你一道回去。這死水一般的朝堂啊，終於要變得有趣了。」

最近幾日，趙霄恆稱病不出，每日都待在東宮之中，誰也不見。

于書和于劍依舊守在門口，但守得久了，于劍忍不住問道：「殿下好幾日都不出門了，沒事吧？」

于書搖了搖頭。「任誰聽了這樣的事，都會難受的。」

于劍一想起王賀年，便生了怒氣。「那王賀年，當真是個烏龜王八蛋！身為船匠，卻造船送人去死，真是缺德。早知如此，我化身盜賊之時，就該多揍他幾拳。」

「若將他打死，我們連唯一的證人也沒了。」

寧晚晴的聲音從長廊一側響起，于書和于劍連忙轉過身來。「見過太子妃。」

寧晚晴瞧了于劍一眼。「那日晚上，沒受傷吧？」

于劍忙道：「多謝太子妃關懷，小人沒事。多虧了太子妃的妙計，我們這才能暗度陳倉，拿捏住王賀年。」

王賀年逃亡多年，戒心極重，若是直接將他從獄中提出來，不但會驚動官府，還很難撬開他的嘴。

於是，寧晚晴讓于劍扮成盜賊，潛入獄中，帶著王賀年逃跑。

兩人在酒館飲酒時，于劍幾乎確認了王賀年的身分，遂暗中放出信號，來了一場自導自演的戲碼。

王賀年隱藏身分，就是為了躲避追殺，待親眼看到于劍所假扮的盜賊「死」在面前，更是驚惶。

求生的本能驅使著王賀年，最終將一切和盤托出。

這一切，都和寧晚晴的設想十分吻合。

寧晚晴道：「現在王賀年怎麼樣了？」

于書沈聲答道：「回太子妃，小人已經派了人看守。王賀年知道自己出去也是死路一條，還算配合。」

寧晚晴微微頷首。「要萬無一失才好。到了後面，王賀年還有大用處。」

于劍聽了這話，忍不住問道：「太子妃，這個案子真的還會有下文嗎？」

于劍的話一出口，于書便拉了拉他的衣袖，彷彿是在說，太子和太子妃已經夠憂心了，何必再為他們增添煩惱？

寧晚晴卻不以為意。「于劍，你能問出這樣的話，並不奇怪。如今的情況，確實不算有利，雖然我們有圖紙在手，但抄寫的版本不能充當證據。即使王賀年願意作證，父皇也不會因為小小船匠的一面之詞，而重審這個案子。」

于劍聽了，不免失落。「殿下付出那麼多，努力那麼久，但一切似乎又回到原點。」

寧晚晴搖了搖頭。「此事困難重重，但我們至少已經知道敵人是誰。」

知道敵人是誰，就能做好應對之法。

于劍仍然有些擔心，壓低了聲音道：「可殿下這幾日都不出門，不知殿下怎麼想。」

寧晚晴語氣篤定。「當年宋家出了那麼大的事，殿下年幼，尚且能沈著應對，如今這些挫折，怎能難倒殿下？」

于劍聽了寧晚晴的話，彷彿吃了一顆定心丸，點頭道：「太子妃說得是，是小人杞人憂天了。」

寧晚晴笑了下，沒再多說什麼，越過于書和于劍，邁進了書房。

此刻正值午後，陽光透過窗櫺靜靜灑向案桌。

趙霄恆靜靜立在窗前，右手邊有一爐香灰，房中瀰漫著一股淡淡的焦味。

寧晚晴走到趙霄恆身旁，瞧了香爐一眼。「這是……間影衛的新消息？」

趙霄恆挑眉。「鼻子倒是很靈。」

寧晚晴道：「妾身鼻子靈，殿下耳朵靈，這不是正好嗎？」

趙霄恆聽罷，唇角微微勾了下。「孤不是有意聽你們說話的。」

寧晚晴笑道：「無妨。只是，他們見殿下閉門不出，多少有些擔心。」

「他們多慮了，宋家大仇未報，孤沒資格自怨自艾。」趙霄恆語氣平靜，繼而又道：「妳猜，間影衛送了什麼消息來？」

「什麼消息？」

趙霄恆眸色漸深。「老狐狸，要回朝了。」

第六十九章

近日，天亮得越來越早了。

今日，趙霄恆出門上朝後，寧晚晴便被嫻妃請到了雅然齋。

寧晚晴道：「嫻妃娘娘這麼急著找我過來，可是有什麼要事？」

嫻妃命人奉茶。「太子妃可聽說了鎮南軍將軍要回朝述職一事？」

寧晚晴思索一下。「娘娘說的，可是薛家那位？」

嫻妃頷首。「不錯。昨日官家告知本宮，薛將軍要回京述職，需為他辦一場接風宴。此事原本簡單，但後來官家想起春闈結果已出，有些臣子還未見過金榜題名的學子們，便想將兩件事合成一件，讓眾人齊聚一堂。」

寧晚晴說：「薛將軍乃是薛太尉之子，薛太尉又是世家之首，父皇此舉，也是為了調和世家與寒族的矛盾。」

嫻妃聽罷，忍不住笑道：「太子妃冰雪聰明，一點就通。」

在趙霄恆的堅持下，科舉成功改制，選拔出來的寒門學子雖然學富五車，但初入朝堂，仍是人微言輕。

靖軒帝擔心世家置喙改制一事，排擠寒族學子，故而想藉著薛家在世家中的影響力，來拉近兩者的距離。
寧晚晴道：「若是如此，薛太尉應該也會入宮赴宴了？」
嫻妃神色有些複雜。「數年前，薛太尉稱病，移居南方靜養，這一次應該會隨著薛將軍一起入京。這次他們回來，除了朝事之外，應該還是為了薛顏芝。」
寧晚晴立時明白了嫻妃的擔憂。
薛太尉是薛顏芝的祖父，如今靖軒帝又盼著薛太尉出面調和世家與寒族的關係，難免會在薛顏芝一事的處理上，重重拿起，輕輕放過。
寧晚晴說：「嫻妃娘娘，薛顏芝的事，現在由大理寺審查，在審查結果出來之前，薛家就算想救人，也不好貿然插手。如今擔心也沒用，不如見招拆招。」
嫻妃點了點頭。「妳說得是。」
趙蓁坐在一旁，安靜地聽著兩人對話，直到聽見「大理寺」三個字，才開了口。
「母妃，宮宴的時候，大理寺的人會來嗎？」
嫻妃道：「倒是沒聽妳父皇提起過大理寺。」
趙蓁忍不住說：「平日有案子，父皇總是第一個想到大理寺。怎麼要宴請官員時，卻忘了他們？」
嫻妃有些奇怪地看著趙蓁。「這次宮宴邀請的是以薛家為首的各大世家，以及新科進士們，大理寺的人來做什麼？」

趙蓁面色僵了僵。「兒臣就是隨口說說。」

見嫻妃還是盯著她，趙蓁不覺避開了嫻妃的目光。

「兒臣不過是想問一問黃大人，薛顏芝的案子怎麼樣了……若是大理寺的人不來，那就算了。」

寧晚晴笑道：「妳的腿不是還沒好，如何去得了宮宴？」

趙蓁忙道：「我的腿已經好得差不多了，妳瞧！」說罷，特意站起身，在寧晚晴面前轉了一圈。

寧晚晴忍俊不禁。

嫻妃嘆了口氣。「這孩子，一天到晚都想著出去玩。九龍山一事，還沒有長記性嗎？」

趙蓁道：「母妃，九龍山的事都過去了，還提它做什麼？況且，如今您執掌後宮，風平浪靜，又有皇嫂協助，兒臣還有什麼可擔心的？」

嫻妃點了點趙蓁的額頭。「妳這孩子，不知什麼時候才能長大？如今都快十六了，還這般心大，妳父皇如何為妳指婚？」

趙蓁不以為意。「兒臣才不想嫁人呢，就想一輩子陪著母妃。」

嫻妃嗔道：「哪有不嫁人的？母妃只盼著妳別嫁得太遠，不然我們母女見一面都難。」

寧晚晴看著嫻妃與趙蓁聊天，心中忽然有些羨慕。無論是前世，還是這一世，她都沒有嘗過被母親疼愛的滋味。

嫻妃見寧晚晴有些出神，道：「對了，連薛將軍都要回京述職了，妳父親和兄長何時回來？」

寧晚晴大婚後，寧頌便回了西北駐地，算起來也有好幾個月。而常平侯寧暮為了西北安寧，連女兒大婚都沒有回京。

寧晚晴道：「還未得消息。如今西北動盪不安，恐怕一時半刻也回不來。」

嫻妃輕輕拍了拍她的手，安撫道：「妳別太掛心。若是在宮裡覺得孤單，便隨時上雅然齋來。」

寧晚晴含笑點頭。「多謝嫻妃娘娘。」

寧晚晴又與嫻妃商議了一會兒宮宴的事，便起身告辭。

寧晚晴走到門口，忽然聽見一聲貓兒似的呼喚。

「皇嫂！」

寧晚晴回頭一看，果然是趙蓁，唇角微揚，走了過去。

「怎麼，還想問黃大人的事？」

寧晚晴一語道破趙蓁的心思，反倒讓趙蓁害羞起來。「皇嫂說什麼呢，蓁蓁不過是來送送妳。」

寧晚晴笑道：「既然如此，那便罷了，妳還是回去好好養傷吧。」說著，作勢要走。

趙蓁連忙拉住她。「好嫂嫂，妳就別逗我了。」
寧晚晴挑眉看她。「那妳還不說實話？」
趙蓁眼睫微垂，紅著臉道：「我、我也不知道怎麼說……我就是想問問皇嫂，最近有沒有黃大人的消息？」
這話，便算是默認了她對黃鈞的心意。
寧晚晴道：「最近大理寺案子不少，黃大人來過東宮幾次，但我與他並沒有多少交談，所以也不清楚他的近況。」
趙蓁忍不住問：「那他……看起來可好？」
寧晚晴看著趙蓁。「蓁蓁，妳這話是什麼意思？」
趙蓁終究還是說了實話。「皇嫂有所不知，其實在九龍山遇險時，是黃大人救了我。他為了我的名節，便隱瞞此事，但他那晚受了傷，如今不知道怎麼樣了……」
其實，趙霄恆早把這件事告訴了寧晚晴，所以她聽到後，並不意外。
「蓁蓁。」寧晚晴抬起眼簾，直視著趙蓁的眼睛。「我可以去幫妳打聽黃大人的近況，但妳得想清楚，自己想要的是什麼？」
趙蓁愣了下。「皇嫂是指……我與黃大人？」
寧晚晴說：「不錯。感情之事，容易一往而深，但妳是公主，婚事身不由己。妳對黃大人，是求一時愛戀，還是求一世相隨？」

趙蓁渾身僵住，喃喃道：「我還沒有想那麼遠，我只是忍不住想去關心他、想見到他。」

兩人之間，安靜了片刻。

趙蓁面上的紅暈漸漸褪下，神情生出一絲隱憂。「皇嫂是想勸我，及時回頭？」

寧晚晴搖了搖頭。

「不，我只是希望妳想清楚，到底要選一條什麼樣的路。黃大人出身不低，但身分比起妳來，到底還是有些差距，恐怕不會被父皇列為指婚的對象。

「若妳堅持要與黃大人在一起，便要做好與父皇抗爭的準備。另外……妳可有問過黃大人的心意？」

趙蓁怔住了，輕輕搖頭。

以黃鈞的為人，若是知道了她的心思，恐怕會對她敬而遠之吧？

寧晚晴見趙蓁若有所思，道：「皇嫂希望妳能好好想一想，無論妳的決定如何，我都會支持妳的。」

趙蓁認真道：「嗯，蓁蓁明白了，多謝皇嫂。」

到了宮宴這一日，思雲和慕雨早早為寧晚晴備好了宮裝。

一套緋紅華麗，一套素雅端莊，寧晚晴只瞧一眼，便挑了後者。

慕雨忍不住問：「姑娘，今年的科舉，殿下從頭忙到尾，今夜宴請新科進士，官家說不定會嘉獎殿下和您，要不要打扮得精神些？」

寧晚晴淡淡道：「樹大招風。越是站得高，便越要站得穩。」

慕雨立即會意。「奴婢明白了，那奴婢把備好的頭飾也換一換。」

元姑姑在一旁幫忙，笑道：「太子妃聰慧，當真是咱們東宮的福氣。」

「太子妃的福氣，可不只惠及東宮。」

趙霄恆聲音朗朗，很快邁了進來。

眾人皆退後一步，向趙霄恆見禮。

寧晚晴側頭，不由微微一怔。

趙霄恆一襲絳紫龍紋長袍，方心曲領穿得整齊，腰束一條金玉帶，看起來俊朗無雙。

趙霄恆迎視寧晚晴的目光，唇角噙著笑。「怎麼，愛妃在等著孤為妳綰髮？」

寧晚晴想起上次出宮前的事，道：「若是殿下動手，只怕我們到午夜都出不了門了。」

兩人相視一笑。

趙霄恆讓元姑姑等人繼續，自己則隨手拿了本書，在一旁坐下來，邊看邊等。

慕雨替寧晚晴綰髮，思雲為她上妝。元姑姑按照寧晚晴的吩咐，又將今夜宮宴的安排按照冊子唸了一遍。

寧晚晴確認自己將這些事爛熟於心後，妝容和髮髻也完成了。

她攬鏡自顧，站起身，正想開口，卻發現趙霄恆正定定看著她。

他手中那本書，還停在第一頁，似乎沒有動過。

寧晚晴朝趙霄恆眨眨眼。「殿下？」

趙霄恆立即斂了神色，輕咳了下。「好了？」

寧晚晴點頭。

元姑姑笑著將寧晚晴引到趙霄恆面前。「太子妃容姿出眾，再素雅的衣裳穿在身上，也是光彩照人。」

趙霄恆盯著眼前人，眸色深了幾分。「今夜宮宴，人多眼雜，妳哪兒也別去，就待在孤身旁。」

今夜來赴宴的不是世家官員，便是新科進士，若不是靖軒帝下了旨意，命太子攜太子妃一同赴宴，趙霄恆才不想帶寧晚晴去那群男人堆裡。

但寧晚晴自然不知趙霄恆心中所想，只道：「好，妾身記下了。」

這時，福生叩門而入。

他手裡端著一只托盤，呈上一碗苦澀的湯藥。

「殿下，藥已經熬好了。」

寧晚晴看了湯藥一眼，忽然想起來。「這是虛元散?!」

在趙霄恆韜光養晦的那幾年，經常服用虛元散。虛元散可讓人身體發冷，面色蒼白，即便是太醫來診斷，也會判為體虛之症。

所以，外人都以為太子身體孱弱，不堪大用，替趙霄恆留出了不少餘裕。

趙霄恆笑了下。「愛妃記性不錯。」

寧晚晴蛾眉輕攏。「妾身記得，喝了虛元散之後，對身體多少有些影響。近來殿下政務順利，為何還需要服用此藥？」

趙霄恆用手指輕輕摩挲藥碗邊緣，道：「今夜恐有一場大戲，若無湯藥相佐，如何對得起那些看戲人？」

他說罷，端起藥碗，仰頭一飲而盡。

時至傍晚，宮宴還未開始，朝臣和進士們陸續到了集英殿。

趙霄恆和寧晚晴剛走到門口，便看見齊王和趙獻一行人。

趙獻一見到趙霄恆，本想上前打招呼，但瞥了齊王的臉色一眼，只得生生放慢自己的腳步，遠遠地朝趙霄恆笑了笑。

齊王避不開趙霄恆，即便有些不情願，也只得帶著兩個兒子過來見禮。

「太子殿下，別來無恙。」

趙霄恆虛虛勾了下唇。「多日未見皇叔，風采依舊。不過，嚴書好像瘦了些？」

趙霄恆這麼一說，寧晚晴也忍不住朝趙獻看去，原本渾圓的臉彷彿真的瘦了幾分，連輪廓都方正些了。

趙獻心道，日日讀書練劍，不瘦才怪！

但當著齊王的面，他不敢實話實說，只得隨便找了個理由。「也許是天氣漸暖，胃口不好所致，多謝太子殿下關懷。」

此言一出，一旁的二公子趙延便輕笑了聲。「兄長且莫說笑了，誰人能日食五頓，還說自己胃口不好？」

趙獻最忌諱別人說他胖，而趙延故意當著趙霄恆夫婦的面這麼說，和打他的臉沒有分別，不由怒目而視。

「趙延，你別欺人太甚！」

趙延忙道：「兄長，忠言逆耳，我可是為了你好。」

趙獻氣得瞪眼。「我的事與你有什麼相干？多管閒事！」

趙延滿臉委屈。「兄長說話為何如此難聽？我這個做弟弟的，就這麼入不了你的眼？」

他說著，轉向一旁的齊王。「父王，兒子無能，又惹兄長生氣了，還請父王責罰。」

趙獻見狀，怒氣更加高漲。「趙延，你又來這套！每次都是你生事，回頭再充好人！」

「夠了！」齊王被這兩個兒子鬧得頭大，喝斥道：「當著太子和太子妃的面，你們是要丟盡我們齊王府的臉嗎?!」

趙獻道：「父王，明明是……」

趙延打斷了他的話。「父王訓斥得是，都是兒臣不好。兄長，我向你賠不是，你別再鬧了，好不好？」

寧晚晴秀眉一挑，沒想到這個趙延居然還有點綠茶。

孰料，齊王偏偏就吃這一套，轉而對趙獻道：「看看你弟弟，知錯就改，善莫大焉。你都多大的人了，還這般不知分寸。」

趙獻氣得翻白眼。

齊王對趙霄恆道：「讓太子和太子妃見笑了。」

趙霄恆笑了笑。「皇叔不必這麼見外，嚴書和子傑都是孤的堂弟。既然是一家人，就不說兩家話了。」

齊王笑著頷首。

趙霄恆忽然抬起眼簾，看了趙延一眼，湊近齊王，壓低聲音說了幾句。

「對了，上次子傑派人送來的九柄玉如意，孤雖然喜歡，但著實太過貴重。父皇提倡皇室節儉，忌奢靡之風，只此一次，孤領受皇叔的好意，下不為例。」

趙霄恆說罷，便對齊王點了下頭，帶著寧晚晴走了。

寧晚晴悄聲問道：「殿下，趙延什麼時候送過九柄玉如意來東宮？」

趙霄恆一笑。「沒送過，瞎編的。」

寧晚晴秀眉微挑，忍不住笑起來。「那可就有意思了。」

果不其然，趙霄恆與寧晚晴走後，齊王臉色一垮，目光冷鬱地瞪著趙延。

「你何時送了東西給東宮？」

面對齊王的質問，趙延也有些茫然。「兒臣不曾送過東西給太子殿下啊。」

趙獻一聽趙延單獨送禮給趙霄恆，頓時氣不打一處來。

趙霄恆可是他的堂兄兼知己，趙延居然敢把主意打到趙霄恆的頭上，這不是擺明了要和他搶嗎？

「好你個趙延，居然敢私下巴結太子殿下！我知道了，你就是為了入朝做官，對不對?!」

趙延忙道：「你胡說什麼？巴結太子的人是你，我何時去過東宮？」

趙獻道：「你若是沒有巴結過太子，他為何會主動說出九柄玉如意一事？」

趙延氣結。「父王，兄長冤枉我！」

這一次，齊王對趙延沒了寬宥，板起了臉。

「官家最忌臣子之間私相授受，你膽子不小，居然敢私下送禮給太子，還瞞著本王。如今朝局不穩，太子雖然風頭正健，但大皇子背後有薛家撐腰，鹿死誰手還未可知。你如此輕舉妄動，就不怕害死我們嗎？」

趙延真是有理說不清。「兒臣真的沒有……」

「還敢狡辯！」齊王怒氣更盛，招來旁邊的侍衛。「送二公子回府，好好面壁思過。今夜的宮宴，他不必參加了。」

趙延一聽，頓時傻了。「父王，父王！」

侍衛一擁而上，趙獻幸災樂禍地看著趙延被侍衛拖走。

今夜的宮宴，終於能清靜些了！

第七十章

待眾人入座之後，禮樂逐漸響起。

華燈灼灼，照亮了整個大廳。

靖軒帝還未到，趙霄恆自然成了全場矚目的對象，不少官員上來見禮。

趙霄恆一一應了，卻沒有與他們糾纏太久，而是帶著寧晚晴，逕自去了新科進士們所在的桌邊。

由於進士們還未冊封為官，所以沒有官服，只有為數不多的人著得起錦袍，其餘的人皆是一襲布衣。他們初來乍到，又不善應酬，在這華麗的宮殿之中，顯得有些格格不入。

趙霄恆主動過來，與眾人寒暄，這讓進士們受寵若驚，紛紛起身相迎。

新科狀元一聽說趙霄恆來了，立即擠到人群前。

「殿下，您還記得草民嗎？」

寧晚晴順著聲音看去，只見狀元生得又高又瘦，清俊的面頰上眼神明亮，期待地看著趙霄恆。

趙霄恆頷首。「曾子言，孤記得你。還未恭賀你，金榜題名。」

曾子言便是當初在萬姝閣聽說書的書生，見趙霄恆還記得他，有些激動。

「多謝殿下為學子們所做的一切。若沒有殿下，就沒有我們的今日。」

趙霄恆道：「這都是父皇的意思，孤不過是替父皇辦事而已。」

群臣見趙霄恆如此重視新科進士們，便也三三兩兩圍了過來。

禮部尚書田升為眾臣介紹新科進士，場面一時熱鬧起來。

就在此時，靖軒帝到了集英殿。

他遠遠看見眾人圍在一處，簇擁著趙霄恆，不由停下了腳步。

人群中的太子，氣質高華，不怒自威，頗有明君風範；而一旁的太子妃，雅致端莊，時不時含笑點頭，與太子一道撐起了天家顏面。

靖軒帝默默看著太子和太子妃，神情複雜。

李延壽打量靖軒帝的臉色，笑著開口。「看殿下這般，倒是真有幾分官家年輕時候的風範。」

靖軒帝聽了這話，面色稍霽。「最近半年來，太子倒是有些長進。」

李延壽攙著靖軒帝往前走，笑著道：「想來是官家這一場婚事指得好，太子得了賢內助，自然也成熟起來了。」

靖軒帝唇角勾了勾。「就你會說話。」

李延壽道：「官家，小人說的可都是實話。」

靖軒帝沒再說什麼，進了集英殿。

趙霄恆見到靖軒帝，立即帶領眾人俯身見禮。

新科進士們方才得了趙霄恆的授意，這會兒萬歲聲呼得格外賣力，讓靖軒帝的心情又好了幾分。

「都起來吧。」

眾人依言起身，還未坐定，門外便響起通報聲。「薛太尉到，薛將軍到——」

寧晚晴心裡警鐘長鳴，不由朝門口看去。

薛茂儀穩步邁入門檻，緩緩向廳中走來。

他看起來瘦骨嶙峋，一身官袍卻穿得十分筆挺，凹陷的臉頰上，兩隻眼睛微微彎著，遠遠看來平易近人，實則沒有多少笑意。

薛弄康則一身武官服飾，不遠不近地跟在薛茂儀後面。他身材魁梧，每一步都走得很沈，帶著武人獨有的氣焰。

兩人一路走來，幾乎吸引了所有人的目光。

趙霄恆無聲凝望薛茂儀，眸色沈沈。

他想起周昭明提起的薛家印鑑，還有王賀年說的戶部霉糧案，那一件件事、一個個人，都是將士們死亡的推手，不覺捏緊了拳頭。

這時，一隻溫柔的手，輕輕覆上他的手背。

寧晚晴低聲道：「殿下……」

趙霄恆斂起神色，沈下心頭萬緒，面無表情地看著薛茂儀和薛弄康上殿。

兩人走到大殿中央，一前一後站定，向靖軒帝行禮。

「參見官家。」

靖軒帝忙道：「兩位愛卿不必多禮。」

薛茂儀和薛弄康道謝後，才直起身子。

靖軒帝笑著開口。「許久沒見太尉，不知太尉的身子可好些了？」

薛茂儀答道：「多謝官家掛心。老臣這把老骨頭，多活一日便算一日了。」

薛弄康接話。「官家有所不知，七日前，父親才病了一場，回京之後方能下床。一好轉，便立即來叩見官家。」

靖軒帝聽了，不悅地道：「我們君臣見面，是來日方長。太尉乃國之棟梁，怎能如此不愛惜自己的身體？」

薛茂儀幽幽嘆了口氣。「官家愛重，老臣受之有愧。若非老臣這幾年體弱多病，離京休養，弄康又領兵在外，太尉府怎麼會疏於管理？原本好好的孩子，也不知受了誰的唆使，犯下大錯，老臣真是無顏面聖。」說著，滿臉都是慚愧。

寧晚晴心道，薛茂儀的演技倒是比薛皇后強多了，但她總覺得薛家父子有些奇怪。

「殿下，薛家父子為何一上殿就要提薛顏芝的事？就算他們急著救薛顏芝，也不至於挑這樣的場合吧？」

趙霄恆的笑意中帶著一絲輕蔑。「看來，愛妃還不夠了解父皇。越是這樣的場面，對薛家越有利。」

趙霄恆話音剛落，便聽薛弄康道：「官家，千錯萬錯都是末將的錯，怪末將教女無方，才讓顏芝衝撞了七公主，還請官家與嫻妃娘娘海涵。」說著，一撩長袍，跪了下去。

這番話說得沒頭沒尾，臣子和進士們都忍不住交頭接耳，議論起來。

靖軒帝長眉微攏。他早就知道趙矜與薛顏芝是合謀陷害趙蓁，但礙於皇室臉面，只得保住趙矜，並處置薛顏芝。

可薛家父子一上來，便哪壺不開提哪壺，若不解釋，旁人覺得靖軒帝器量小，要與一個未出閣的姑娘計較；若解釋了，又失了君臣體面。

靖軒帝進退兩難，瞥見薛家父子一臉悔意，不好多說，只得道：「罷了，事情都過去了，暫且不提。你們一路舟車勞頓，起來吧。」

薛弄康順勢起身。「多謝官家寬宥。」

這話一出，靖軒帝動了動唇，終究沒說什麼。

反觀不遠處的嫻妃，面色有些難看了。

寧晚晴頓時明白了趙霄恆的意思。

薛家父子分明是當著眾人的面，與靖軒帝玩文字遊戲。

原本靖軒帝就沒有下旨嚴懲薛顏芝，眼下薛家父子將此事一帶而過，便算是為解救薛顏芝的事，先布上了一副梯子。

靖軒帝為薛茂儀和薛弄康賜了座，筵席才正式開始。

靖軒帝端起酒杯，目光掃過群臣。「第一杯酒，敬鎮南軍的將士們。」

薛弄康越眾而出。「能為官家效力，末將萬死不辭。」端起酒杯，一飲而盡。

隨著薛弄康一齊入宮的副將們，見狀紛紛附和，乾了一杯。

靖軒帝見眾人喝酒爽快，先前的不悅散了幾分，又端起第二杯酒，轉向薛茂儀。

「薛太尉，這些是今年高中的進士們，個個萬裡挑一。第二杯酒，就敬諸位賢才。」

進士們起身還禮，飲下了杯中酒。

薛茂儀自然也喝了一杯，面上的笑意濃了幾分。「聽聞今年的新科狀元，姓曾？」

田升接話。「太尉好記性。」一抬手指向曾子言。「太尉大人，這位便是狀元郎了。」

曾子言沒想到薛太尉會忽然提到他，有些驚訝，連忙放下酒杯，對薛太尉一揖。「小生見過薛太尉。」

靖軒帝道：「朕看過曾子言的卷子，見解獨到，文采風流，確實是不可多得的人才。」

薛茂儀一笑。「官家說好，那必然是好的。不知曾狀元是何方人士？」

曾子言沈聲回答。「小生是青州人士。」

「青州……」薛茂儀撚起鬍鬚，笑了笑。「老夫北上時，曾路過青州，若沒有記錯的話，青州並無多少學堂？」

曾子言的神色頓了下。「薛太尉說得不錯，青州地處偏僻，相較於京城，實在太過貧困。大多數百姓，是上不起學堂的。」

薛茂儀看著曾子言年輕的面龐，笑容依舊和藹。「曾狀元能寒窗苦讀，又一朝金榜題名，想必是青州百姓的驕傲了。」

曾子言忙道不敢。

薛茂儀目光梭巡一周，掃過在場所有的進士們，大多數人出身貧寒，唯有小部分人出自世家。

靖軒帝見薛茂儀若有所思，便問：「太尉，可是有什麼不妥？」

薛茂儀微微勾起唇角，面上的線條逐漸放鬆下來。

「微臣不過是感嘆，如今後生可畏，今年的進士們雖然大多出身寒微，卻比世家子弟更為優秀，當真令人佩服。」

靖軒帝道：「太尉說得是，若今年的春闈不改制，只怕朝廷也納不到那麼多人才，這都是太子的主意。」

趙霄恆聽罷，微微欠身，以示謙遜。

薛茂儀頷首笑道：「老臣有段日子沒上朝了，但關於太子殿下的傳聞，卻不絕於耳。」

靖軒帝一聽，頓時來了興趣。「什麼傳聞？」

薛茂儀道：「聽聞太子殿下不但倡導科舉改制，還主動請了國子監的先生，公開設了講壇，為學子們講學。殿下德才兼備，青出於藍而勝於藍啊。」

這話說到前半段時，靖軒帝還和顏悅色，待後半句說完，靖軒帝的神情便冷了幾分。

「朕竟不知，太子在民間有如此聲望，連太尉這隱居養病之人，都聽過太子的事蹟。」

薛弄康見狀，繼續添油加醋。「官家久居深宮，可能不知民間情態。如今太子的事蹟，不但被寫成話本，還被編成歌謠，連鎮南軍中也有不少士兵會唱了，是不是？」

薛弄康遞了個眼色給鎮南軍的副將，副將立即會意，連連點頭附和。

靖軒帝唇角依舊虛虛勾著，面色卻徹底冷了下來。

他似笑非笑地看向趙霄恆。「這些事傳得還真遠。恆兒，如今你是眾望所歸，可千萬不要讓百姓失望。」

趙霄恆與寧晚晴交換了一個眼神，立即起身，走到大殿中央。

「兒臣謹記父皇教誨。」趙霄恆說罷，側身對薛茂儀道：「不過，方才有一事，太尉卻說錯了。」

薛茂儀聞言，不禁有些疑惑，沈聲問道：「什麼事？」

趙霄恆笑了下。「民間確實將此次科舉改制、大力選拔人才之事編成話本和歌謠，但歌頌的不是孤，而是父皇。」

他說罷，開口喚道：「福生——」

福生快步上前，手中端著一只托盤，托盤上放著不少書，疊起來約莫有半尺高。

靖軒帝有些意外，忍不住問：「這是？」

趙霄恆向靖軒帝深深一拜。「父皇，前幾日兒臣進城體察民情，去城中書局逛了逛，發現不少文人將今年科舉改制一事寫成話本，且銷量可觀。兒臣一時好奇，便買了一些回來，不看不知道，一看才知，原來文人們如此看重改制之事，父皇更是成了其中的關鍵人物。」

靖軒帝本就對民間的評論好奇，聽到趙霄恆這般說詞，遂遞了個眼神給李延壽。

李延壽立即會意，匆匆下了臺階，將福生手中的托盤接過來，呈到靖軒帝面前。

靖軒帝看了兩疊高高的話本，隨意從中抽出一本，打開一看——

靖軒帝察民間疾苦，體寒門不易，特改恩科，以福澤黎民……

靖軒帝翻兩頁，又換了一本，這本裡面寫著——

古有元帝斂世家特權，正朝堂之風；今有明君不問出身，選賢任能……

靖軒帝有些不可置信。「這……」

李延壽立在旁邊，也瞄到了書上的內容，笑著道：「官家，這些文人將您比成了開國元帝呢，可見對您的擁戴。」

開國元帝乃是靖國最偉大的君主，靖軒帝見文人將他與元帝相比，便道：「這些文人，當真是寫得名過其實了。」

話雖這麼說，但靖軒帝的唇角卻不覺勾了勾。

趙霄恆道：「父皇實至名歸，是兒臣學習的楷模。這些書在街頭巷尾隨處可見，百姓們對父皇的愛戴可見一斑，兒臣代千萬寒門學子拜謝父皇。」說罷，恭恭敬敬地拜了下去。

一眾進士見狀，連忙隨他拜倒，齊聲高呼。「多謝官家隆恩！」

靖軒帝居高臨下地看著眾人虔誠跪拜，心中不免湧起一股激盪之情。

「爾等數年寒窗苦，如今終於金榜題名！日後入朝，需克己奉公，奮進不息，成為我大靖的股肱之臣！」

眾人得了靖軒帝的鼓舞，高昂應是，整個集英殿都被年輕進士們的決心震了一震。

群臣見靖軒帝如此重視進士們，也紛紛向他們示好。觥籌交錯間，場面再次熱鬧起來。

靖軒帝手裡翻著話本，心中十分滿意。

薛家父子坐在一旁，薛茂儀面色鐵青，薛弄康則神情陰鬱。

寧晚晴忍不住笑道：「太尉大人的消息當真不太靈通，不如本宮送你們一套最新的話本看看？」

寧晚晴這話說得輕飄飄的，薛弄康面上有些掛不住了，正要開口，卻被薛茂儀打斷。

「多謝太子妃好意，是老臣孤陋寡聞。半年不見，不想太子殿下竟能獨當一面了。」

趙霄恆淡淡一笑。「多虧了太尉之前的提點，孤才能有所進益，孤敬太尉一杯。」舉杯，仰頭飲下了酒。

薛茂儀見狀，不好再多說什麼，只得承接他的禮，飲盡杯中酒。

這一幕落到旁邊的官員眼裡，引起竊竊私語。

「方才太尉說話那麼過分，差點惹得官家對殿下不滿，殿下怎麼還主動敬太尉酒？」

「這有什麼可奇怪的？從前殿下雖然不理朝政，但一向彬彬有禮，溫和謙讓，何時為難過人？薛家父子話語偏激，殿下自然不會同他們計較。」

「說起來，聽說殿下掌管吏部之初，還送了不少好東西給吏部呢，有棋盤啊、臥榻啊、茶具等等，說是體恤臣子，多好的儲君啊。」

「就是，自從殿下身子好起來，開始幫官家執掌朝政後，吏部和禮部就煥然一新，比從前大殿下和二殿下在的時候好多了。」

「噓！你小聲些，還要不要項上的烏紗帽了？」

有人打起了圓場。「來來，喝酒！」

第七十一章

一場風波平息，一名小太監悄無聲息地退了出去。

他低著頭，安靜地離開大廳，逕自出了集英殿。

小太監出來後，很快走上一條小路。行了一段，拐上另外一條宮道，沒多久，便到了坤寧殿。

坤寧殿中，燈火通明。

薛皇后手中攥著一串佛珠，一顆接一顆地撥弄著，淡淡問道：「集英殿那邊如何了？」

小太監伏在地上，恭謹道：「回皇后娘娘，今夜薛太尉和薛將軍都來了，不過……」

「不過什麼？」

小太監低聲道：「小人等了許久，實在沒有機會接近他們，只得先回來覆命。」

薛皇后幽聲道：「官家既然不讓本宮和譽兒赴宴，就是為了防著本宮與父親見面。既如此，你找不到機會，也不奇怪了。」

趙霄譽坐在一旁，冷聲問道：「筵席上情形如何？」

小太監不敢隱瞞，將筵席上發生的事，一五一十地說了一遍。

趙霄譽聽罷，氣得捶了下案桌。「趙霄恆真是欺人太甚！我薛家可是世家之首，外祖父又是兩朝元老，他居然如此不把我們放在眼裡。」

歐陽珊聽到現在，才徐徐開口。「如今太子風頭正健，又視七公主為親妹，自然會藉著顏芝的事打壓我們。依妾身看，還是盡快撇清此事，不然只怕我們幾家都要受太子拿捏。」

趙霄譽聽了這話，抬起眼簾，不豫地看向歐陽珊。「聽妳的意思，是生怕我們薛家的事，拖累了歐陽家？」

歐陽珊頓了頓，道：「妾身是為了殿下好。這個案子一日沒有審判，便一日可能燒到我們身上來，難道殿下想看著矜兒也搭進去嗎？」

趙霄譽本就不喜歡歐陽珊，聽到這裡，早已失去耐性。「那妳說怎麼辦？讓父皇斬了顏芝，一了百了？那母后如何面對舅父，妳可想過？」

歐陽珊抿了下唇角。「當斷不斷，反受其亂。」

趙霄譽冷眼相向。「在坤寧殿裡，還輪不到妳來指手畫腳。」

歐陽珊聽罷，實在忍無可忍。「殿下，妾身到底哪點對不起您？無論說什麼，您都要針鋒相對？」

趙霄譽毫不示弱。「妳最大的錯，就是惹人厭煩。」

歐陽珊氣得眼睛通紅。「你！」

薛皇后不悅地打斷他們。「夠了！每次一入宮就吵個不停，若下次還這樣，你們就不必進宮了，省得本宮看到你們就心煩。」

趙霄譽聞言，只得生生嚥下腹中的怒氣。「母后，都是兒臣不好，兒臣知錯了。」

歐陽珊忍不住道：「母后，並非兒臣要與殿下頂嘴，實在是……」

「好了。」薛皇后有些煩躁地擺了擺手，耐著性子安撫歐陽珊。「本宮知道譽兒說話直了些，妳莫往心裡去。」

歐陽珊心中難受，但薛皇后出面，便不好多說什麼了。

薛皇后瞥了趙霄譽一眼。「譽兒，不是母后說你，看看你如今的樣子。當初與你岳父辦好鹽稅的事回來，不是意氣風發嗎？現在才遇到一點挫折，怎麼就一蹶不振呢？」

趙霄譽的面色也有些難看。「母后，兒臣也希望得到父皇賞識，可自從趙霄恆病癒，又得了岳家扶持，在朝中的聲望就一日高過一日。經過禮部鬧東宮和親蠶禮一事後，父皇便對兒臣沒什麼好臉色，如今又受了顏芝的拖累，您讓我哪有臉去見父皇？」

薛皇后忍不住嘆了口氣。「譽兒，越是這般時候，你越要沈得住氣。趙霄恆能有如今的聲望，必然不是這半年起勢的，只怕那麼多年以來，他都在潛心蟄伏，城府之深，恐怕非常人能比。幸好你外祖父和舅父回來了，再加上歐陽家的相助，我們還有勝算，你萬不可在此時自亂陣腳，明白嗎？」

趙霄譽忍住心中的焦躁。「母后說得是。接下來，我們怎麼辦？」

薛皇后道：「大理寺負責審案的是黃鈞，本宮已找人打聽過，他與常平侯府沾親帶故，只怕會死咬著這件事不放。」

趙霄譽頓時明白過來。「母后，父皇信重大理寺，但裡面卻沒有我們的人，要不要趁這個機會，給大理寺換一換血？」

薛皇后笑得眼尾微抬。「本宮正有此意。但現在官家盯薛家盯得嚴，這件事，恐怕還得請歐陽大人出馬。」

歐陽珊愣了愣。「母后的意思是，讓兒臣去找父親？」

薛皇后道：「不錯。歐陽大人辦事素來謹慎，由他出手解決黃鈞，最好不過。」

歐陽珊猶豫了一下。「母后，此事並不簡單，兒臣得回家一趟，與父親好好商議。」

趙霄譽語氣涼涼。「也是。從前歐陽家還未與坤寧殿聯姻之時，岳父時不時來尋我飲茶下棋，如今見薛家有難，便避之不及。大皇子妃乃是岳父一手調教的，怪不得今夜一再提醒我們捨棄顏芝，妳這大皇子妃，可真是做得好啊。」

歐陽珊心頭如同被潑了一盆冷水，道：「如果殿下這般看不慣妾身，不如就與妾身和離，何必日日相對，徒增厭煩？」

趙霄譽冷哼。「和離？妳作夢！妳善妒、無子，七出之條有二，我隨時可以休了妳！」

歐陽珊氣得面色發白。「趙霄譽！」

薛皇后見兩人又吵起來，氣得將手中的串珠砸了。

啪！串珠四散開來，趙霄譽和歐陽珊才閉了嘴。

薛皇后寒著臉道：「如今薛家與歐陽家已經連成一線，豈能說拆就拆？你們的婚事，可是本宮好不容易向官家求來的，日日吵著和離休妻，你們置官家和本宮於何地?!」

趙霄譽不滿地瞪了歐陽珊一眼；歐陽珊氣得胸口起伏，滿腹委屈。

薛皇后揉了揉疼痛的眉心。「好了，大理寺的事，本宮的意思已經說得夠明白了。如何行事，你們回去冷靜下來後，再好好商量商量。時辰不早，早些出宮吧。」

趙霄譽這才斂了方才的怒氣，向薛皇后一揖，自顧自地走了。

見趙霄譽沒有等她，歐陽珊行禮後，一咬牙，自己離開了。

薛皇后看著他們的背影，忍不住長嘆一口氣。

「莫桐，送大皇子妃出去。」

歐陽珊出了坤寧殿，廊上已經不見趙霄譽的身影。生氣之餘，還湧上了一股傷心。

莫姑姑見歐陽珊情緒低落，遞上了手帕。「大皇子妃，您別難過。想來殿下是因為心情不好，才會言詞激烈，不是有意為難您。」

歐陽珊素來倔強，不輕易在外人面前掉眼淚，聽見莫姑姑這話，眼眶卻紅了。

「他在後院養那麼多狐狸精，我何曾說過半個不字?他對旁人百般呵護，為何偏偏對我如此刻薄？」

莫姑姑連忙安慰道：「大皇子妃別傷心了，哭壞了身子可怎麼好?奴婢是看著大殿下長大的，大殿下是吃軟不吃硬的性子，大皇子妃如此聰慧，為何想不透這個道理呢？」

歐陽珊道：「我何嘗沒有主動修復與他之間的關係？但我每每示好，他卻頻頻對我言語相激，他眼裡根本就沒有我這個正妃。」

莫姑姑見狀，順勢道：「大皇子妃，殿下也是要面子的。您也知道，前段日子殿下被官家禁足，受了多少氣。如今太尉和將軍總算回來了，卻還有薛大姑娘的事擱在眼前，此事若是不解決，只怕殿下的心病好不了啊……」

莫姑姑話裡有話，很快便點醒了歐陽珊。

歐陽珊看向莫姑姑。「莫姑姑的意思是，只要我能解薛家之困，殿下就會回心轉意？」

莫姑姑笑道：「那是自然。大皇子妃，恕奴婢多嘴，殿下後院那些鶯鶯燕燕，不過是些玩意兒罷了，不值得您放在心上；您可是正妻，要與殿下舉案齊眉，白頭偕老的。正妻自然要有旁人取代不了的好，您說是不是？」

歐陽珊眸色微沈。「莫姑姑說得是。黃鈞的事，我定會讓父親處理妥當。」

另一邊，趙霄譽出了坤寧殿，沒有立即離開，反而來到皇宮一角。

正值春日，宮牆外側傳來陣陣花香，引人入勝。

趙霄譽聞到宜人的香氣，頓時將方才的不愉快拋在腦後。

就在他準備離開之時，卻見一名宮女從宮牆後面緩步而出。

宮女對著趙霄譽福身，聲音如水一般嬌柔。「奴婢給殿下請安。」

趙霄譽看了這宮女一眼，覺得有些眼熟，頓時心中一動，道：「這前面可是桂苑？」

宮女莞爾。「正是。如今桂苑裡的桂花都開了，美不勝收。我家主子想請殿下賞花，殿下來嗎？」

趙霄譽聽罷，唇角勾起一抹笑，抬起手指，輕捏宮女姣好的臉蛋。

「如此春宵美景，怎能辜負？」

集英殿中，樂伎們賣力地演奏樂曲，舞姬們則隨著曲調翩翩起舞，底下一片推杯換盞之聲，聽起來好不熱鬧。

今日靖軒帝心情好，多飲了幾杯。

一旁的宮女要來添酒，嫻妃卻抬手接過了酒壺。

「官家，今兒就算高興，飲酒也切勿過量，以免傷了龍體。」

話雖這麼說，但嫻妃動作不停，穩穩當當地幫靖軒帝添了一杯酒。

靖軒帝眼尾微紅，面上掛著一絲酒意，看向嫻妃。「嫻妃，妳入宮多久了？」

嫻妃低眉順目地答道：「回官家，已經十八年有餘了。」

靖軒帝喝得微醺，聽了這話，喃喃道：「十八年……沒想到，陪在朕身旁最久的，居然是妳……」

嫻妃心中頓了頓，隨即揚起一抹笑意。「能陪伴官家，是妾身的福氣。」

靖軒帝凝神看她。「朕記得，妳剛剛入宮時，總是跟在珍妃身後？」

此話一出，連一旁的李延壽都忍不住向嫻妃投來了目光。

誰不知道，珍妃之死就是靖軒帝心頭的一根刺，哪怕碰一碰都是疼的。放眼整個後宮，就算是太后，也從不輕易提起。

孰料，靖軒帝竟以這般閒話家常的口吻提了起來。

嫻妃暗自定了定神，道：「那麼久遠的事，妾身不太記得了。妾身只知道，身在後宮，便要侍奉好官家，教養好兒女，這才是身為妃嬪的本分。」

「若是珍妃能有妳一半乖覺，也不至於那麼早就離朕而去。」靖軒帝的聲音聽起來十分溫和，甚至還帶有一絲惋惜。

嫻妃看向靖軒帝，發現他的眼神裡，仍然藏有一絲審視。

是了，他不過是想試探她對珍妃，甚至於對太子的態度罷了。

嫻妃淡淡一笑。「珍妃姊姊去世多年，若知道官家還能記掛著她，想必她在天之靈，也會感到欣慰。」

她說著，望向不遠處的趙霄恆。「若是那孩子還在，得官家教養，必然也會如太子殿下一般優秀。」

靖軒帝跟著看過去，神色複雜。

趙霄恆身量筆挺，丰神俊秀。立在人群之中，便是鶴立雞群的存在。

靖軒帝沒再說什麼，無聲端起酒杯，一飲而盡。

趙霄恆在眾人的簇擁下，也喝了不少酒，蒼白的面頰上浮出一絲血色。

薛太尉身體不適，飲了兩杯，便改成喝茶。

薛弄康因方才碰壁和薛顏芝一事悶悶不樂，一個人坐在案桌前喝著悶酒。

副將見群臣輪番向趙霄恆敬酒，對薛弄康道：「將軍，太子殿下看似有些不勝酒力了。不如，咱們也去敬一敬？」

薛弄康抬起頭，兩人互換了一個眼神，心照不宣。

「好啊，太子是儲君，敬他是應該的。」

薛弄康說罷，站起身，棄了之前用的酒杯，拿起一只酒碗，帶著鎮南軍的副將們，來到趙霄恆那邊。

薛弄康身形魁梧，如一座山似的擋在趙霄恆面前，似笑非笑地看著趙霄恆。

「殿下可真是左右逢源，末將想敬殿下一杯，都找不到機會。」

趙霄恆道：「將軍說的是哪裡話，就算將軍不來，孤也要敬將軍和諸位副將一杯。」說罷，端起酒杯。

薛弄康哈哈一笑。「殿下這酒杯太淺，只怕連滋味都嚐不到吧？男子漢大丈夫，飲酒就該豪邁些，若殿下不嫌棄，不如換成與末將等一樣的酒碗？」

話音剛落，薛弄康身邊的副將便立即送上一只手掌大的酒碗。
酒碗中裝滿了酒，聞起來辛辣撲鼻，十分烈性。
寧晚晴秀眉微蹙。「薛將軍，殿下已經飲了不少酒，若是再喝這樣一大碗，只怕會傷了身子。」
薛弄康道：「太子妃此言差矣！末將每年最多回京兩次，平日哪有機會敬殿下？今兒高興，自然要喝個痛快，是不是？」
薛弄康這麼一說，他身後的副將們便紛紛附和起來。
趙霄恆沒說什麼，靜靜放下手中的酒杯，繼而接過副將手中的酒碗。
寧晚晴見狀，連忙拉住他的袖子。「殿下，不可！」
薛弄康哂笑了聲。「聽聞太子妃賢德，怎麼出了東宮，殿下還得聽太子妃的？」
寧晚晴正要開口，趙霄恆卻笑了笑，看了寧晚晴一眼。「無妨。若孤喝多了，就有勞愛妃『照顧』了。」
說罷，端起酒碗向眾人致意，仰頭飲起來。
火辣辣的烈酒滾過喉嚨，入了趙霄恆的胃腹，引起一陣不適。但他仍然飛快地喝完，空碗一放，引起一片叫好聲。
薛弄康放下手中的空碗，瞧了另一個副將一眼。
副將立即會意，連忙上前一步，道：「末將代鎮南軍第一營敬殿下！」拿起酒碗，一飲而盡。

寧晚晴知道鎮南軍的人是故意過來找碴，心中怒氣更盛，但趙霄恆卻趁眾人不注意，輕輕捏了捏她的手指，示意她放心。

趙霄恆端起第二碗酒，道：「副將好酒量，孤陪你。」說罷，開始飲第二碗酒。

這回，連福生都有些擔心了。「殿下，您還在服藥呢，可不能這麼喝了。」

趙霄恆對福生的話置若罔聞，喉結滾動，一碗烈酒緩緩嚥了下去。

第七十二章

趙霄恆喝完第二碗酒，另一位副將又越眾而出。

「末將首次入宮，久仰殿下風采，今日一見，果然名不虛傳，末將敬您！」

又是相同的伎倆。

寧晚晴心中對這些人嗤之以鼻，但反觀趙霄恆，他的額角雖然冒了些虛汗，但依舊笑意溫和地點了頭。

眾將以為他好欺負，便一個接一個來敬酒。

趙霄恆來者不拒，一碗接一碗地喝著。

寧晚晴看在眼裡，急在心上，忍不住勸道：「殿下，別喝了。」

趙霄恆放下第六碗酒，忽然劇烈咳嗽起來。

薛弄康見他咳得面色通紅，譏諷道：「殿下，這麼快便扛不住了？日後若是殿下代天巡視，來到鎮南軍駐地，那末將等人是招待您，還是不招待您呢？」

這話引起副將們的一陣哄笑，吸引不少人的注意，靖軒帝也看了過來。

「那邊發生什麼事了，這麼熱鬧？」

李延壽答道：「回官家，方才薛大將軍帶著人敬太子殿下，軍人果真豪邁，輪番上陣，每人敬了一大碗呢。」

嫻妃聽了，心中略有擔憂。「恆兒的身子才好了不久，怎能禁得起如此灌酒？」

眾人緊張地注視著趙霄恆，他似乎快將肺咳出來了，寧晚晴趕忙扶住趙霄恆的胳膊，為他遞上了手帕。

「殿下，您沒事吧？」

趙霄恆面色憔悴，上氣不接下氣道：「孤沒事……今日眾將回京，孤高興還來不及。咳咳……」

他用手帕掩唇咳嗽，片刻後才鬆開，只見雪白的手帕上赫然溢出猩紅之色，十分刺眼。

寧晚晴一看，頓時大驚。「殿下！」

福生探頭去看，也嚇得高呼。「殿下吐血了！殿下吐血了！」

動靜一出，在場的人全傻了眼。

靖軒帝當即站起來。「怎麼回事?!」

趙霄恆踉蹌一下，無力地倚靠在寧晚晴身上，寧晚晴和福生連忙將他托住。

寧晚晴急忙道：「求父皇快請太醫！」

靖軒帝沈著臉。「太醫何在？」

現場參加筵席的世家大臣中，恰好有一位太醫，連忙出列來到趙霄恆面前，二話不說，便幫趙霄恆搭脈。
太醫凝神探了一會兒，從隨身的藥箱中拿出一顆藥丸讓他含著，這才轉頭稟報。
「官家，太子殿下是因為飲酒過量，傷了脾胃，刺激舊疾，這才吐了血。」
寧晚晴聽了，便將趙霄恆交給福生照顧，一指薛弄康，氣沖沖地開了口。
「薛將軍，方才本宮就說過，殿下體弱，不可飲酒！你們為何非要咄咄逼人，一碗接一碗地灌？」
薛弄康也被這場面驚住，但很快回過神來，道：「太子妃，末將等是敬佩太子殿下為人，這才向殿下敬酒。太子妃想將謀害儲君的罪名往末將頭上扣？末將不服！」
寧晚晴沈聲道：「本宮並沒有說你謀害儲君，薛大將軍如此解釋，反倒讓人覺得此地無銀。」
薛弄康聞言，有些慌了。「太子妃，若太子殿下當真體弱，就該好好在東宮將養，何必逞強呢？」
寧晚晴道：「殿下心繫南方，得知將士們回京，即便是拖著病體，也要來為諸位接風洗塵。沒想到薛將軍非但不領情，居然還如此輕視殿下。」
她越說越委屈，撇過臉，似乎就要垂淚。
靖軒帝聽到這裡，已經心生不悅，道：「薛將軍，太子身體剛好不久，與你們武人自然是比不得。」

可惜薛弄康聽不出靖軒帝的意思，反而繼續找起了藉口。「官家，末將等人的酒量，都是在軍中練出來的。太子殿下如此，想必是因為之前的歷練太少了。」

靖軒帝面色陡然冷了幾分。「依薛將軍的意思，朕也該去鎮南軍的軍營歷練一番了？」

薛茂儀一怔，立即起身，怒斥薛弄康。「逆子，還不快向太子殿下賠罪！」

薛弄康有些懵了。「父親?!」

薛茂儀瞪他一眼，薛弄康便向靖軒帝一揖。「官家，是末將魯莽，還請官家恕罪！」

這時，趙霄恆氣若游絲地開了口。「父皇，不怪薛將軍他們，都是兒臣不自量力。其實，兒臣本該聽太子妃的勸諫，控制飲酒，可兒臣一見到將士們，就想起父皇曾經對兒臣說過的話，心中熱血難抑，這才失了分寸。」

靖軒帝疑惑地看著趙霄恆。「什麼話？」

趙霄恆撐著身子坐起來，道：「父皇曾教導兒臣，大靖江山穩固，全賴將士們戍守邊疆，安定四方。兒臣長到這麼大，從未去過邊疆，也未曾體驗過金戈鐵馬，故而看到薛將軍等人，便心生嚮往，情難自抑之下，才引發舊疾。讓父皇擔心，是兒臣的不是，請父皇千萬不要怪罪薛將軍他們……」

趙霄恆說完，還想掙扎著起身，向靖軒帝行禮。靖軒帝連忙命人扶穩他，免了他的禮。

趙霄恆謙虛誠懇的一番話，與薛弄康方才的趾高氣揚形成了鮮明的對比。

嫻妃坐在一旁，也開口道：「官家，想來是薛將軍他們許久沒有入宮，忘了宮中規矩。一時高興過頭，也是有的。」

靖軒帝目光掃過眾人，心思越發沈了下去。

趙霄恆無論如何都是儲君之尊，薛茂儀父子當著他的面，絲毫不給趙霄恆顏面，莫不是在挑釁皇權？

靖軒帝又想到，今日薛茂儀父子一上朝便開始含沙射影提及薛顏芝的事，心中更是不豫，語氣寥寥。

「罷了，既然恆兒都不計較，那便罷了。」

薛茂儀鬆了口氣，忙拉著薛弄康謝恩。

靖軒帝受了他們的禮，笑了笑，對趙霄恆道：「方才恆兒說未去過邊疆，也未經歷過戰事，這讓朕想起年輕的時候。當年，朕也隨先皇去過北疆，邊疆之廣袤，並非京城可比，日後有機會，你還是四處走走為好。」

趙霄恆應下。「多謝父皇，這次鎮南軍回來，兒臣定好好向薛將軍學習。」

靖軒帝見他不驕不躁，溫和有禮，更滿意了幾分。

「這樣吧，薛將軍不是在準備鎮南軍述職一事嗎？若你身子扛得住，不如協助薛將軍，幫忙整理鎮南軍的軍務。」

此言一出，薛弄康勃然變色，不可置信地看向靖軒帝。

「官家，鎮南軍的軍務乃是末將的分內之事，怎敢勞動太子殿下幫忙？況且，太子殿下身體不適，萬一出了什麼事……」

寧晚晴涼涼開口。「薛將軍，您這話是想詛咒殿下嗎？」

薛弄康面色僵住，咬牙道：「末將不敢。」

趙霄恆悠悠轉過臉來，笑得人畜無害。

「薛大將軍別擔心，孤自己的身子，自己清楚。過兩日，孤便去鎮南軍軍營找薛大將軍，還望到時，您能不吝賜教。」

集英殿的筵席終於散了，靖軒帝退場後，群臣才陸陸續續地出了大殿。

薛茂儀面色鐵青地走在前面，而薛弄康不復之前的囂張氣焰，一言不發地跟在他身後。

鎮南軍的副將們見狀，大氣不敢出，灰溜溜地離開了皇宮。

趙霄恆和寧晚晴走在回程的宮道上，福生笑著說：「殿下和太子妃出來得早，所以沒看見，薛大將軍離開時，簡直連嘴巴都要氣歪了。」

寧晚晴忍俊不禁。「他本來就是仗著兵權在手，才這般跋扈。如今官家讓殿下參與軍務，只怕他的老底都藏不住了，自然就鬧不起來。」

趙霄恆道：「薛弄康頭腦簡單，可薛茂儀卻不是等閒之輩，此刻只怕已經有了對策。」

「兵來將擋，水來土掩，只要殿下能參與到鎮南軍的軍務，我們便掌握了主動權。不過……」寧晚晴轉過頭來，看向趙霄恆的側臉。「那虛元散不是只會讓人脈象虛弱嗎，殿下為何會吐血？」

趙霄恆淡笑。「這麼多人看著，自然要逼真些，得加重藥量。」

寧晚晴蛾眉微攏。「上次你們不是說，服用虛元散之後，就算吃了解藥，也會四肢無力、頭疼腦熱，為何還要加重藥量？」

福生一愣，道：「太子妃，其實……」

「咳。」趙霄恆一聲咳嗽，打斷了福生的話。「愛妃說得對，以後孤會多加注意，眼下還真有些頭疼。」說罷，抬起手揉了揉眉心。

寧晚晴著急地問：「殿下沒事吧？要不要傳步輦過來？」

趙霄恆無力地一笑。「沒什麼大礙，愛妃陪著孤走慢些就好。」

寧晚晴點了點頭。「好。」

她伸手扶住趙霄恆，趙霄恆的身子自然而然地靠過來，輕輕攬著她的肩。

福生見狀，連忙放慢腳步，拉著于劍遠遠跟在後面。

于劍忍不住問道：「你當真給殿下加藥了？」

福生搖了搖頭。「我哪敢貿然這麼做。」

于劍有些詫異，下巴輕抬，指了指前面的趙霄恆。「那殿下怎麼如此虛弱？」

福生笑道：「笨啊，這不是因為太子妃在嗎？」

于劍有些不解地撓了撓頭。「這與太子妃在不在有什麼關係？」

福生嫌棄地看了于劍一眼。「我勸你有空還是多看看情情愛愛的話本子，免得打一輩子光棍。」

寧晚晴陪著趙霄恆走在前面，自然沒有聽見後面的人說話。

涼爽的夜風，吹得人酒意醒了幾分。

寧晚晴愜意，凝神吸了口氣，道：「殿下有沒有聞到一股香味？」

趙霄恆靜靜感受了一會兒，回答。「西南角的桂花開了，只怕風裡裹挾而來的，便是桂花的香味吧。」

寧晚晴有些意外。「皇宮之中，有單獨的桂花園子嗎？」

趙霄恆回想一下，道：「有的，只是比起御花園的姹紫嫣紅，這桂苑便有些平平無奇，所以鮮有人去。妳喜歡桂花？」

寧晚晴想起自己前世的家，樓下種了不少桂花樹，亦有春天開花的品種。到了春日，走在道路兩旁，便有零星的花瓣飄落，很是唯美。

「喜歡是喜歡，但殿下身子不適，我們還是改日再去吧。」

趙霄恆唇角微揚，道：「孤覺得好些了，走走也無妨的。」牽起寧晚晴的手，徐徐向桂苑走去。

福生等人識趣地在外面等著。

今夜有不少宮人被調去集英殿伺候，所以桂苑中沒多少宮人，清靜得很。

這桂苑比想像的要大，桂花樹生得十分茂盛，淡黃色的桂花都開了。一陣芬芳撲面而來，寧晚晴頓覺心曠神怡。

桂苑之中，還有不少假山，若是白日來這裡逛，應該別有一番意趣。

她拉著趙霄恆坐到一處假山旁，一抬頭，見月正圓，不由彎了眼角。

「其實，比起人多熱鬧的筵席，妾身更喜歡安靜地賞月。」

趙霄恆側目看去，只見身邊的人眼神清亮，睫毛飛翹，半張側臉都美得出塵。

「嗯，若妳喜歡，孤以後便常常陪妳賞月。」

寧晚晴轉過頭來，溫言笑道：「殿下不是夜夜都要處理政務，哪有工夫陪妾身賞月？」

溫潤的月色下，寧晚晴飽滿的紅唇，笑起來格外誘人。

趙霄恆凝視著她，道：「孤說有，就一定有。」

寧晚晴莞爾。

她伸出手，輕探他的眉心，問道：「殿下的頭還疼嗎？」

這手指又輕又柔，碰得人有些癢。

趙霄恆握住她的手，四目相對，心念微動，便將她的手指放到唇邊，輕輕落下一吻。

「這樣就好多了。」

寧晚晴耳尖微熱，低聲說：「殿下若還頭疼，我們早些回宮，服用解藥吧。」

趙霄恆卻道：「不急，既然來了，便多賞月一會兒。」話雖這麼說，目光卻落在寧晚晴的面頰上。

寧晚晴抿唇笑了下，正要開口，發現趙霄恆眸色微凝，有些異樣。

「殿下，怎麼了？」

趙霄恆對寧晚晴做了一個噓的手勢，拉著她躲到假山後面。

兩人藏好，趙霄恆的唇貼近寧晚晴的耳朵，道：「妳聽。」

寧晚晴凝神細聽，這才發現，假山另外一側，似乎有人在說話。

「都進去這麼久了，怎麼還不出來啊？」

這聲音聽起來是個年輕女子，語氣還伴著幾分焦急。

一個細嗓子的男聲道：「這乾柴烈火的，一時半刻怎能熄得了？」

女子又道：「不知集英殿那邊散場沒有？萬一守衛回來發現了我們，可怎麼辦？」

男子道：「妳說得有道理。這樣吧，我去桂苑門口盯著，萬一有什麼風吹草動，就回來報信。妳也警醒些，別讓兩位主子耽擱太久。」

女子道：「好好，你快去。」

片刻後，一個身形瘦弱的太監，從假山的另外一側走出來。

他鬼鬼祟祟地四處張望，確認旁邊沒人，才輕手輕腳地向桂苑門外跑去。
太監走後，女子才出來，她穿著宮女的服飾，有些焦慮地在山洞前來回踱步。
趙霄恆與寧晚晴對視一眼。
寧晚晴秀眉一挑，趙霄恆便知，她想要探個究竟了。
趙霄恆隨手撚起一粒石子，往反方向的假山上一扔——
咚的一聲，讓宮女嚇了一大跳。
「誰？」
沒人回答，宮女心中更是忐忑，猶豫片刻，還是循著聲音找了過去。

第七十三章

宮女一走，山洞門口便沒人了。

趙霄恆和寧晚晴對視一眼，兩人心照不宣地來到山洞門口。

令人沒想到的是，山洞裡居然點了燈。

趙霄恆對寧晚晴低聲道：「在這兒等我。」

寧晚晴卻不肯鬆開他的手。「殿下身子不適，妾身陪著您。」

趙霄恆沒再拒絕，點了點頭，帶著寧晚晴，無聲進入山洞。

洞中狹長，只能側身通過。但過了入口處，裡面卻別有洞天。

微弱的燈光打在兩側石壁上，趙霄恆與寧晚晴便貼著較暗的一邊走，才走了沒幾步，便發現斜對面的石壁上有人影晃動。

趙霄恆與寧晚晴停住了腳步。

燈火閃爍，洞裡的空氣潮濕悶熱，讓人有些難耐。

緊接著，幽暗的山洞中，傳來了一聲酥麻入骨的嬌喘……

寧晚晴頓覺頭皮發麻。

她瞧了趙霄恆一眼，他臉上也寫著尷尬二字。

山洞裡面的喘息聲越來越急，寧晚晴實在按捺不住內心的好奇，探出頭去——

地上的衣衫七零八落，但洞內卻鋪了一層軟褥，一雙纖細的腳踝露出來，雪亮無比。

寧晚晴正想仔細看看裡面的人是誰，便被趙霄恆捂住眼睛，直接抱了出去。

寧晚晴生怕驚動裡面的人，即便抗議，也不敢出聲。

待兩人出了山洞，一路跑到沒人的地方，趙霄恆才將寧晚晴放下來。

寧晚晴小聲抱怨。「殿下這麼急著走做什麼？還沒看清是誰呢！」

趙霄恆哭笑不得。「妳就不怕長針眼？」

寧晚晴語塞。「殿下可知道他們是誰？」

趙霄恆沈吟片刻，道：「是趙霄譽和……張美人。」

「張美人?!」

寧晚晴腦海裡瞬間浮現出張美人嬌美可人的模樣。那般小家碧玉的美人，居然會在這種髒兮兮的山洞裡偷情？

「張美人不是很得寵嗎，為何還要背著父皇做下這等齷齪事？」

趙霄恆道：「她原是皇后的人，父皇是看在薛家的面子上，才偶爾召幸她。如今父皇與薛家起了齟齬，自然就將她拋諸腦後了。」

寧晚晴若有所思地看著趙霄恆。「所以，殿下方才『看清』了張美人？」

趙霄恆輕咳兩聲。「只看到臉而已，別胡思亂想。」

寧晚晴見趙霄恆面頰也有些泛紅，忍不住笑了起來。

趙霄恆瞧她一眼。「笑什麼？」

寧晚晴忍住笑意。「沒什麼……殿下又得新籌碼，打算什麼時候用？」

趙霄恆道：「不著急，這樣好的棋子，不到關鍵時刻，可不能輕易出動。我們還是先回東宮吧。」

寧晚晴點了點頭，但還沒走出兩步，卻忽然轉過臉來，目不轉睛地盯著趙霄恆。

趙霄恆疑惑。「怎麼了？」

寧晚晴美目輕眨，挑眉道：「殿下不是服用了虛元散，四肢無力，頭疼腦熱嗎？剛才抱妾身出來的時候，是如何做到健步如飛的？」

趙霄恆的眼皮抽了下。「許是這藥吃多了，效用便沒有那麼強了。」

「哦？」寧晚晴覷他。「可殿下上次服用虛元散的解藥之後，還在床榻上躺了兩日，讓妾身餵了好幾輪湯藥。這次連解藥都沒吃，怎麼就恢復了？」

趙霄恆皺了皺眉，懊惱自己忘了這事。

這時，福生找了過來。「殿下，太子妃。」

趙霄恆暗暗鬆了口氣，轉向福生。「何事？」

福生道：「小人見殿下和太子妃久久未出，有些擔心，便在附近找了一圈。」

趙霄恆交代道：「今夜我們沒有去過桂苑，你們也沒有去過，記住了。」

福生愣了下，會意點頭。「是，殿下。」

趙霄恆轉過臉，發現寧晚晴仍舊目光灼灼地盯著他，只得開了口。「這幾日政務不多，若愛妃願意的話，不如我們出宮走走？」

寧晚晴聽了這話，這才揚起了唇角。

罷了，放他一馬。

轉眼春末夏初，天亮得越發早了。

雅然齋中，明亮的春裝整齊地擺了一排，趙蓁雙手抱胸地站在前面挑了許久，也沒有挑到中意的。

宮女小錦見趙蓁猶豫不決，便道：「公主，不如穿這件桃粉色的吧？一上身，便能襯得您膚白勝雪，光彩照人。」

趙蓁擺了擺手。「桃粉色雖然好看，但過於豔麗，看起來總有些輕浮，不好、不好。」

另一名宮女小瑟忙道：「公主，那穿這件淺綠雲紋的？綠色如碧玉，看起來氣質溫婉，窈窕可人。」

趙蓁又搖了搖頭。「綠色偶爾穿一穿還好，但太素淨了，總有些小家子氣。」

小錦又道：「這件白色的如何？再梳一個流雲髻，定然美若謫仙。」

趙蓁還是皺眉。「這麼白的顏色，總覺得不太吉利……」

小錦忍不住問道：「今日公主要去哪兒？為何如此隆重？」
趙蓁挑眉一笑。「自然是去見重要的人了。」
「重要的人？」小錦和小瑟面面相覷。
趙蓁看了看時辰，急忙在一排衣衫裡挑出鵝黃色的衣裙。「就它吧！」
上次穿了鵝黃的衣裙，就遇見他，今日會不會那般幸運呢？
趙蓁換好衣裳，讓小錦為她梳妝。
打扮妥當之後，她隨手拿起一件旁邊的衣衫，對小瑟道：「妳去換一身衣裳，扮成我的樣子，待在房中養病。」
小瑟一愣。「殿下，您這是要出宮？」
趙蓁道：「是啊，不然我挑這麼久的衣裳做什麼？快去、快去，遲了就來不及了。」
小瑟有些猶豫。「公主，嫻妃娘娘吩咐過，在您的腿沒有養好之前，不許出雅然齋。」
趙蓁伸了伸腿。「我的傷早就好了！」
小瑟道：「可是……」
趙蓁連忙將小瑟推向屏風後面。「別可是了！我是公主，還是妳是公主？」
小瑟欲哭無淚。「萬一被嫻妃娘娘發現……」
趙蓁笑道：「妳放心，我很快就回來，不會讓母妃發現的。」
小瑟只得去換衣裳。

趙蓁又回頭看向小錦，小錦連忙開口。「奴婢幫公主盯梢，一定不離開寢殿。」

趙蓁眉眼輕彎，笑道：「很好，等本公主回來，重重有賞。」

宮外的清晨與宮內的完全不同。

一大早，馬車徐徐軋過長道，兩旁的小攤支起來，小販們的吆喝聲跟著響起。離熱鬧的市坊不遠，有一座古樸的宅院。

宅院大門算不得頂氣派，但臺階打掃得一塵不染，連兩旁的石獅都被擦得乾乾淨淨，一看便是家教極嚴。

吱呀一聲，沈重的大門被打開，清俊的年輕男子自內而出，身旁還跟著一位老管家。

「今日公子不是休沐嗎，怎麼還要去大理寺？」老管家說著，將招文袋遞給黃鈞。

黃鈞道：「橫豎在家中無事，不如去衙門看看，幫一幫同僚也好。」

老管家笑問：「公子每日不是在大理寺辦案，便是在書房中鑽研案牘。這樣下去，何時才有空考慮終身大事？」

黃鈞淡淡道：「辦案才是我的終身大事。」

老管家知道黃鈞的脾氣，不再多說，只道：「好，公子慢走，忙完了早點回來歇息。」

黃鈞點頭，揹上招文袋走了。

因為休沐，所以黃鈞未著官服，只穿了件簡單的青色長衫，看起來與年輕的秀才無異。

經過長街時，有路過的年輕姑娘紅著臉，悄悄盯著黃鈞看，但他置之不理，心裡仍舊琢磨著薛顏芝的案子。

按照規矩，案子到了大理寺，就得徹查。

從薛顏芝查到趙矜並不難，但難的是，靖軒帝既要保住趙矜、保住皇家顏面，又想藉此敲打薛家。

所以，這個案子辦到什麼程度才算合適，黃鈞也有些猶豫。

正當黃鈞有些出神之時，感覺肩頭一動，有人從後面拍了他一下。

他轉身一看，身後卻空無一人。

黃鈞有些疑惑地回過頭，一張俏麗的臉蛋猝不及防地出現在眼前，讓他不由退了兩步。

「公主?!」

趙蓁衝他眨了眨眼。「噓！」

黃鈞連忙改口。「趙姑娘怎麼在這兒？」

趙蓁唇角一勾，笑吟吟道：「還不是為了找你。」

長街上，熙熙攘攘，熱鬧非凡。

街道兩旁的小攤販們，本來有一搭、沒一搭地做著生意，可一看見前方著鵝黃衣衫的妙齡少女，便熱情地招徠起來——

「姑娘，快來看看我這扇子！」

「我家的簪花也不錯啊，姑娘生得美，最適合戴簪花！」

「姑娘，來一塊芙蓉糕嗎？」

趙蓁笑著擺擺手。「不必、不必，多謝。」

這一副自來熟的樣子，倒是讓黃鈞覺得有趣。

趙蓁發現他神色含笑，悄聲問道：「黃大人，為何他們都對我這麼熱情？」

黃鈞道：「大約趙姑娘是這條街上衣著最體面的人吧。」

趙蓁一愣，掃了附近一眼，全是顏色沈沈的粗布麻衣，她卻一襲鵝黃裙衫，看起來纖塵不染。哪怕是刻意打扮過了，放在城南的百姓堆裡，還是顯眼得很。

趙蓁有些懊惱。「早知道就打扮成小書僮了。」

在這條街上，她一個人亮得晃眼，被母妃和皇兄抓回去的可能實在太高了。

趙蓁心裡默默求了所有的神仙一遍，期盼她的行蹤能晚一些被嫻妃和趙霄恆發現。

黃鈞見趙蓁面有擔憂，便道：「趙姑娘，外面畢竟不如宮中安全，不如我送您回去？」

趙蓁一聽，頭搖得像撥浪鼓。「不不，我好不容易出來一趟，怎能回去呢？」

她可是在黃府門前等了許久，才等到黃鈞，怎麼可能這麼輕易地離開？

黃鈞勸不動她，遂道：「那好，趙姑娘請自便。我還有事，就先走了。」

「等等！」趙蓁連忙攔住黃鈞。「你不是今日休沐嗎？」

黃鈞有些詫異。「趙姑娘怎麼知道我今日休沐？」

趙蓁一愣，臉驟然紅了幾分。「我、我聽兄長說的。」

黃鈞看著趙蓁，淡淡開口。「大理寺的休沐安排，並不會呈到東宮。」

趙蓁一時語噎。

黃鈞又問：「趙姑娘偷跑出宮，到底所為何來？」

趙蓁被他氣得跺腳。「不是說了，是為了你嘛?!」

黃鈞聽了這話，不禁耳根微紅。「姑娘莫要說笑了。」

趙蓁道：「誰說我在說笑？我是真的有事找黃大人。而且上次黃大人救了我，我還沒有向你道謝，今日出門，我就是特意來找你的。救命之恩，既不能公開，至少要私下報答。」

黃鈞微頓，道：「舉手之勞而已，都過去那麼久了，趙姑娘不必掛心。」

趙蓁唇角微勾。「我豈能當那知恩不報之人？黃大人就許我半日工夫吧，不然我內心難安。」

黃鈞還是搖頭。「不可……趙姑娘?!」

趙蓁早就猜到黃鈞會拒絕，不由分說地拉起黃鈞的胳膊，進了旁邊的酒樓。

黃鈞想掙開趙蓁的手，但趙蓁卻緊緊擰著他的衣袖。直到兩人入了大堂，趙蓁找了張桌子坐下，才鬆開手。

黃鈞瞧了被拉過的袖子一眼，總覺得上面有一股若有似無的香氣。明明是他的衣裳，卻有些不好意思碰了。

趙蓁熟門熟路地喚來小二，小二一見兩人的氣度，便知不是尋常客人，殷勤地介紹起酒樓的菜色。

趙蓁聽了兩、三道，連連點頭。「那就把好吃的統統端上來。」

小二一聽，樂得眉開眼笑。「公子和姑娘稍等，菜馬上就來。」

黃鈞默默看了趙蓁一眼，沒吭聲。

趙蓁笑嘻嘻道：「你是我的恩人，我請你用一頓飯，也是應該的吧。何況，我垂涎這家酒樓已久，黃大人權當是陪我吃飯，不必有其他顧慮。」

黃鈞推辭不得，這才勉強答應。

過了一會兒，小二將菜餚端了上來。

趙蓁見到琳琅滿目的吃食，眼睛一亮，將美食往黃鈞面前一推，眉眼輕彎。

「黃大人千萬別同我客氣！」

黃鈞被這明媚的笑容晃了眼，怔了怔，才回過神來。

「嗯……多謝趙姑娘。」

今日趙蓁成功偷跑出來，本來就心情不錯，如今見到一桌子美食，更加心花怒放，開始挨個兒品嚐起來。

晌午的日光透過窗櫺灑進來，照亮了趙蓁的臉。她面頰粉嫩，皮膚白皙，一張小嘴因為進食而變得紅潤，那滿足的樣子，如貓兒一般，慵懶隨興中透著三分調皮勁兒。如果笑起來，又讓人心神為之一蕩。

趙蓁眨了眨眼，問道：「黃大人，你在看什麼？」

黃鈞也發覺了自己的失態，忙道：「沒什麼。」岔開話，掩飾方才的尷尬。「對了，趙姑娘說這次出來是為了尋我，可是有什麼事？」

趙蓁連忙放下筷子，從隨身的小布包裡掏出一只白玉瓶子，遞給黃鈞。

「給你。」

黃鈞微愣。「這是？」

趙蓁道：「這是人參滋補丸，可是用百年老參做的。一日一顆，連吃七日，便能強身健體，保管你的身子比在圍場受傷之前還好。」

黃鈞有些意外。「趙姑娘今日出來，就是為了送藥給我？」

趙蓁點頭，壓低了聲音。「是啊。這藥可金貴了，我想了很多法子，才從皇祖母那裡討來的。」

黃鈞神情微頓，忙將白玉瓶推還給趙蓁。

「趙姑娘，黃某當時不過受了些輕傷，早就痊癒了，實在不值得妳如此費心。趙姑娘的好意，我心領了，但此藥太過貴重，恕我不能收下。」

趙蓁秀眉一擰。「不行，你若是不收，那我不是白跑一趟了嗎？我又不只是為了吃東西才出來的。」

黃鈞聽了這話，頓時哭笑不得。「我不是那個意思。」

「我不管，你收也得收，不收也得收。」趙蓁下巴微抬，嬌美的面上帶著幾分嗔意。「你若是不收，我就送到你府上，或者大理寺，你自己選吧。」

黃鈞心道，按照這位公主殿下的脾氣，說不定真會做出這樣的事來。

平時黃鈞是個極為講究原則的人，但不知為何，一遇上趙蓁，就有些束手無策。

他只能聽話地收下白玉瓶，道：「那便多謝趙姑娘了。」

趙蓁見他收下，這才心滿意足地笑了。「黃大人不吃嗎？這家酒樓名聲在外，我早就想來了，今日一試，果然名不虛傳。」

黃鈞唇角微揚。「御膳房所出的美食數不勝數，難道還比不上外面的酒樓？」

趙蓁認認真真地點頭。「是啊，再好吃的東西，吃多了也會膩味。而且，在外面用飯和在宮裡用飯，感覺是很不一樣的。」

黃鈞靜靜看著趙蓁。「哪裡不一樣？」

趙蓁想了想，道：「在外面用飯的時候，只覺得日光都是暖的，風都是甜的，吃什麼都滋味甚好。在宮中……用飯，不過是一種規矩罷了。」

黃鈞沈默片刻，問道：「趙姑娘……喜歡宮外？」

趙蓁笑了。「那是自然。可惜，我沒有機會常常出宮。在宮裡，每一天的日子都差不多；但在外面，每一天的日子都是不一樣的。」

她說罷，低頭抿了一口瓷勺中的湯。

趙蓁坐在黃鈞對面，吃飯的樣子十分乖巧，彷彿是哪家偷跑出來的小姑娘，被人撿到了，便蹭上一頓飯。

「趙姑娘。」黃鈞忽然開了口。

趙蓁抬起頭看他。「嗯？」

黃鈞凝視著她，道：「若趙姑娘得空，用完飯後，隨我去一個地方吧。」

趙蓁一聽，便來了興趣，連忙問道：「什麼地方？」

黃鈞思索片刻，溫言道：「也許會讓妳喜歡的地方。」

第七十四章

半個時辰後，黃鈞帶著趙蓁，來到了一處民宅前。

奇怪的是，這民宅雖然打掃得乾淨，卻沒有掛牌匾。

胡桃木色的大門半掩著，時不時有人出來，他們大多都帶個布兜，那布兜看起來沈甸甸的，而那些人小心翼翼地抱著，像裝了什麼寶貝似的。

趙蓁好奇地問：「黃大人，這是哪兒？」

黃鈞低聲道：「這是民間最大的書局。」

趙蓁有些疑惑。「最大的書局，不是京城的墨冉書局嗎？」

黃鈞微笑。「墨冉書局賣的書多為詩詞歌賦，但趙姑娘不是喜歡話本嗎？若要買話本，還是無名書局更多。」

趙蓁瞪大了眼。「這裡是專賣話本子的?!」

黃鈞含笑點頭。

「我看過的話本子，要麼是託人從宮外找，要麼是從嫂嫂那裡取，從沒自己挑過話本子呢。」趙蓁笑得燦爛，連忙去拽黃鈞的衣袖。「快走、快走，我都等不及了！」

黃鈞一頓，本想收回手，又不忍打擾趙蓁的心情，只得輕輕嗯了聲。

黃鈞帶趙蓁入了無名書局，一進門，趙蓁就被眼前的景象驚呆了。

這院子比想像中還要大，四面的長廊連成一個回字型。長廊被分成了不少小隔間，每個隔間的門口，都掛著一塊巴掌大的木牌子，被風一吹，木牌子便悠悠旋轉起來，看著琳琅滿目，很是有趣。

黃鈞道：「這裡的每一間書屋裡，都有不同類別的書籍，門口的木牌便是指引，趙姑娘可依照自己的喜好挑選。」

趙蓁聽罷，來到了其中一間書屋門口，抬眸一看，只見木牌上面赫然寫著四個大字：金玉良緣。

「黃大人，想必這是一間專供情愛話本子的書屋？」

黃鈞似是有些不好意思。「我也沒有去過，若是趙姑娘感興趣，不如進去看看。對了，還有一事，我想提醒趙姑娘。」

趙蓁看向黃鈞。「什麼事？」

黃鈞壓低了聲音，道：「這書局的客人多半是平民百姓，所以，還請趙姑娘不要稱我為黃大人了。」

趙蓁立即會意。「那稱呼你什麼？」

不等黃鈞回答，趙蓁又道：「不如我們扮成表兄妹，我叫你正清哥哥，好不好？」

趙蓁的語調又嬌又柔，這一聲「正清哥哥」，讓黃鈞呆住了，面色有些不自然。

「趙姑娘與在下有雲泥之別，不可……」

趙蓁秀眉一挑，揶揄道：「不是你自己說的，要我改口嗎？不喚哥哥，難道喚叔父？」

黃鈞一時哭笑不得。

趙蓁最喜歡看他這束手無策的樣子，抿唇笑了起來。「那就這麼定了，我叫你正清哥哥，而你也不許喊我趙姑娘了，喚我小字便好。」

桃之夭夭，其葉蓁蓁。

黃鈞記得清楚，但此時此刻，他只敢在心中默念一遍。兩人身分懸殊，是萬萬不可宣之於口的。

趙蓁見他不說話，道：「我們快進去吧。」說完，自顧自地邁入眼前的書屋。

黃鈞抬起眼簾，看著前面嬌俏的背影，無言地跟了上去。

這間書屋看著不大，但到了裡間，便發現內有乾坤。書架一排跟著一排，上面擺著密密麻麻的書和目錄木牌，數不勝數。

趙蓁不知該從哪裡開始了，自言自語。「這麼多……難不成全是談情說愛的話本子？」

門口的小二聽到這話，殷勤地過來招呼。「姑娘是第一次來咱們無名書局吧？」

趙蓁點點頭。「不錯。」

小二笑道：「姑娘可算是來對地方了，咱們無名書局裡，話本子可是成千上萬，但凡姑娘能想到的，咱們這兒都有。妳瞧，光是談情說愛的話本子，就有滿滿一屋子呢。對了，姑娘是一個人來的嗎？」

趙蓁回頭，指了指不遠處的黃鈞。「是他帶我來的。」

小二見黃鈞一表人才，趙蓁又容姿出眾，便開口道：「姑娘和公子，一看便是天造地設的一對，要不要買些慕少艾的話本子回去，好叫公子對妳死心塌地？」

趙蓁愣了愣，連忙解釋。「我們不是……」

她說著，看黃鈞一眼，可黃鈞的目光卻落在隔壁的木牌上，似乎並沒有聽見小二的話。

趙蓁將後半截話嚥下去，問小二。「你這間話本屋，可有什麼有趣的故事？」

「那可就多了。」小二眉開眼笑地將趙蓁引入書屋。「妳瞧，這左邊都是癡男怨女的話本子；中間呢，是棒打鴛鴦的故事；後頭還有浪子回頭金不換、一女多夫的等等。」

趙蓁聽得嘴角抽了抽。「難道就沒有一些正常的話本子嗎？比如……」

小二連忙問道：「比如什麼？」

趙蓁猶豫一會兒，還是開了口。「比如一見鍾情，或者英雄救美的故事？」

小二笑道：「當然有了，姑娘請隨我來。」

他熟練地將趙蓁帶到一面書架前。小小的書架上擺了上百本書，看得人眼花撩亂。

「姑娘，您要的書都在這兒。喜歡看什麼，您自個兒挑。」

小二說罷，欠身而出，去招呼別的客人了。

趙蓁抬起頭，目光掃過五花八門的話本子，心頭有種按捺不住的雀躍。

她終於明白父皇的後宮為何要三千佳麗了，就如同她喜歡的話本，那不是越多越好嗎！

趙蓁一本本看過去，一本位在高處的書忽然吸引了她的注意。

她踮起腳，伸手去拿。可她身量嬌小，怎麼也搆不著，正準備尋人幫忙時，卻見一隻骨節分明的手從她耳邊擦過，準確無誤地拿到了她看中的那本書。

趙蓁無聲回頭，一張熟悉而清俊的臉映入眼簾。

溫潤的眉眼、高挺的鼻梁，還有一絲不苟抿著的唇，在這一處被陽光照得或明或暗的書架前，顯得格外好看。

四目相對，趙蓁不覺屏住了呼吸。

黃鈞也怔了一下，立即退開一步，將書本送上。「妳要的書。」

「多謝。」趙蓁接過橫在兩人之間的書，連忙轉過身，覺得一顆心差點跳出來了。

黃鈞輕咳了下。「除了這一本，趙姑娘可還有其他喜歡的？」

趙蓁斂神，低聲道：「其實，我最喜歡的是破案的話本。」

黃鈞笑了笑。「我知道。」

趙蓁詫異。「你怎麼知道？」

「之前聽福生公公說過。」黃鈞笑得溫和，帶趙蓁出了這間書屋。

趙蓁若有所思。「對了，福生寫的故事，聽說有不少是去大理寺取材的？」

黃鈞微微頷首。「不錯。其實，大理寺的案牘本不該讓外人借閱，但太子殿下說，有些了結的陳年舊案，若是編成話本，或許還能起到警醒世人的作用，大理寺卿便答應了，這才有了福生公公的那些話本。」

趙蓁恍然大悟。「原來如此。我曾經以為那些故事是杜撰的，原來都是真人真事。」

「也不盡然，多少有些改動。畢竟有些犯人已經改過自新，不會露出他們的真名。」

黃鈞說話語調平穩，清冷中帶著一絲暖意。

趙蓁安靜地聽著，不覺露出笑意。「如此說來，若是以後我想聽故事，是不是直接找黃大人更好？」

黃鈞心頭微動，繼而無聲點了下頭。

「趙姑娘為何如此喜歡破案的故事？」

趙蓁笑吟吟地說：「大約是喜歡看是非分明、匡扶正義的橋段。那黃大人呢？聽聞你早早考中進士，本有更好的選擇，為何去了大理寺？大理寺的差事可不輕鬆。」

黃鈞沈吟片刻，道：「和趙姑娘一樣，我也希望這世間能公正光明。而我，不過是想做個守心不移之人。」

趙蓁美目輕眨。「在我心裡，正清哥哥已經是守心不移之人了。」

黃鈞眸色微凝，靜靜看著她，忽然問道：「妳我不過見了數次，如何能確定我到底是什麼人？」

趙蓁笑得恣意，下巴微抬，理直氣壯地說：「我就是知道。」若他不是真君子，在圍場遇險那一夜，他便可以趁人之危；若他不是真君子，更不會在救人之後，還隻字不提。

午後的陽光甚好，照亮了空氣中飛旋的塵埃，也為趙蓁的面容鍍上一層柔和的光。

黃鈞看著她的眼睛，這雙眼睛清靈無比，笑意盈盈。

雖然不知道她是哪裡來的篤定，但他卻相信她的這些話，出自真心。

接下來，黃鈞繼續陪趙蓁逛無名書局。

趙蓁第一次來，所以看什麼都新鮮，結果挑的話本子太多，兩人實在拿不了，只能付了銀子，讓人送貨。

一個多時辰後，趙蓁才心滿意足地離開。

「這下好了，即便被關在宮中，我也不會無趣了。」趙蓁想到那兩大箱話本，就覺得心裡美滋滋的。

黃鈞道：「待話本送到我府裡，我會立即傳信給東宮，肯定一本不落地送過去。」

趙蓁高興地點點頭。「太好了！若是藉太子哥哥的名頭送來，母妃就不會責怪我啦。」

她唇邊噙著笑意，側目看向黃鈞。「今日多謝你，若沒有你帶路，我恐怕還找不到這麼有趣的地方。」

黃鈞道：「小事而已。若妳喜歡，我下次再帶妳去別的書局。」

「真的?!」趙蓁不可置信。「除了太子哥哥，還沒有人帶我在宮外玩過呢。正清哥哥，你對我太好了！」

黃鈞輕咳了下，算是回應。

趙蓁乘機搖起黃鈞的衣袖，問道：「下一次……我們什麼時候去？」

黃鈞被她鬧得臉紅，忙不動聲色地收回了衣袖。「待我休沐，隨時可以。」

趙蓁唇角高高揚起。「那我們說好了，不許反悔呀。」說罷，便伸出手來，在黃鈞面前晃了晃。「我要同你拉勾。」

黃鈞見趙蓁一本正經地盯著他，不覺溢出笑容，看著眼前白嫩纖細的手指，猶豫了一瞬，還是鬼使神差地伸出手，輕輕勾住。

「好。」

趙蓁得到肯定的答覆，心情更好，大刺刺地收回手，高高興興地向前走了。

雖然兩人拉勾是一觸即分，可黃鈞的手指上，仍留有異樣的觸感。

他盯著自己的小拇指，微微斂神，快步追上了趙蓁。

兩人肩並著肩走上長街，街頭來往的人不少，黃鈞便半抬起手擋在趙蓁面前，以免路人撞到她。

趙蓁偷偷抬眼看他。

這個人……哪怕是逛街，神情都是嚴肅至極。

好不容易走過擁擠的街頭，轉進旁邊的巷子後，黃鈞才緩緩放下手。

趙蓁笑道：「這巷子裡總算沒人了，方才也太熱鬧了。」

兩人在巷子裡走著，黃鈞卻忽然停住了腳步。

「等等。」

趙蓁回過頭看他。「怎麼了？」

黃鈞的目光掃了掃周圍。「方才的長街與主街通過這條窄巷相連，平日這巷子裡的人也不少，怎麼今日走了這麼久，一個人都沒有？」

明明是光天化日之下，但荒無人煙的巷子裡，總有一種怪異的寂靜。

就在黃鈞猶疑之時，巷子兩旁高牆上的樹枝，沙沙動了起來。

他抬頭一看，一柄長刀凌厲地向趙蓁砍去——

「蓁蓁，小心！」

趙蓁被眼前的刀刃嚇得發懵，怎麼也邁不開腿。

千鈞一髮之際，黃鈞一把拉住了她的胳膊，將她護在身後。

刀刃堪堪擦過黃鈞的肩頭，將乾淨的青衫割開一條三寸長的口子，殷紅的血很快就冒了出來。

黃鈞回過頭，見長刀的主人生得五大三粗，臉上蒙著一塊遮臉的布巾，看不清樣貌，只能依稀判斷是個三十出頭的男子。

鮮紅的血刺痛了趙蓁的眼，霎時回神。「正清哥哥，你受傷了！」

黃鈞捂住傷口。「無妨。妳怎麼樣？」

趙蓁連忙搖頭。「我沒事……」

黃鈞沒說什麼，默默擋在趙蓁身前，抬眸看去。

蒙面人早已重新擺好架勢，兩堵高牆上也出現了若干蒙面人，個個手持兵器，將巷子前後圍得密不透風，一看便是有備而來。

黃鈞隨手拿起地上的木棍，橫在自己和趙蓁身前，問道：「你們到底是什麼人？」

蒙面人輕蔑地笑了笑。「死到臨頭的人，也配知道大爺的來歷？」

黃鈞聽罷，不動聲色地打量起面前的蒙面人來。

此人說話，明顯不是京城口音。

他身上的黑布衣，看著不起眼，質地卻是上乘。袖口處的包邊，用的似乎是南方盛產的絲質面料。

黃鈞思索片刻，開口道：「沒想到，堂堂的鎮南軍也會做這樣偷雞摸狗的勾當。」

蒙面人眼神一頓，神情陡然狠辣起來，一擺手，怒喝道：「上！」

其他蒙面人一擁而上，打算包圍黃鈞和趙蓁。

黃鈞一手持著木棍、一手護著趙蓁，雖然處於弱勢，卻絲毫不露膽怯。

「跟在我身後，別怕。」

這聲音如一顆定心丸，瞬間便安撫了趙蓁的心。

為首的蒙面人失去耐性，哂笑一聲。「何苦再做垂死掙扎，不如乖乖伏誅吧！」

他說完，一個箭步衝上前，長刀劃破空氣，迎面劈來。

黃鈞的木棍瞬間被砍成兩半，下一刻，他雙手一合，硬生生攔住了長刀，手掌霎時鮮血淋漓。

趙蓁看得心驚肉跳，驚呼出聲。「住手！」

黃鈞死死盯著蒙面人，道：「你想要的是我的命，但這位姑娘是無辜的，可否放她一條生路？」

蒙面人殺戮無數，從未遇見手無縛雞之力的人能有這般堅毅狠絕的眼神，一時竟泄了三分力氣。

但他隨即回神，扯了扯嘴角，冷笑道：「這位姑娘……只怕不是尋常人吧？黃大人既是個聰明人，又怎敢妄想讓我們放過她？哈哈哈……」

蒙面人笑畢，發力逼刀向前。

眼看長刀即將沒入黃鈞的身體，趙蓁不知從哪裡來的勇氣，一把拔下頭上的簪子，往蒙面人的脖子上戳去。

蒙面人閃躲，但脖頸旁邊還是被刺出了一道傷口，鮮血直流。

他退了一步，摸了摸自己的傷口，離頸部還有兩寸。沒想到看起來柔柔弱弱的小姑娘居然如此烈性，頓時惱羞成怒。

「殺了他們！」

其餘的蒙面人應聲而上，黃鈞顧不得雙手的血跡，連忙拉過趙蓁，一把將她護在懷中，單薄的背脊對準了冰冷的刀口。

就在長刀即將落到黃鈞背上時，卻聽見嗖嗖幾聲，然後便傳來慘叫。

黃鈞抬頭看去，只見方才還囂張跋扈的蒙面人，瞬間倒了好幾個，而其他人雖然手中執刀，可神情慌亂起來，四處尋找箭矢來處。

黃鈞趁著幾人分神，拉起趙蓁就跑。

為首的蒙面人見狀，拔腿就追，但還沒追出幾步，便聽見一陣雷動的腳步聲。

片刻後，銀甲士兵出現在巷子兩端，如潮水一般迅速湧入窄巷，瞬間將餘下的幾個蒙面人逼得擠到一處。

為首的蒙面人眼睜睜看著黃鈞和趙蓁逃到了安全地方，恨得咬牙切齒，陰沈著臉下令。

「撤！」

剩下的蒙面人得令，打算施展輕功，躍出巷子。可還沒攀過牆頂，一張偌大的網就罩了下來。

網兜迅速收緊，這群蒙面人如甕中之鱉，狼狽地在網子裡掙來掙去，卻徒勞無功。

這時，兩旁的士兵列隊分開，讓出一條道來。

趙霄恆騎在馬上，越眾而出。

他神情冷漠地掃了網裡的蒙面人一眼，道：「抓回去。」

于劍拱手領命。「是！」

第七十五章

趙霄恆下了馬，逕自走向黃鈞和趙蓁。

原本趙蓁扶著黃鈞，但一見到趙霄恆，便不覺地往黃鈞身後躲了躲。

黃鈞率先開了口，道：「是微臣失察，才讓公主受驚，還請殿下責罰。」

趙蓁聽了這話，連忙解釋。「皇兄，是我自己出來的，不關黃大人的事。他為了救我，還受了傷，皇兄趕緊請大夫來吧。」

趙霄恆道：「于書，送黃大人去療傷。」

于書連忙上前，扶住了黃鈞。

趙蓁想跟去，卻被趙霄恆攔下。「胡鬧了半日，還不回去？」

趙蓁咬唇。「皇兄，偷跑出來是我不對，但正清哥哥傷得重，若是沒聽到大夫的診斷，我是不會安心的。求皇兄給我一點時間，只要他沒事，我立即回宮。到時候皇兄怎麼罰我都好，我絕無半句怨言。」

趙霄恆無言地看著趙蓁。方才當著那些殺手的面，她都沒這麼慌，如今為了黃鈞的傷，卻急得紅了眼。

他壓低了聲音，道：「嫻妃娘娘急得到處找妳，妳不回宮，她如何安心？」

「殿下。」女子的清音打斷了兄妹倆的對話。

寧晚晴從人群中出來，走到趙霄恆身旁。「蓁蓁的性子，你也知道，不如給她半日，陪黃大人去包紮。不然，就算她回了宮，只怕還是要偷跑出來。嫻妃娘娘那裡，妾身去解釋，如何？」

趙霄恆沈吟片刻，終於點了頭。「宮門下鑰之前，必須回宮。于書，你負責送七公主回來。」

趙蓁得了趙霄恆的首肯，激動得連連點頭，立即攙扶著黃鈞走了。

趙霄恆側目，看了兩人的背影一眼。「我們這般，不知是對是錯。」

寧晚晴笑了笑。「殿下，蓁蓁已經長大了。也許，她最清楚自己想要些什麼。」

趙霄恆道：「妳也不怕慣壞了她。妳可知道，當朝公主大多數要……」

「妾身知道。」寧晚晴溫言道：「所以，如今的日子對他們來說，更加可貴。」

趙霄恆沒再說什麼，算是默認了她的話。

巷子很快被士兵們清理乾淨，彷彿一切都沒有發生過。

于劍提著長劍過來，拱手道：「殿下，一共有十名殺手，死了四個，還剩六個。小人在為首之人的身上，搜出了鎮南軍的東西。」

他說罷，呈上一把小巧的匕首。匕首上的標識，是鎮南軍的。

趙霄恆端詳一下，道：「果然是薛家的人。」

寧晚晴聽到這兒，也明白過來。「薛家此舉，是為了薛顏芝？」

趙霄恆微微頷首，低聲道：「如今正清聖眷正濃，但他為人剛正不阿，不會為薛顏芝的案子遮掩，所以薛家才想滅口。」

寧晚晴瞧他。「薛顏芝是薛弄康的獨女，薛家要營救她，也不奇怪。殿下是早就做好了薛家會動手的準備？」

趙霄恆沈默片刻。「是，但沒想到還是讓他受了傷。」

黃鈞早就主動請纓，要以身為餌。可變數太多，打亂了他們的計劃。

于劍有些羞愧地低下頭。「都是小人的疏忽。殿下吩咐小人貼身保護黃大人，但今日七公主忽然過來，小人怕被公主發現，只得遠遠跟著，結果差點就出事了。」

趙霄恆道：「罷了，此事不能怪你，只盼正清沒事。」

寧晚晴安慰道：「殿下放心，妾身已經安排了最好的大夫，還有蓁蓁和于書陪著，應該會沒事的。不過，那些殺手，殿下準備如何處置？」

那些殺手如今在他們手上，便是一張有力的牌。

趙霄恆抬起眼簾，無聲望向不遠處的長街。那裡依舊熙攘熱鬧，對方才巷子中的驚險毫無所覺。

「敢在天子腳下謀害朝廷命官，孤會讓他們付出代價的。」

趙霄恆和寧晚晴很快回了宮。
一入宮門，便瞧見了靖軒帝的近身太監李瑋。
李瑋的站姿與他的乾爹李延壽有些像，見到趙霄恆與寧晚晴，先是恭恭敬敬地行了個禮，然後掬起一臉笑意。
「殿下總算回來了，官家已經等候多時了。」
趙霄恆問：「你可知父皇召孤何事？」
李瑋壓低了聲音道：「殿下，官家已經聽聞大理寺正遇刺。」
趙霄恆聽罷，與寧晚晴交換了一個眼神，對李瑋道：「知道了。孤與太子妃交代幾句就過去。」
李瑋應聲，退到一旁。
趙霄恆看了看天色，囑咐寧晚晴。「按照慣例，酉時會有人送北疆的戰報入宮，妳設法去立武門攔截，讓戰報晚一刻鐘送到福寧殿。」
寧晚晴眸色微凝，瞬間明白趙霄恆的意思，道：「殿下放心，妾身明白了。」
李瑋催促道：「太子殿下，官家等候許久了。」
趙霄恆點了點頭，對寧晚晴道：「妳早些回宮休息，孤很快就回去。」說罷，便隨著李瑋離開。
待兩人的身影消失在宮牆盡頭，寧晚晴便轉身，對于劍道：「去立武門。」

立武門是傳信的必經之地，但戰報的傳遞素來嚴謹，從斥候到福寧殿的太監，環環相扣，在任何一個環節設法攔截，都可能引起旁人的懷疑。

寧晚晴思索片刻，對跟在旁邊的于劍耳語了幾句。

于劍聽得仔細，立即應聲去辦。

酉時左右，立武門外，一人一騎疾馳而來。

斥候背上掛著包袱，一臉焦急地揚鞭打馬，喝道：「讓開！讓開！有軍情奏報！」

他到了立武門，翻身下馬，門口的御林軍為他搜身，他著急地催促。「動作快些，軍情十萬火急，萬一耽誤了，你我都承擔不起。」

御林軍聽罷，不敢多加阻攔，立即放行。

斥候不疑有他，向宮道奔去，可才跑出一小段路，便摔了個四仰八叉。

他吃痛地爬起來，這才發現，平整的地面上居然有一層滑溜溜的油墨。油墨黑漆漆的，與地面幾乎融為一體，他沒看清楚才滑倒的。

「真是晦氣！」斥候罵罵咧咧地爬起來，身上沾了大片油墨，又黑又臭，難受極了。

就在這時，他聽到前方有人說話，抬頭看去，見一名宮裝麗人正在訓斥侍衛。

寧晚晴語氣不善地數落道：「怎麼連這點小事也做不好？本宮養你何用！」

于劍手中端著一個方盒，面色惶恐。「請主子恕罪，小人知道錯了。」

寧晚晴不耐地撇過臉，不經意間看到了狼狽起身的斥候，美目微睜，提起裙裾走過來。

斥候雖然沒見過寧晚晴，但一看她的穿著，便猜出來人是太子妃，立即跪下行禮。

「小人給太子妃請安。」

寧晚晴點了下頭。「免禮。你是不是摔著了？」

斥候頓了頓，低聲回答。「是小人失察，讓太子妃見笑了。」

寧晚晴打量他一眼，問道：「你是哪個宮裡的？」

斥候回道：「小人乃信使，還要急著送信給官家，先告退了。」說罷，起身要走。

寧晚晴卻道：「慢著。本宮的侍衛一時不慎，將油墨灑在地上，才連累你摔倒。你的衣裳髒了，這般面聖恐殿前失儀，本宮賠你一身衣裳，你隨侍衛去換吧。」

斥候道：「多謝太子妃美意，但軍情緊急，小人不敢耽擱。」

寧晚晴悠悠地說：「若軍情緊急，想必官家看了也會不悅。平日官家最重禮儀，你這般上殿，就不怕觸了官家的霉頭嗎？」

寧晚晴這麼一說，斥候也擔心起自己的安危，猶豫片刻，道：「多謝太子妃提點，小人這就去換。」

寧晚晴微微頷首。

福寧殿中，靖軒帝坐在龍椅上，居高臨下地看著趙霄恆。

「朕聽說，今日大理寺正在城內遇刺，是你救了他？」聲音聽不出一絲喜怒。

趙霄恆回答。「是，父皇。」

靖軒帝問：「蓁蓁為何會與他在一起？」

趙霄恆不慌不忙道：「父皇也知道，蓁蓁素來貪玩，今日是偷跑出去的，沒想到居然遇見了黃大人。」

靖軒帝目不轉睛地盯著趙霄恆。「那些殺手，可查清了是什麼人？」

趙霄恆搖了搖頭。「兒臣已經將人送去刑部，審訊的情況還不知，但兒臣在其中一名殺手身上搜出了這個。」

他說罷，呈上了那一柄匕首。

李延壽急忙接過，送到靖軒帝面前。

靖軒帝看一眼，立時變了臉色。「薛家?!」

趙霄恆道：「這匕首上的印記是鎮南軍的，但還沒有證據能證明是否與薛家相關。」

靖軒帝冷哼一聲，陰沈著臉。

「鎮南軍歸薛弄康統領，他女兒犯了錯，被羈押在大理寺，想必是他找黃鈞通融不成，便想殺人滅口，換一個門道救女兒，當真是吃了熊心豹子膽！」

趙霄恆聽完，也道：「黃大人是朝廷命官，京城又是天子腳下，他們如此行事，置皇權於何處？」

靖軒帝聽了，氣得一把拂去桌上的茶具，噼哩啪啦一陣巨響，讓殿中眾人惶恐不已。

李延壽忙道：「官家息怒，可別氣壞了身子。」

靖軒帝定了定神，道：「除了匕首之外，還要盡快找出此事與薛家的關聯，人證、物證，缺一不可！」

趙霄恆頷首。「父皇說得是，若只有物證，還不足以定下薛家的罪狀。兒臣敢問父皇，若找齊了罪證，該如何處置薛家？」

靖軒帝忽然斂起方才的怒氣，定定看著趙霄恆。「你覺得呢？」語氣平靜，但目光之中，卻帶了幾分審視的意味。

趙霄恆還未開口，卻聽見外面傳來一陣叩門聲。

靖軒帝有些不耐煩地抬起頭。「何事？」

李瑋在門外道：「官家，斥候來報，有緊急軍情！」

靖軒帝沈聲開口。「送進來。」

大門吱呀一聲打開，斥候低頭疾走，到了殿前，才小心翼翼地掏出文書。

「官家，這是鎮國公差小人送來的戰報，還請官家過目。」

李延壽快步上前，接過之後，送到靖軒帝案前。

靖軒帝翻開戰報一看，面色微微一滯，隨後神情複雜地看了趙霄恆一眼。

趙霄恆依舊恭恭敬敬地垂著頭，目不斜視。

靖軒帝啪的一聲合上文書，道：「恆兒。」

趙霄恆抬起頭。「父皇？」

靖軒帝凝視他，一字一句道：「北疆，開戰了。」

趙霄恆微微一怔。「何時開戰的？」

靖軒帝回答。「三日之前。」

趙霄恆面上浮出一絲忐忑。「那我軍戰況如何？」

靖軒帝道：「如今不過小打小鬧，但大戰一觸即發。對了，方才說到哪兒了？」

趙霄恆回過神來。「方才，父皇問兒臣覺得應該如何處置薛家。」

靖軒帝將文書扔到一邊。「你說說看。」

趙霄恆思索片刻，道：「父皇，且不說如今只有物證，沒有人證，就算找齊了所有人證與物證，也無法輕易撼動薛家。」

靖軒帝問：「為何？」

趙霄恆答道：「薛家勢大，薛太尉的門生遍布朝野，且眼下北疆開戰，不日恐怕會用到鎮南軍。若在此時引得薛家不滿，豈不是得不償失？」

靖軒帝直直盯著他。「你當真這樣想？」

趙霄恆面露苦澀。「兒臣無能，沒有更好的解法，不能為父皇分憂，還請父皇恕罪。」

靖軒帝擺擺手。「罷了，此事進退兩難，朕也要思量一番，才可決斷。這次多虧了有你，但你為何會剛好路過，又救了黃鈞？」

趙霄恆道：「日前兒臣答應太子妃出宮散心，才恰好碰上此事。不然，只怕也抓不住那些殺手。」

靖軒帝打量趙霄恆，見他神情從容，便信了幾分。「你做得不錯。李延壽，備上一份禮，送去黃府，替朕安撫一下黃鈞。」

李延壽應聲點頭。「小人遵命。」

靖軒帝又道：「折騰一日，你也累了，回去休息吧。」

趙霄恆行禮告退，出了御書房。

待趙霄恆走後，靖軒帝重新拿起文書，道：「李延壽。」

李延壽躬身上前。「小人在。」

靖軒帝喃喃道：「連太子都這般忌憚薛家嗎？」

李延壽笑道：「滿朝文武，有誰不忌憚薛家呢？」

話一出口，李延壽的笑容便僵在臉上，忙道：「小人失言，請官家責罰。」

靖軒帝道：「朕恕你無罪。你且說說，這薛家，該不該罰？」

李延壽思量一會兒，道：「官家，小人以為，薛家該罰，卻不能罰。如太子殿下所言，薛太尉在朝中舉足輕重，而薛將軍又執掌南方兵馬。還有皇后娘娘，穩立中宮，且育有皇子，功不可沒……」

靖軒帝聽到這裡，面色一垮。「所以，薛家離登天只有一步之遙了？」

趙霄恆回到東宮，寧晚晴立即迎了上來。

「殿下，如何？」

趙霄恆笑了笑。「意料之中，安心等著吧。」

寧晚晴詫異地問：「等什麼？」

趙霄恆緩步走過來，輕輕點了下她的額頭。

「當然是好消息了……對了，那斥候怎麼穿著孤的便服？」

第七十六章

翌日一早，趙霄恆還未出門上朝，李延壽便到了東宮。

「殿下，官家體諒您近日勞累，特准您休假三日，不必上朝了。」

趙霄恆長眉微挑。「此話當真？」

李延壽笑咪咪道：「小人哪裡敢假傳聖旨呢？自然是真的。不過，官家還交代了另一件事。」

「什麼事？」

李延壽道：「官家昨夜思及薛家之事，總覺得對不起七公主。今兒一早，沒等大理寺的審結，便判了薛家大姑娘流放之刑。」

此言一出，趙霄恆看了寧晚晴一眼，兩人心照不宣。

李延壽頓了頓，繼續道：「官家聽聞鎮南軍的左翼軍統領劉奎有傷病在身，難以領兵再戰，便想讓殿下暫代左翼軍統領一責，收回他手上的虎符，不知殿下覺得如何？」

趙霄恆面上並無太多波瀾，只淡淡道：「既然是父皇的意思，孤自當遵從。只是，不知聖旨何時能下？」

李延壽乾巴巴笑了兩聲。「只有口諭，沒有聖旨。」

趙霄恆瞥他一眼。「為何？」

李延壽滿臉堆笑。「殿下也知道，官家仁厚，這才罰了薛大姑娘，若是再下一道明旨去動薛將軍的兵權，只怕……」

趙霄恆道：「孤明白了，有勞李公公。」

李延壽皮笑肉不笑地扯了扯嘴角。「殿下明白就好，小人這便回去覆命了。」

待李延壽走後，寧晚晴立時皺起了眉。

「父皇想分出薛家的兵權，卻又不肯與他們起明面上的衝突。單憑一道口諭，便要你去拿虎符，這哪是好消息，分明是將你當劍使。」

趙霄恆笑了笑，語氣幽幽道：「當劍使又如何？只要足夠鋒利，便是一把雙刃劍。不過，薛茂儀也不是傻子，只怕他也會在不撕破臉的情況下，與父皇周旋。這虎符，不是能輕易到手的。」

寧晚晴思索片刻，忽然笑了起來。

「既然大家都在裝，那我們便比一比，誰能裝到底。」

夏日的午後，京城的長街似是也慵懶了幾分，為數不多的行人躲著烈日而行，不少小攤販也坐到了屋簷下避暑。

一輛華蓋馬車駛過長街，最終在一處不起眼的茶樓前停下來。

這茶樓看著大器，卻沒人光顧，似是被人包場了。
很快，車簾被丫鬟挑起，一名婦人自車上緩步而下。她頭戴冪籬，衣著雍容，在侍女的攙扶下，很快便入了茶樓。
婦人逕自上了二樓，到了一處雅間門口，侍女立即為她推開了門。
婦人道：「在這兒守著，誰也不許進來。」
侍女垂眸。「是。」
婦人邁入房間後，侍女便小心翼翼地關上了房門。
這雅間不算太大，中間有一張圓桌，上面溫著一壺茶。桌旁坐了兩個男人，一個目攝精光，神情冷淡；一個身材魁梧，濃眉緊皺，正是薛茂儀和薛弄康。
婦人摘下冪籬，露出一張保養得當的臉，道：「父親，二弟。」
薛茂儀坐著沒動，抬起眼簾，打量自己的女兒一下，語氣嘲諷道：「妳還記得我這個父親？」
薛皇后面色平靜，淡淡回答。「父親養育女兒多年，女兒怎會忘記？」
薛弄康冷哼一聲。「那可不見得。皇后娘娘真是好手腕，連自己的親姪女都能迫害，說不定到了哪一日，也會將父親出賣。」
薛皇后眸中閃過一絲不悅。「沒有保住顏芝，本宮也覺得惋惜。但當時這麼做，還不是為了整個薛家？你非得看到所有人搭上性命，才肯罷休？」

薛弄康身上的戾氣漸濃。「如果今日入獄的是矜兒，皇后娘娘是否還能說出這般冠冕堂皇的話？」

薛皇后不滿地回道：「若是本宮不在意顏芝的性命，又怎麼會讓歐陽家安排人去殺黃鈞？」

薛弄康冷冷道：「長姊還有臉提此事？歐陽家是怎麼辦事的，失敗也就算了，居然還把太子招過來！」

薛皇后沈下聲音。「把太子招來，本宮也始料未及。但你如今這般抱怨，對顏芝的事可有半分好處？」

薛弄康聽罷，氣悶地背過身，不說話了。

薛皇后又對薛茂儀道：「父親，顏芝的事，是女兒的疏忽。官家本來就忌憚薛家，如今又出了黃鈞被刺的事，女兒得到一個消息，不知是否屬實。」

薛茂儀抬起眼簾，無甚情緒地看著薛皇后。「什麼消息？」

薛皇后頓了頓，道：「官家要削二弟兵權。」

「什麼?!」薛弄康氣得站起來。「他抓了我女兒還不夠，還想要兵權？」

薛皇后點頭。「不錯。但越是這種時候，我們越要沈得住氣。」

薛茂儀定定看著薛皇后。「妳到底想說什麼？」

薛皇后說：「若依女兒的意思，營救顏芝的事，得先放一放，絕對不能讓官家藉此打壓我們。」

薛弄康怒極。「妳要大義滅親，我可做不到！」

薛皇后沈聲道：「小不忍則亂大謀，你領兵多年，難道連這個道理都不懂？顏芝不過是流放，只需路上打點一番，便能少受些苦楚，待到來日，我兒出頭，你還愁顏芝回不來嗎？」

薛弄康心中不服，卻說不過薛皇后，只得看向薛茂儀。「父親！」

薛茂儀抬手，捋了捋鬍鬚。「你長姊說得有理。顏芝這孩子自幼任性，此番讓她得個教訓也好，到時候安排人照顧她便是。你還是想想如何守住自己的兵權吧。」

薛弄康面色鐵青，知道拗不了父親的意思，只得道：「官家要收兵權，我如何守得住？過得這麼憋屈，還不如反了……」

「住口！」薛茂儀厲聲打斷薛弄康。「如今時機未到，萬一隔牆有耳，你就不怕害了薛家滿門?!」

薛弄康悻悻閉了嘴。

薛皇后又道：「父親，官家多疑，我雖與他夫妻多年，但他對我並無多少信任。若這次當真要削薛家的兵權，只怕薛家危矣。」

薛茂儀幽幽道：「兵權一事，不是沒有明旨嗎？」

「不錯。」薛皇后道：「似乎只送了一道口諭給東宮。」

薛茂儀冷笑了聲。「這便說明，薛家還有利用價值，官家暫時不想動我們。可他礙於天子威嚴，想敲打我們一番，就把此事扔給了東宮。」

薛皇后沈吟。「太子庸碌多年，這半年的表現卻是突飛猛進，只怕之前都是裝的，不知他會如何動作。」

薛茂儀端起眼前的茶杯。「既然官家不打算硬搶，那我們便有的是機會周旋。如今北疆開戰，老夫不信官家敢在此時對我們動手。

「這五萬兵馬可是個燙手山芋，若是太子急急奪回兵符，未必不會引起官家疑心；若是他毫無作為，又無法向官家交代。老夫倒是想看看，他一個乳臭未乾的小子，到底能想出什麼法子來。」

薛皇后立即會意，眼角舒展了幾分。「父親說得是。官家此舉，不但在試探我們薛家，也是在試探太子。」

薛茂儀又問：「最近譽兒如何？」

一提起趙霄譽，薛皇后面色沈了幾分。「近日他有些消沈，許是從小到大過得太順，一旦未得他父皇重視，便有些泄氣，與歐陽珊也不甚和睦。」

「這孩子，該懂事些才是。」薛茂儀道：「妳得好好教導他，大靖的將來、薛家的明日，就靠他了。」

灰。

「殿下！」

于劍急匆匆地從宮外回來，連衣服都顧不得換，一邁進門，便朝趙霄恆走去。

趙霄恆正坐在案桌前拆閱間影衛送來的信，案上堆滿看過的文書，旁邊還有一爐燒盡的灰。

見于劍進來，他抬起頭道：「又未見到劉奎？」

于劍有些鬱悶地開口。「殿下，這劉奎真是個無賴！前日小人已經送了您的帖子去軍營，可劉統領說他在練兵，無暇見我。昨日去他府上，管家說他與人飲酒醉倒，無法招呼我。到了今日，他居然說自己頭疼。這樣推三阻四，我們什麼時候能拿到兵符啊？」

趙霄恆淡淡地笑了聲。「若是你掌握著五萬兵馬，也不想因為一句口諭，就輕易交出兵符。」

「可是，他總這樣避而不見，我們該怎麼辦？」于劍急得皺起了眉。萬一北疆戰事越演越烈，官家要動用鎮南軍，這兵符如何收得回來？

「既然劉統領病了，就讓他好好休息。」

寧晚晴挑起珠簾，從內室緩緩而出，走到趙霄恆桌前，趙霄恆自然而然地拉著她坐下。

于劍見兩位主子似乎都不慌不忙，忍不住問：「太子妃的意思是？」

寧晚晴笑吟吟道：「殿下體恤下屬，自然要去探望劉統領。我們順便好好幫他治一下

『頭疼』，如何？」

劉府的大廳中，絲竹之聲悅耳，鎮南軍的左翼軍統領劉奎正一手抱著美人、一手端著美酒，眼前的舞姬們個個妖嬈嫵媚，婀娜多姿。

就在他看到興頭上時，管家匆匆推門進來，道：「老爺，不好了！」

劉奎被他擾了興致，一臉不悅地抬起頭。「有什麼事，非得在這時候打擾？」

管家站在他面前，壓低了聲音道：「太子和太子妃來了。」

「什麼?!」劉奎一驚，連酒意都醒了幾分，不可置信地問：「他們怎麼會過來？」

管家道：「太子殿下聽聞您犯了頭疾，說是放心不下，過來探望您。」

劉奎急得站起來，原本坐在他身上的美人兒猝不及防地跌到地上，抬眸幽怨地看了他一眼。

劉奎咬牙切齒道：「這是誰找的藉口？就不能說點別的，淨給老子惹事！」

管家心中暗道，這不是他自己找的理由嗎？卻不敢出聲。

「老爺，現在如何是好？」

劉奎瞪他一眼。「太子和太子妃親臨，我若是避而不見，豈不是犯了忤逆大罪？你快引人去前廳歇息，我收拾一番就來。」

說罷，氣沖沖地往外走，走了幾步，劉奎又交代道：「快把這裡撤了，千萬別讓他們抓到把柄。」

管家擦了一把汗，連連點頭。「是。」

劉府正廳裡，侍女畏畏縮縮地奉上了茶。

趙霄恆端起茶杯，用杯蓋輕撇茶沫，悠悠茶香立即縈繞在鼻間。

「太子殿下，太子妃，請用茶。」

「愛妃覺得這茶如何？」

寧晚晴緩緩放下茶杯，笑道：「好茶。比起宮中的茶飲，也不遑多讓。」

趙霄恆笑了笑。「可見薛家待劉奎不薄。」

兩人坐了不久，劉奎便在管家的攙扶之下，緩步走來。

他著了一襲素色長衫，衣帶繫得匆忙，似乎是剛剛從病榻上下來，頭上還綁著一條布條，看起來病得不輕。

「末將給太子殿下、太子妃請安……咳咳咳……」劉奎還沒跪穩，便劇烈咳嗽起來。

趙霄恆一臉心疼，立即上前扶起他。

「劉統領還在病中，這兒又沒有外人，何必行如此大禮？」

劉奎道：「殿下乃是儲君，禮不可廢。」

趙霄恆露出笑容。「劉統領請坐。」

劉奎點頭，讓管家扶著他，顫顫巍巍地挪到一旁的太師椅上。

趙霄恆語氣關切。「聽聞劉統領頭疾發作，如今可好些了？」

劉奎答道：「回殿下，這是在戰場上留下的老毛病，休養一段時日便不礙事了。」

寧晚晴一臉憂心地開口。「劉統領乃國之棟梁，如今卻要飽受頭疾折磨，本宮實在於心不忍，劉統領辛苦了。」

劉奎忙道：「多謝太子妃關懷，末將能為官家效力，乃是三生有幸，不敢言苦。」

寧晚晴點點頭。「不過，話說回來，如今北疆開戰，不知會不會波及到整個大靖，劉統領乃薛將軍的左膀右臂，萬不可有任何閃失。這樣吧，本宮略通岐黃之術，今日就讓本宮來為你施針治療一番吧。」

她說罷，福生呈上一只托盤，上面的紅布一揭，上百根銀針密密麻麻呈現在眼前。

劉奎瞪大了眼，忙道：「末將身分卑微，哪能煩勞太子妃為末將施針？您這是折煞末將了。」

寧晚晴笑著站起身，隨手拿起一根銀針。「劉統領可是擔心本宮的醫術？」

「末將不敢！」劉奎瞧著那一列明晃晃的三寸長銀針，背後滲出了一層細汗。

寧晚晴悠悠道：「劉統領放心，本宮已試驗過很多次。前段日子殿下頭疾犯了，也是本宮治好的，不是嗎？」

趙霄恆配合點頭，溫言勸道：「太子妃確實醫術出眾，劉統領不如試一試，說不定能治好頑疾呢。」

劉奎一張臉憋得鐵青。「多謝太子和太子妃的美意，但末將已經看過大夫，當真不需要了……」

寧晚晴秀眉一皺。「劉統領，今日殿下和本宮過來，是為了幫你治病。你如此拒人於千里之外，可是大不敬！」

趙霄恆的面色也冷了幾分，匡的放下茶杯，涼涼道：「孤險些忘了，劉統領是薛將軍的心腹。若今日來的是大殿下和大皇子妃，你就不會拒絕了吧？」

劉奎面色一僵，連忙跪下澄清道：「末將萬萬沒有不敬東宮的意思，望殿下與太子妃明察。」

寧晚晴順勢接過話頭，舉針笑道：「沒有就好。劉統領找個舒服的位置，讓本宮施針吧。」

劉奎無法，只能硬著頭皮，讓她扎針了。

待劉奎坐好，寧晚晴一笑，伸手撚起一根針，一手扣住劉奎的脖子、一手用針對準他的頭頂，口中念念有詞。

「這裡似乎是百會穴。」

似乎?! 劉奎冷汗涔涔，又不敢輕舉妄動，只能囁嚅道：「太子妃若無把握……」

「誰說本宮沒有把握？」

寧晚晴自信滿滿，手裡的銀針依舊對著他的腦袋比劃。「劉統領，等會兒可能會有點疼，但你千萬別動，頭比不得別的地方，萬一歪了半寸，可是要人命的。嗯，應該在這裡沒錯了！」

劉奎渾身發抖，顫聲道：「太子妃，別……」

寧晚晴對他的話置若罔聞，冰冷尖細的銀針觸到他頭頂，隨即刺下。

「啊！」銀針才輕刺劉奎的頭皮一下，他便嚇得跌到地上。

劉奎的腿都軟了，連忙向趙霄恆與寧晚晴磕頭。

「殿下，太子妃，末將知道錯了，請放末將一條生路吧！」

寧晚晴勾唇。「劉統領何錯之有？」

劉奎頭磕得咚咚響。「末將不該對東宮之人避而不見。」

寧晚晴手裡撥弄著銀針。「還有呢？」

劉奎遲疑。「這……」

寧晚晴瞧了眼劉奎，幽幽道：「看來劉統領的頭疾還沒好，不然，怎麼總有事想不起來呢？」

劉奎看著滿盤子的銀針，一咬牙，道：「末將……末將這就去取虎符。」

片刻後，劉奎一臉憋屈，將虎符呈了上來。

鎮南軍的虎符原是一對，乃古玉所製，一半在劉奎這裡，一半在薛弄康手中。

趙霄恆輕輕握住瑩黑光滑的虎符，彷彿暫時扼住了薛家的咽喉。

——未完，待續，請看文創風1223《小虎妻智求多福》4（完）

第351期 - 2023年終幸福特別企劃

大汪小喵的幸福日記

不論心情晴天或是雨天，天天都想與你作伴，
記錄下我們的相處點滴，未來回味可有意思了吧！

【340期：乖乖】　寶貝兒子丫財

高雄／陳org

邁入中年，夫妻倆已不打算生孩子，之前的毛小孩也過世一陣子了，便決定再領養個毛孩子，所以老婆就積極上網看領養資訊，最終在桃園新屋的「浪愛一生」看中了乖乖，於是兩夫妻就在過年連假北上與牠互動。

隨著導航來到了浪愛一生，志工帶我們見了乖乖，果真不負其名，所有的狗兒活潑的到處吠叫奔跑，唯有牠靜靜的看著我倆，隨後志工為牠套上牽繩並將繩子交給我，說可以帶去走走互動一下。互動期間，牠其實都很安靜，一路上尾巴低垂著，並不是很開心的感覺，但我倆討論完，還是決定領養牠了，因牠的安靜在園區顯得特別，其他的狗兒帶回去恐怕會拆家，至於取名更是隨興，我說今天是初四迎財神，那就叫我的寶貝兒子「丫財」吧。

接下來的生活日常就是不斷的教導、磨合，丫財雖有ㄋ一ㄡ、脾氣，曾因為餵藥把牠媽的手咬得腫成麵龜，但其他方面還算聽話。有次丫財過敏了，看醫生打針、改處方飼料，仍是無效且掉毛水瀉，甚至還抓到傷口流血，後來聽老人家說狗狗泡海水皮膚可改善也試了。直到某天去到柴山小秘境的海邊泡澡，兒子跟老婆玩得超開心時，引來一位大姊的關注並介紹了她認識的老獸醫，才診斷出不是因為飲食過敏，而是不斷舔舐所造成的酵母菌感染，後續配合醫生的洗劑，我的乖兒子終於恢復健康啦。

領養兒子也十個月了，之前的習性在努力不懈的教導下已漸漸改掉，不再撿檳榔渣，喜歡與各種動物交朋友，愛散步，出去不牽繩也不吠人，老爸的叫喚和訓話也能聽得懂，但中間的點點滴滴真的細數不完，只能說寶貝兒子丫財，爸爸媽媽真的很愛你，也謝謝浪愛一生救了丫財，讓我們有機會愛牠！

【341期：小藍】 不簡單的你

屏東／林愛媽

發文送養至今只有一人詢問過小藍，卻又不了了之，最後決定由我收留。小藍這半年多來身體健康，食慾也良好，基本上沒什麼狀況，唯一的問題就是牠仍然對人戒心重重，靠近牠還是會對我哈氣、會想攻擊人。最近常常躲到看不見的地方，讓人難以觀察，所以考慮把牠移到三樓更大間的貓房，那邊空間比較空曠，我也比較好觀察牠的狀況。

小藍算是很特別的貓，我自己本身是愛媽，家裡也收留了二、三十隻貓，但很少像小藍這樣過了這麼久還對我抱持很大的敵意，可能流浪太久了，極度不親人，之前幫牠弄藥或是帶去看醫生，也被抓得都是傷口。

即使如此，我並不想放棄小藍，滴水能穿石，鐵杵也能磨成繡花針，哪怕牠只釋出一點點的善意，做媽媽的都不會放棄自己的孩子，期許這孩子的未來不再是黑夜，而是太陽和白雲交織出的美麗藍天。

別走開！這裡也有好事發生

【338期：幼咪】

【344期：肉鬆】

好事一籮筐，除了上述寫文分享的家庭外，這些寶貝們也已成功送養有了新家囉！但礙於版面有限，就簡單告知，並祝福牠們與親愛的家人幸福久久！

請大家一起支持領養代替購買～～

Hello 毛小孩也想去有愛的地方，找家中……

一個剛剛好，兩個很幸福，
只要您有愛心與耐心，歡迎來敲門結緣！

335期：Jen寶

別看Jen寶身體有點不完美，但牠活潑、親人愛玩、愛撒嬌，最愛坐上狗輪椅在戶外行走快跑，元氣滿滿到不時衝過頭導致後腳被輪子卡住，當下牠愣住的模樣，簡直令人捧腹大笑。如此個性不服輸的生命鬥士，十分適合成為您人生的狗老師，快來報名啦！

（聯絡方式：Jerry先生→0932551669 or Line ID：kojerry）

337期：Jimmy

一身乳牛斑紋的Jimmy，親人親狗，不怕生，愛吃不護食，更不會亂吠，妥妥的優良模範生，牠時不時露出微笑，一舉一動頗有明星的上鏡潛質。快來親近帥度零死角的Jimmy，詢問度即將危險破表！

（聯絡方式：Xin小姐→Line ID：0931902559）

342期：班長

視零食為情人的班長，非常親人、忠心、愛撒嬌，一看到零食會乖乖坐好等著，一副垂涎三尺的求餵模樣，非常可愛。若您平時下班後想找伴吃喝，不妨回家找班長這個隨傳隨到的好食友吧。

（聯絡方式：李小姐→0915761172 or serenalee0429@gmail.com）

妮妮

娜娜

343期：妮妮和娜娜

姊姊妮妮，很活潑愛玩，喜歡邊喝水邊玩水；妹妹娜娜，有條特別的麒麟尾，個性呆萌，相對容易緊張、膽小。姊妹倆的個性不太一樣，不過感情非常好。乖巧好照顧的一對姊妹花，歡迎您登門造訪尋寶啦！

（聯絡方式：李小姐→Line ID：dianelee0817）

認養資格：

1. 須同意簽認養寵物切結書。
2. 須同意送養人日後之追蹤探訪，對待寵物不離不棄。

來信請說明：

a. 個人基本資料：姓名、性別、年齡、家庭狀況、職業與經濟來源等。
b. 想認養的理由。
c. 過去養寵物的經驗，及簡介一下您的飼養環境。
d. 若未來有結婚、懷孕、出國或搬家等計劃，將如何安置寵物？

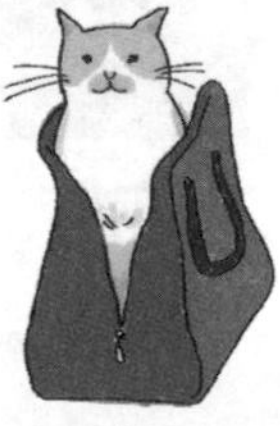

2023年11月出版

國師的愛徒

文創風 1210~1211

她桃曉燕是誰？她可是集團總裁、是商界的女強人！
當初為了成為接班人，她鬥得你死我活，好不容易爬上總裁的位置，
卻沒想到一場意外，讓她一睜眼就來到古代！
這裡啥都沒有，她一個小女子還得想著先保命，
她想念她的房地產、股票和基金，還想念滑手機的日子啊嗚嗚~~

趣中藏情，歡喜解憂／莫顏

司徒青染身分高貴，乃大靖的國師，受世人膜拜景仰。
他氣度如仙，威儀冷傲，連皇帝也要敬他三分。
他法力高強，妖魔避他如神，唯獨一個女妖例外。
這女妖很奇怪，沒有半點法力，卻不受他的法術控制，
別的妖吃人吸血，她獨愛吃美食甜點，
別的妖見到他就繞道走，她是遇到麻煩盡往他身後躲，
還死皮賴臉喊他師父，逢人便稱想巴結的找她，要報仇的找她師父。
如此囂張厚顏，此妖不收還真不行。
「妳從哪裡來？」司徒青染問。
桃曉燕笑嘻嘻地回答。「我那兒跟你們這裡完全不一樣，高級多了。」
「何謂高級？」
「有網路，有飛機，還有各種科技產品。」
司徒青染冰冷地警告。「說人話。」
桃曉燕立即諂媚討好。「有千里傳音，有飛天祥雲，還有各種神通法寶。」
「那是仙界，妳身分低賤，不可能去。」
「……」誰低賤了，你個死宅男，這種跨界的代溝最討厭了！

文創風 1222

小虎妻智求多福 3

國家圖書館出版品預行編目資料

小虎妻智求多福 / 途圖著. --
初版. -- 臺北市 : 狗屋出版社有限公司, 2024.01
冊 ; 公分. --（文創風 ; 1220-1223）
ISBN 978-986-509-488-1（第3冊 : 平裝）. --

857.7　　　　112020320

著作者　途圖
編輯　安愉
校對　陳依伶
發行所　狗屋出版社有限公司
地址　台北市104中山區龍江路71巷15號1樓
電話　02-2776-5889～0
發行字號　局版台業字845號
法律顧問　蕭雄淋律師
總經銷　知遠文化事業有限公司
電話　02-2664-8800
初版　2024年1月
國際書碼　ISBN-13　978-986-509-488-1

定價290元
狗屋劃撥帳號：19001626
網址：love.doghouse.com.tw　E-mail：love@doghouse.com.tw